# Misterio en el Caribe

Biblioteca Agatha Christie

## Biografía

Agatha Christie es conocida en todo el mundo como la Dama del Crimen. Es la autora más publicada de todos los tiempos, tan solo superada por la Biblia y Shakespeare. Sus libros han vendido más de un billón de copias en inglés y otro billón largo en otros idiomas. Escribió un total de ochenta novelas de misterio y colecciones de relatos breves, diecinueve obras de teatro y seis novelas escritas con el pseudónimo de Mary Westmacott.

Probó suerte con la pluma mientras trabajaba en un hospital durante la Primera Guerra Mundial, y debutó con *El misterioso caso de Styles* en 1920, cuyo protagonista es el legendario detective Hércules Poirot, que luego aparecería en treinta y tres libros más. Alcanzó la fama con *El asesinato de Roger Ackroyd* en 1926, y creó a la ingeniosa Miss Marple en *Muerte en la vicaría*, publicado por primera vez en 1930.

Se casó dos veces, una con Archibald Christie, de quien adoptó el apellido con el que es conocida mundialmente como la genial escritora de novelas y cuentos policiales y detectivescos, y luego con el arqueólogo Max Mallowan, al que acompañó en varias expediciones a lugares exóticos del mundo que luego usó como escenarios en sus novelas. En 1961 fue nombrada miembro de la Real Sociedad de Literatura y en 1971 recibió el título de Dama de la Orden del Imperio Británico, un título nobiliario que en aquellos días se concedía con poca frecuencia. Murió en 1976 a la edad de ochenta y cinco años.

Sus misterios encantan a lectores de todas las edades, pues son lo suficientemente simples como para que los más jóvenes los entiendan y disfruten pero a la vez muestran una complejidad que las mentes adultas no consiguen descifrar hasta el final.

www.agathachristie.com

# Agatha Christie
## Misterio en el Caribe

Traducción: Ramón Margalef Llambrich

ESPASA

Obra editada en colaboración con Grupo Planeta – Argentina

*A Caribbean Mystery* © 1964 Agatha Christie Limited. All rights reserved.

AGATHA CHRISTIE, MISS MARPLE and the Agatha Christie Signature
are registered trademarks of Agatha Christie Limited in the UK and
elsewhere. All rights reserved.
www .agathachristie .com

Agatha Christie Roundels © 2013 Agatha Christie Limited.
Used with permission.
Diseño de la portada: Planeta Arte & Diseño
Ilustraciones de la portada: © Ed Carosia

*Agatha Christie* ®

Traducción de Ramón Margalef Llambrich © Agatha Christie Limited.
All rights Reserved

© Grupo Editorial Planeta S.A.I.C. – Buenos Aires, Argentina

Derechos reservados

© 2023, Editorial Planeta Mexicana, S.A. de C.V.
Bajo el sello editorial BOOKET M.R.
Avenida Presidente Masarik núm. 111,
Piso 2, Polanco V Sección, Miguel Hidalgo
C.P. 11560, Ciudad de México
www.planetadelibros.com.mx

Primera edición impresa en España: marzo de 2023
ISBN: 978-84-670-6917-4

Primera edición impresa en México en Booket: septiembre de 2023
ISBN: 978-607-39-0279-3

Impreso en los talleres de Litográfica Ingramex, S.A. de C.V.
Centeno núm. 162-1, colonia Granjas Esmeralda, Ciudad de México
Impreso en México - *Printed in Mexico*

# Personajes

Relación de los principales personajes que intervienen en esta obra.

GREG Y LUCKY DYSON: inseparables amigos de los Hillingdon.

JIM ELLIS: esposo de Victoria Johnson.

DR. GRAHAM: médico.

CORONEL EDWARD HILLINGDON: militar retirado.

EVELYN HILLINGDON: esposa del anterior.

JACKSON: ayuda de cámara de Mr. Rafiel.

VICTORIA JOHNSON: chica nativa de la isla en que se desarrolla la acción.

TIM KENDAL: dueño del Golden Palm Hotel.

MOLLY KENDAL: esposa de Tim.

MISS MARPLE: dama ya entrada en años, huésped del Golden Palm Hotel y protagonista de esta novela.

COMANDANTE PALGRAVE: militar retirado.

PRESCOTT: canónigo, uno de los huéspedes del Golden Palm Hotel.

JOAN PRESCOTT: hermana del anterior.

MR. RAFIEL: anciano impedido, hombre de negocios muy rico.

ROBERTSON: médico de la policía.

ESTHER WALTERS: secretaria de Mr. Rafiel.

WESTON: inspector, miembro de la policía de St. Honoré.

*A mi entrañable amigo John Cruickshank Rose por
los felices recuerdos de mi visita a las Antillas*

# Capítulo primero

### El comandante Palgrave
### cuenta una historia

—Fíjese usted en todo lo que se habla de Kenia —dijo el comandante Palgrave—. Gente que no conoce aquello en absoluto haciendo toda clase de peregrinas afirmaciones. Mi caso es distinto. Pasé catorce años de mi vida allí. Los mejores de mi existencia, a decir verdad...

Miss Marple inclinó la cabeza.

Era este un discreto gesto de cortesía. Mientras el comandante Palgrave seguía con la enumeración de sus recuerdos, nada interesantes, Miss Marple, tranquilamente, volvió a enfrascarse en sus pensamientos. Se trataba de algo rutinario, con lo cual estaba ya familiarizada. El paisaje de fondo variaba. En el pasado, el país favorito había sido la India. Los que hablaban eran unas veces comandantes, y otras, coroneles o tenientes generales... Utilizaban una serie de palabras: «Simia», «porteadores», «tigres», «Chota Hazri», «Tiffin», «Khitmagars», etcétera. En el caso del comandante Palgrave, los vocablos eran ligeramente distintos: «safari», «Kikuyu», «elefantes», «suajili»... Pero, en esencia, todo quedaba reducido a lo mismo: un hombre ya entrado en años que necesitaba de alguien que lo escuchara para poder evocar los días felices del pasado, aquellos en que había estado recorriendo el mundo, cuando la espalda se mantenía bien recta, los ojos eran vivos y los oídos muy finos. Algunos de estos parlanchines habían sido en su juventud arrogantes mozos y otros habían carecido, lamentablemente, de todo atractivo. El comandante Palgrave, con su cara abotagada, un ojo de cristal y un cuerpo que, en general, recordaba al de una rana hinchada, pertenecía a la última de las categorías citadas.

Miss Marple los trataba a todos de la misma forma. Había permanecido sentada, inmóvil, inclinando de vez en cuando la cabeza, en un dulce gesto de asentimiento, siempre pendiente de sus propias reflexiones y gozando de lo que tuviera en tales momentos a mano o al alcance de la vista: en este caso, el azul del mar Caribe.

«¡Qué amable es Raymond!», pensaba en él, agradecida. ¡Se había mostrado tan atento, en realidad...! No acertaba a explicarse por qué razón se había tomado tantas molestias con su vieja tía. ¿Le remordía la conciencia, quizá? ¿Viejos sentimientos familiares que revivían? O, simplemente, le tenía cariño.

Miss Marple se dijo que Raymond siempre había demostrado quererla. A su manera, eso sí. Se había empeñado en «ponerla al día». ¿Cómo? Enviándole libros, novelas modernas... Ella no acertaba a aceptar ciertas cosas. En esos libros aparecía gente desagrada-

MISTERIO EN EL CARIBE

ble, difícil, que no paraba de hacer cosas raras, las cuales, por añadidura, no producían a sus autores ningún placer, aparentemente. «Sexo.» Era esta una palabra muy pocas veces mencionada en los años de juventud de Miss Marple. Naturalmente, en relación con sus diversas sugerencias había habido de todo. En resumen: años atrás se gozaba frecuentemente más que en la actualidad, en determinados aspectos, y no se hablaba tanto. Bueno, eso creía ella, al menos. Todo el mundo había sabido ver dónde estaba el pecado y también pensar en este de una manera lógica, preferible a la vigente después, en que pecar se consideraba casi una especie de deber.

Su mirada se posó por un momento en el libro que tenía abierto sobre su regazo por la página veintitrés. Hasta esta había llegado y la verdad era que no tenía muchas ganas de seguir.

«—¿Quiere usted decir que carece por completo de experiencia sexual? —inquirió el joven, con un gesto de incredulidad—. ¿A sus diecinueve años? Pero ¡si eso es absurdo! Se trata de una necesidad vital.

»La chica abatió la cabeza, compungida. Sus brillantes cabellos cayeron en cascada sobre su rostro.

»—Lo sé, lo sé... —murmuró.

»Él la miró... Estudió detenidamente su manchado y viejo jersey, sus desnudos pies, con las sucias uñas de los pulgares. Olía a grasa rancia. A continuación, se preguntó por qué la encontraba tan tremendamente atractiva.»

Miss Marple también se formuló esa pregunta.

¡Qué cosa! Por supuesto, el ansia de saber, en el terreno sexual, era apremiante a más no poder, por lo cual no admitía aplazamientos... ¡Pobre juventud!

«Mi querida tía Jane: ¿por qué te empeñas en ocultar la cabeza debajo de un ala igual que si fueses, perdóname, un avestruz? Esta idílica vida rural te consume, te cierra todas las salidas. Una vida real, de verdad, eso es lo que importa.»

Este era Raymond... Tía Jane había bajado la cabeza avergonzada. Pensaba que era de otro tiempo, que estaba pasada de moda.

Pero la vida rural no tenía nada de idílica. La gente como Raymond ignoraba muchísimas cosas. Durante el desarrollo de sus tareas en una parroquia campesina, Jane Marple había adquirido una serie de amplios conocimientos relativos a determinados hechos de la vida rural. No había experimentado la necesidad de hablar de ellos y mucho menos de darlos a conocer por escrito. Sin embargo, se los sabía de memoria. No se le habían olvidado, no. Recordaba innumerables complicaciones dentro del campo de lo sexual, unas veces naturales y otras... todo lo contrario: violaciones, incestos, perversiones de todas clases... (Había casos sorprendentes, de los cuales no tenían noticia ni siquiera los cultos hombres de Oxford, que se dedicaban exclusivamente a escribir libros.)

Miss Marple volvió a concentrar su atención en el Caribe y cogió el hilo de la narración en que, ignorante de aquellas ausencias mentales, andaba empeñado el comandante Palgrave.

—Una experiencia nada vulgar —comentó—, muy interesante...

—Podría referirle un puñado de casos semejantes. Claro que no todos ellos son indicados para los oídos de una dama...

Con la facilidad que da una larga práctica, Miss Marple bajó los ojos, parpadeando levemente. El comandante Palgrave continuó con su versión atenuada de las costumbres tribales en el escenario de su juventud, mientras su dócil oyente se ponía a pensar en su afectuoso sobrino.

Raymond West era un novelista de éxito que ganaba mucho dinero. Amablemente se había propuesto hacerle la vida agradable a su tía. El invierno anterior esta había padecido un fuerte amago de pulmonía. El médico le había aconsejado mucho sol. Generosamente, Raymond sugirió un viaje a las Antillas. Miss Marple había formulado algunas objeciones: los gastos, la distancia, las incomodidades inherentes al desplazamiento... Tenía que abandonar su casa de St. Mary Mead. Raymond había echado todos sus argumentos por tierra. Un amigo que estaba escribiendo un libro necesitaba un lugar solitario, enclavado en plena campiña. «Cuidará de la casa. Es muy amante del hogar y sabe apreciar los detalles caseros. Es homosexual. Bueno, quiero decir...»

Raymond se interrumpió al llegar aquí. Parecía ligeramente confuso... Estaba bien. Apelaba a la comprensión de su tía Jane, que debía de haber oído hablar de los homosexuales.

AGATHA CHRISTIE

Luego pasó a ocuparse de los siguientes puntos. El viaje no suponía en sí nada de particular. Utilizaría el avión... Una de sus amigas, Diana Horrocks, visitaría Trinidad, para comprobar de este modo si se hallaba debidamente acomodada. En St. Honoré se alojaría en el Golden Palm Hotel, que administraban los Sanderson, una agradable pareja. Harían cuanto estuviese en sus manos para que se hallase a gusto. Raymond se proponía escribirles inmediatamente. Sucedió que los Sanderson habían regresado a Inglaterra. Pero sus sucesores, los Kendal, se habían mostrado muy amables, asegurando a Raymond que no tenía por qué preocuparse con respecto a su tía. En la isla había un prestigioso doctor que podía ser reclamado en caso de emergencia. Por otro lado, ellos no perderían de vista a la dama en cuestión y se esforzarían por lograr que estuviese contenta.

La pareja había respondido a sus esperanzas. Molly Kendal era una rubia de aspecto candoroso que contaría apenas veinte años. Por lo que había visto, siempre estaba de buen humor. Había acogido a Miss Marple muy afectuosamente, desvelándose para que no echara de menos su casa. Idéntica disposición había descubierto en Tim Kendal, su marido, un hombre delgado, moreno, de unos treinta años.

Así pues, allí se encontraba Miss Marple, alejada de los rigores del clima inglés, propietaria, temporalmente, de un lindo bungaló, rodeada de sonrientes chicas nativas que la atendían a la perfección. Tim Kendal solía recibirla a la entrada del comedor y siempre le gastaba alguna que otra oportuna broma al aconsejarla sobre el menú de cada día. Un cómodo camino partía de la entrada de su casita en dirección a la playa, donde Miss Marple podía sentarse cómodamente en un sillón de mimbre a contemplar cómo los otros huéspedes del hotel se bañaban. Incluso había en el establecimiento varias personas de su edad. Mejor. Así disfrutaría de su compañía si ese era su deseo en determinado momento. Con tal fin podía pensar en Mr. Rafiel, el doctor Graham, el canónigo Prescott y su hermana, y el caballero que tenía delante, el comandante Palgrave.

¿Qué más podía desear una dama como ella, ya entrada en años?

Era muy lamentable, y Miss Marple se sentía culpable solo de pensarlo, pero la verdad es que no estaba tan satisfecha como cabía esperar.

Se estaba bien en aquel lugar. La temperatura era ideal, excelente para el reumatismo. El paisaje de los alrededores podía ser calificado de bello. Bueno, quizá resultara algo monótono. Demasiadas palmeras. Todos los días eran iguales. Nunca pasaba nada. En esto aquel sitio difería de St. Mary Mead, donde siempre ocurría algo. En cierta ocasión su sobrino había comparado la existencia en St. Mary Mead con la que llevaban los microbios en una charca y ella le respondió, indignada, que si observaba el agua estancada con un microscopio encontraría mucha vida.

Miss Marple fue recordando entonces una serie de amenos incidentes: el error de Mrs. Linnet con su frasco de jarabe para la tos; el extraño comportamiento del joven Polegate; la extraña escena que tuvo lugar entre este y la madre de Georgy Wood; la causa real de la riña entre Joe Arden y su esposa. ¡Cuántos y qué variados problemas había podido suponer! Y todos ellos le habían proporcionado motivos más que sobrados para horas y horas de reflexión. Bien. Tal vez surgiera allí algún asunto raro en el que..., en el que meter la nariz.

Con un ligero sobresalto comprobó que el comandante Palgrave había abandonado Kenia y se había trasladado rápidamente a la frontera del noroeste. Refería a la sazón sus experiencias como subalterno. Desgraciadamente, le acababa de preguntar con toda formalidad:

—¿No está usted de acuerdo conmigo?

La práctica permitió a Miss Marple salir airosa de aquel mal paso.

—Creo que no poseo suficiente experiencia para poder juzgar. Estimo que mi vida ha sido demasiado rutinaria para opinar.

—Es natural, querida señora, es natural —dijo el comandante Palgrave, siempre atento.

—Usted sí que ha llevado una existencia movida —replicó Miss Marple, decidida a enmendarse por sus distracciones anteriores, plenamente voluntarias.

—No ha sido mala del todo —dijo Palgrave, complacido. A continuación, echó un vistazo a su alrededor—. Hermoso lugar este, ¿verdad? —comentó.

—En efecto. —Miss Marple no supo evitar la pregunta que entonces le sobrevino—. ¿No pasa nunca nada aquí, comandante?

Palgrave observó con atención a su interlocutora.

—Pues sí, sí que pasa. Los escándalos abundan... Bueno, yo podría contarle...

Pero Miss Marple no se sentía interesada por tales cosas. Lo que el comandante Palgrave acababa de llamar «escándalos» no presentaban nada de particular. Se trataba en resumidas cuentas de hombres y mujeres que cambiaban de pareja y reclamaban la atención de los demás sobre lo sucedido en vez de esforzarse por disimular y sentirse avergonzados de sí mismos.

—Incluso hubo un crimen aquí hace un par de años. Se habló de un hombre llamado Harry Western. Los periódicos le dieron mucha publicidad. ¿No lo recuerda?

Miss Marple asintió sin el menor entusiasmo. No. No había sido aquel tipo de crimen de los que despertaban su interés. La prensa le prestó atención porque los principales protagonistas eran gente muy rica. Parecía haber quedado bien demostrado que Harry Western disparó sobre el conde de Ferrari, el amante de su mujer, procurándose antes una coartada bien amañada. Se trataba de un grupo de borrachos y drogadictos. Gente poco interesante, estimó Miss Marple en su día. Sin embargo, tenía que reconocer que todos los implicados en el asunto compusieron un «cuadro» sumamente espectacular, curioso, pese a no guardar relación con lo que ella calificaba como su plato favorito.

—Y si me apura usted mucho le diré que este no fue el único crimen que se cometió aquí en aquella época.

—El comandante hizo un gesto de asentimiento, guiñando un ojo a Miss Marple—. Sospecho que... ¡Oh! Bueno...

A Miss Marple se le cayó el ovillo de lana, Palgrave se agachó para cogerlo.

—Hablando de crímenes —prosiguió diciendo—. Una vez supe de uno muy extraño... Claro está, no de una manera directa, personal...

Miss Marple sonrió, animándolo a seguir.

—En un rincón de un club estaban, cierto día, varios hombres charlando. Uno de ellos comenzó a contar una historia. Era médico y hablaba de uno de sus casos. Una noche, a una hora ya muy avanzada, un joven llamó a la puerta de su casa. Su esposa se había ahorcado. No tenía teléfono en la casa, por lo cual, en cuanto hubo cortado la cuerda, depositó a su mujer en el suelo y le prestó los auxilios que juzgó necesarios. Luego, se apresuró a sacar su coche e ir de un sitio para otro en busca de un doctor. Bueno, pues la esposa no murió. Se encontraba, como era lógico, muy alterada tras haberse desmayado. Sea como fuere, salió sin más dificultades del grave trance. El joven parecía hallarse muy enamorado de su mujer. Lloraba como un chiquillo. Había notado que ella no estaba bien desde hacía algún tiempo. Vivía bajo los efectos de una tremenda depresión. Así quedó la cosa. Todo parecía encontrarse en orden. Pero... un mes más tarde la fracasada suicida ingirió una dosis excesiva de somníferos y falleció. Un caso muy triste, ¿verdad?

El comandante hizo una pausa, subrayándola con sucesivos movimientos de cabeza. Como, por lo visto, había algo más, Miss Marple aguardó pacientemente.

—«Y ¿eso es todo?», dirá usted, quizá. Pues sí. No hay más. Una mujer neurótica que hace lo que es habitual en una persona desquiciada. ¡Ah! Pero un año más tarde, aproximadamente, este mismo médico de la historia anterior se hallaba charlando con un colega. Se habían contado mutuamente algunas experiencias... De pronto, su compañero empezó a relatarle el caso de una mujer que había intentado suicidarse ahogándose. El marido abandonó la casa para ir a buscar un médico. Luego, entre los dos, consiguieron reanimarla... Varias semanas más tarde se mataba abriendo la llave del gas, tras haber cerrado las ventanas de la habitación en que se encontraba.

»—¡Qué coincidencia! —exclamó el primer doctor—. Yo viví un caso semejante. Él se llamaba Jones —o el nombre que fuese—. ¿Cuál era el apellido de su cliente?

»—No lo recuerdo... Robinson, creo. Jones, no, con seguridad.

»Bien. Los doctores se miraron, muy serios y pensativos. Entonces el primero sacó de su cartera una fotografía y se la enseñó a su colega. "He aquí el individuo de quien le he estado hablando", dijo a su amigo. "Al día siguiente de la visita del desconocido me acerqué a la casa de este para comprobar ciertos detalles, y al descubrir junto a la entrada unos hibiscos muy llamativos, una variedad que no había visto nunca en esta región, aprovechando que guardaba en mi coche la cámara fotográfica, saqué una instantánea. En el preciso instante en que apretaba el disparador apareció en la puerta del edificio el marido de la fracasada suicida. No creo que él se diera cuenta de lo que yo estaba haciendo. Le pregunté por los hibiscos, pero no supo decirme su nombre." El segundo médico estudió detenidamente la fotografía diciendo: "Está algo desenfocada. No obstante, juraría que... sí. Estoy absolutamente seguro de que se trata del mismo hombre".

»Ignoro si los doctores prosiguieron sus indagaciones. En caso afirmativo, lo más probable es que no llegaran a ninguna conclusión clara. Sin duda, el señor Jones, o Robinson, puso buen cuidado en no dejar pistas. Pero ¿verdad que es una historia sumamente rara? Me cuesta trabajo pensar que puedan pasar cosas como esta.

—¡Ah! Pues yo creo que suceden todos los días —respondió Miss Marple, plácidamente.

—Vamos, vamos. Me parece demasiado fantástico.

—Cuando un hombre da con una fórmula eficaz para sus fines no se detiene fácilmente y se decide por continuar explotándola.

—Iniciando de esta manera una serie de delitos, ¿eh?

—Tal vez.

—A título de curiosidad: el médico del que le he hablado me cedió su fotografía.

El comandante Palgrave comenzó a rebuscar en su atiborrada cartera, murmurando como si hablase consigo mismo:

—Guardo aquí un montón de cosas... No sé por qué las llevo siempre encima...

Miss Marple creyó adivinar la causa. Aquellos papeles venían a ser las «existencias» del almacén puramente personal del comandante. Así Palgrave podía ilustrar convenientemente su repertorio de historias. Miss Marple sospechaba que la que acababa de referirle había sido sustancialmente distinta en su origen. Probablemente, con las sucesivas repeticiones había ido creciendo...

El comandante continuaba hablando en voz baja todavía.

—Me había olvidado por completo de este asunto... Ella era una mujer de buen aspecto. Nunca se le ocurriría a uno sospechar... ¿Dónde..., dónde...? ¡Ah! Esto me hace pensar en... ¡Qué colmillos! Tengo que enseñarle...

De entre varios papeles, Palgrave extrajo una pequeña fotografía que estudió unos segundos.

—¿Le agradaría ver la foto de un criminal?

Iba a pasarle la foto a Miss Marple cuando, de pronto, encogió el brazo. En aquel momento, el comandante Palgrave parecía más que nunca una rana hinchada. Estaba mirando, con los ojos muy fijos, por encima del hombro derecho de ella... A juzgar por el rumor de pasos y de voces, por allí se acercaba alguien.

—¡Maldita sea! Bueno, quería decir...

Apresuradamente, introdujo en su cartera todos los

papeles y la devolvió a uno de los bolsillos de su chaqueta.

El tono purpúreo de su rostro se tornó más intenso. Luego, levantando la voz con cierta afectación, dijo:

—Como le estaba diciendo..., quería enseñarle estos colmillos de elefante... Jamás se me volvió a presentar la oportunidad de disparar sobre un animal tan grande... ¡Ah! ¡Hola!

Su voz sonaba entonces falsamente cordial.

—¡Mire quién está aquí! El gran cuarteto... La flora y la fauna... Un día de suerte el de hoy, ¿verdad?

Habían aparecido cuatro de los huéspedes del hotel, a quienes Miss Marple conocía de vista. Eran dos matrimonios. Miss Marple no conocía sus nombres, pero adivinó que el individuo fornido de la mata de cabellos grisáceos era Greg. La mujer rubia platino, su esposa, era conocida con el nombre de Lucky. La otra pareja, Edward y Evelyn, estaba formada, respectivamente, por un hombre delgado y moreno y una mujer bella aunque maltratada por los años. Miss Marple había oído afirmar que eran botánicos, si bien se interesaban también por las aves.

—Nada de suerte, en absoluto —dijo Greg—. No conseguimos ver lo que buscábamos.

—Ignoro si se conocen ustedes ya, Miss Marple... El coronel Hillingdon y su esposa, y Greg y Lucky Dyson.

Todos intercambiaron unos amables saludos. Lucky dijo que no viviría mucho tiempo si no le servían inmediatamente alguna bebida.

Greg hizo una seña a Tim Kendal, que se encontraba sentado a otra mesa, a cierta distancia del grupo, en compañía de su mujer, repasando unos libros de cuentas.

—¡Eh, Tim! A ver si cuidas de que nos traigan algo de beber. —Greg miró a los demás—. ¿Qué os parece si pedimos unos vasos de ese ponche?

Todos asintieron.

—¿Vale lo mismo para usted, Miss Marple?

Esta le dio las gracias y le manifestó que prefería una limonada fresca.

—Entonces una limonada y cinco ponches, ¿eh? —inquirió Tim Kendal.

—Únete a nosotros, Tim.

—¡Ojalá pudiera! De momento no me es posible porque he de poner estos apuntes en claro. Estaría mal que lo dejara todo en manos de Molly. Aprovecho la ocasión para notificaros que esta noche tendremos aquí una orquesta.

—¡Vaya! —exclamó Lucky—. ¡Y yo con los pies destrozados! ¡Uf! Edward, deliberadamente, me metió en unas malezas llenas de espinos.

—No digas eso. Las flores, de un suave color rosado, eran bellísimas —señaló el coronel Hillingdon.

—Más, desde luego, que sus espinas. Un bruto, eso es lo que eres, Edward.

—No es como yo, por supuesto —dijo Greg, sonriendo—. Soy la dulzura personificada.

Evelyn Hillingdon tomó asiento junto a Miss Marple, con la que empezó a hablar, mostrándose muy afectuosa.

AGATHA CHRISTIE

Miss Marple depositó sobre su regazo el ovillo de lana y las agujas. Lentamente, con alguna dificultad, debido al reumatismo que padecía en el cuello, volvió la cabeza sobre su hombro derecho. A poca distancia de allí estaba el gran bungaló que ocupaba el rico Mr. Rafiel. Pero en él no se advertía el menor indicio de vida.

Contestaba Miss Marple con oportunidad a las observaciones de Evelyn (realmente, ¡qué amable era la gente con ella allí!), pero sus ojos escudriñaban los rostros de los dos hombres.

Edward Hillingdon le pareció un hombre agradable. Silencioso, pero dotado de un gran encanto varonil... En cuanto a Greg, con su gran corpachón y sus inquietos ademanes, se le antojó la imagen de la felicidad, al menos en apariencia. Estimó que él y Lucky debían de ser norteamericanos o canadienses.

Fijó la mirada por último en el comandante Palgrave, que fingía todavía una *bonhomie* infinita.

Muy interesante...

# Capítulo 2

Miss Marple hace comparaciones

Se presentaba muy alegre aquella velada en el Golden Palm Hotel.

Sentada ante su mesita, en uno de los rincones de la sala, Miss Marple miró a su alrededor con auténtica curiosidad. El gran comedor contaba con tres enormes ventanales que daban a tres partes distintas, por los cuales entraba la perfumada brisa que agitaba suavemente las arboledas vecinas. Cada mesa tenía su pequeña lámpara, de suave y coloreada luz. La mayoría de las mujeres presentes vestían trajes de noche, confeccionados a base de telas ligeras, de cuyos escotes emergían brazos y hombros muy bronceados.

Con una dulzura verdaderamente conmovedora, Joan, la esposa del sobrino de Miss Marple, había sabido convencer a esta para que le aceptara un pequeño cheque. «Tienes que pensar, tía Jane, que allí hará calor. Yo no creo que andes muy bien de ropas adecuadas a aquel clima.»

Jane Marple le había dado las gracias a su sobrina,

aceptando finalmente su cheque. Había vivido en una época en la que se veía como algo natural que los viejos apoyaran las actividades de los jóvenes; pero también se estimaba normal que las personas de mediana edad cuidaran de los ancianos. No obstante, ¿cómo decidirse a adquirir vestidos tan finos? A consecuencia de su edad, en las jornadas más calurosas, apenas si sentía algún leve agobio. Además, la temperatura de St. Honoré no ayudaba a que el «calor tropical» fuera precisamente uno de los temas de conversación. Aquella noche se había ataviado conforme a la mejor tradición de las damas inglesas de provincias con su vestido de encaje gris.

No es que Miss Marple fuese la única persona anciana allí presente. Dentro de la sala había representaciones de todas las etapas de la vida humana. Se veían magnates del mundo de los negocios ya muy entrados en años, del brazo de su tercera o cuarta esposa. Había parejas en la edad media de la existencia, procedentes del norte de Inglaterra. Llamaba la atención una alegre familia de Caracas, al completo, con todos los hijos. Los diversos países de Sudamérica se hallaban bien representados. Se hablaba español y portugués. La escena tenía un sólido fondo británico, a cargo de dos clérigos, un médico y un juez retirado. Hasta había una familia china.

El servicio, dentro del comedor, estaba confiado esencialmente a las mujeres: muchachas negras, nativas de orgulloso porte, vestidas con almidonadas ropas blancas. Se hallaba al frente de todo, sin embargo, un experto *maître* italiano. Otro profesional, en este caso francés, se ocupaba de los vinos. Cuidaba de todo atentamente el propio Tim Kendal, al que no se le escapaba ningún detalle. Paseaba de un lado para otro, deteniéndose de vez en cuando frente a una mesa para intercambiar unas palabras corteses con quienes la ocupaban, entablando breves conversaciones.

Su esposa lo secundaba admirablemente. Era una joven muy bella. Sus cabellos eran de un tono rubio platino natural. Sus labios, gruesos, frescos, se dilataban fácilmente y con naturalidad al sonreír. Muy raras veces perdía Molly Kendal la paciencia. Los que estaban a sus órdenes trabajaban con entusiasmo. Molly poseía otra habilidad: sabía adaptarse a los distintos temperamentos de sus huéspedes. Así era como conseguía agradar a todos. Reía y flirteaba con los hombres de edad; felicitaba oportunamente a las chicas y señoras jóvenes por sus aciertos en la elección del vestuario. «¡Oh, Mrs. Dyson! ¡Qué vestido tan precioso lleva usted esta noche! Si me dejara llevar por la envidia que siento, sería capaz de desgarrar tan hermoso modelo.»

Ella iba también muy elegante. Eso pensaba al menos Miss Marple. Su esbelto cuerpo estaba enfundado en una especie de vaina blanca y encima llevaba un chal de seda bordado que le caía graciosamente sobre los hombros. Lucky no paraba de tocarlo.

—¡Qué color tan bonito! Me gustaría tener uno igual.

—Eso es fácil. Puede adquirirlo en la tienda del hotel.

Molly iba casi de una mesa a otra. No se detuvo en la de Miss Marple. Las damas ya entradas en años eran cosa de su marido. «Las señoras ya maduras prefieren las atenciones de un hombre», acostumbraba a decir.

Tim Kendal se acercó a Miss Marple y se inclinó sobre ella.

—¿Desea usted algo especial, Miss Marple? —le preguntó—. No tiene más que decírmelo y haré que le preparen lo que sea. Naturalmente, esta comida característica del hotel, con notas semitropicales, no puede recordarle en nada la de su hogar. ¿Me equivoco?

Miss Marple sonrió, declarando que tal cosa constituía precisamente uno de los encantos de viajar al extranjero.

—Perfecto, entonces. Pero, ya sabe, si se le ocurre...

—¿Qué cree usted que podría ocurrírseme pedir?

—Pues... —Tim Kendal vaciló unos instantes—. Tal vez un pudin típicamente inglés...

Miss Marple sonrió, diciendo que podía pasar perfectamente sin el consabido postre británico.

Cogió de nuevo la cucharilla y empezó a saborear el helado de frutas que tenía delante. Estaba delicioso.

Luego comenzó a tocar la orquesta, que era una auténtica atracción en las islas. La verdad era que Miss Marple lo hubiera pasado divinamente bien sin ella. Consideraba que sus componentes armaban mucho ruido, absolutamente innecesario, por supuesto. No se podía negar, por otro lado, que la orquesta había sido acogida con agrado por los demás, y Miss Marple, poseída por el espíritu de la juventud aquella noche, se dijo que era preciso que se dedicase a desentrañar los misterios de la música que estaba oyendo para admirar más a sus intérpretes. ¿Cómo iba a pedirle a Mr. Kendal que inundara aquella sala con las notas de *El Danubio Azul*? (¡Oh, qué bello, qué elegante vals!) Los que danzaban adoptaban posturas inverosímiles. Parecían estar haciendo contorsiones. ¡Bueno! La gente joven tenía que divertirse... Miss Marple se quedó quieta y pensativa un momento. Acababa de darse cuenta de que entre aquellas personas había muy pocas que pudiesen ser consideradas jóvenes. El baile, las luces, la música... Sí. Todo había sido pensado para la juventud. Muy bien. Y ¿dónde se encontraba esta? Estaría estudiando, supuso Miss Marple, en la universidad, o trabajando... ¿Vacaciones? Un par de semanas al año. Un lugar como aquel hotel les quedaba demasiado lejos a los jóvenes, aparte de ser excesivamente caro para ellos. Aquella existencia despreocupada y alegre era para gentes de treinta y cuarenta años y para los viejos que no se resignaban a la vejez e intentaban evocar épocas mejores junto a sus esposas, muchas de ellas jóvenes. En cierto modo, era una lástima que las cosas fueran así...

Miss Marple suspiró. Bien, allí estaba Mrs. Kendal... No contaría con más de veintidós o veintitrés años, probablemente. Parecía divertirse. ¡Ah! Pero es que, en realidad, estaba trabajando.

En una de las mesas más cercanas a ella se había acomodado el canónigo Prescott con su hermana. A la hora de servirles los camareros el café, se unieron a Miss Marple y esta los acogió con agrado. Miss Prescott era una mujer de aspecto severo; su hermano, grueso, de rostro sonrosado, irradiaba cordialidad.

Servido el café, apartaron un poco las sillas de la mesa y Miss Prescott abrió un bolso que llevaba consigo, del que extrajo una labor que Miss Marple juzgó de bastante mal gusto. Enseguida se puso a contarle los acontecimientos de la jornada. Por la mañana habían visitado una nueva escuela de niñas. Tras una siesta, que les había ido muy bien, visitaron una plantación de caña de azúcar para tomar el té con unos amigos que se habían hospedado en una pensión, donde pensaban pasar una temporada.

Como los Prescott llevaban en el Golden Palm más tiempo que Miss Marple, se hallaban en condiciones ideales para ilustrar a esta sobre la identidad de cada uno de los huéspedes.

Por ejemplo: el anciano Mr. Rafiel..., que visitaba el hotel cada año. ¡Oh! ¡Era fabulosamente rico! Poseía una inmensa cadena de supermercados en el norte de Inglaterra. La joven que lo acompañaba era su secretaria: Esther Walters, viuda. (Todo estaba en orden allí, desde luego. Nada podía tacharse de indigno. Lógico, al fin y al cabo. ¡Si aquel hombre contaba ya ochenta años!)

Miss Marple hizo un gesto de comprensión al enterarse de estos pormenores. El canónigo completó la información:

—Esther Walters es una joven muy agradable. Es huérfana de padre. Su madre vive en Chichester.

—A Mr. Rafiel lo acompaña un ayuda de cámara, que también se podría calificar de enfermero. Es un masajista excelente, según creo. Se llama Jackson. El pobre Mr. Rafiel es prácticamente un paralítico. Resulta triste, ¿eh? Tener tanto dinero y, en cambio...

—Es un mecenas generoso y alegre —dijo el canónigo con un gesto de aprobación.

Los presentes iban formando grupos. Algunos de estos procuraban alejarse de la orquesta; otros se aproximaban a ella. El comandante Palgrave se había añadido al cuarteto de los Hillingdon-Dyson.

—Esos de ahí... —dijo Miss Prescott bajando la voz, cosa innecesaria, pues la música impedía oír hablar.

—Iba a preguntarles por ellos...

—Estuvieron aquí el año pasado. Pasan tres meses, todos los años, en las Antillas, y recorren las distintas islas. El individuo alto es el coronel Hillingdon, y la mujer morena es su esposa... Son botánicos. Los otros dos son Gregory Dyson y su esposa. Norteamericanos ambos. Me parece haber oído que él escribe estudios sobre las mariposas. Todos sienten un gran interés por las aves.

—Son gente que se busca pasatiempos al aire libre —observó el canónigo Prescott.

—No creo que les gustara mucho oírte calificar sus actividades de pasatiempos, Jeremy —dijo su hermana—. Han publicado artículos en el *National Geographic* y en el *Royal Horticultural Journal*. Se toman sus trabajos muy en serio.

Se oyeron unas risas escandalosas. Procedían de la

mesa que había acaparado su atención. Tan fuertes habían sido que dominaron por unos segundos el estrépito musical. Gregory Dyson se había recostado en su silla y golpeaba la mesa con ambas manos, su esposa hacía gestos de sorpresa, y el comandante Palgrave, después de vaciar su copa de licor, se puso a aplaudir.

Desde luego, aquellas personas se tomarían sus trabajos en serio, pero parecían muy poco formales.

—El comandante Palgrave no debería beber tanto —dijo Miss Prescott con acritud—. Tiene la tensión alta.

Un camarero llegó a la mesa del alegre grupo para depositar en ella otra ronda de ponches.

—Me agrada tener a la gente con quien trato debidamente clasificada, en su sitio —dijo Miss Marple—. Esta tarde, hablando con ellos, me hacía un lío. No sabía quién era el marido o la mujer de quién.

Hubo una pausa. Miss Prescott tosió. Era la suya una tos seca, insignificante, fingida...

—En lo tocante a este punto...

Su hermano el canónigo se apresuró a intervenir:

—Joan... Tal vez lo más prudente fuese no hablar de eso en que estás pensando.

—¡No seas así, Jeremy! En realidad, yo no iba a decir nada de particular. Solo que el año pasado, por una razón u otra (en realidad no sé concretamente por qué), nos imaginamos que Mrs. Hillingdon era Mrs. Dyson, hasta que alguien nos indicó que estábamos equivocados.

—Es extraño, ¿eh?, cómo a veces se obsesiona uno con determinadas impresiones.

Después de este ingenuo comentario, los ojos de Miss Marple buscaron los de Miss Prescott por un momento. Las dos mujeres se comprendieron con una sola mirada.

Un hombre menos inocente que el canónigo Prescott hubiera comprendido enseguida que estaba allí *de trop*.

Miss Prescott y Miss Marple intercambiaron otra mirada. Acababan de decirse, con la misma claridad que si hubiesen hablado: «En otra ocasión algo más propicia...».

—Mr. Dyson llama a su esposa Lucky. ¿Es este su nombre real o un apodo? —preguntó Miss Marple.

—No puede ser su nombre real, creo yo.

—Yo le hice una pregunta a él —manifestó el canónigo—. Me dijo que la llamaba así porque la consideraba una especie de talismán de la buena suerte.* Muy ingenioso, ¿verdad?

—Le gusta mucho bromear —dijo Miss Prescott.

El canónigo miró a su hermana con cierta expresión de duda.

La orquesta «atacó» una nueva pieza musical más ruidosa aún que las precedentes. La pista de baile se llenó de parejas.

Miss Marple y sus acompañantes dieron la vuelta a sus sillas para contemplar más cómodamente el es-

---

* *Luck*: «suerte». *Lucky*: «afortunada, feliz, dichosa». *(N. del t.)*

pectáculo que se ofrecía a sus ojos. Le agradaba más el baile que los estrepitosos sones del conjunto musical. Le gustaba oír el suave arrastrar de pies y ver el rítmico balanceo de los cuerpos de los danzarines...

Aquella noche, por primera vez, comenzaba a sentir que encajaba plenamente en el ambiente del Golden Palm Hotel. Hasta entonces había echado de menos algo que se le solía dar con facilidad: el hallazgo de puntos de semejanza de los presentes con otras personas que conocía directamente. Probablemente la habían desconcertado desde el principio los elegantes vestidos de los huéspedes del hotel, el ambiente exótico. Confiaba en que a no mucho tardar se hallaría en condiciones de llevar a cabo interesantes comparaciones. Molly Kendal, por ejemplo, le recordaba a aquella linda muchacha, cuyo nombre no lograba recordar ahora, que trabajaba como conductora del autobús de Market Basing. Solía ayudar a todos los pasajeros y jamás arrancaba el vehículo antes de asegurarse de que cada uno se había acomodado en su asiento.

Tim Kendal se parecía bastante al *maître* del Royal George, en Mánchester. Se los veía a los dos confiados, pero al mismo tiempo, preocupados. (Su conocido padecía de úlcera, recordó.)

En cuanto al comandante Palgrave... Sí. Este venía a ser la imagen del general Leroy, del capitán Flemming, del almirante Wincklow, del coronel Richardson...

¿Qué otros personajes interesantes había allí? ¿Acaso Greg? Era difícil hallar un equivalente porque se trataba de un norteamericano. Un trasunto, quizá, de sir George Trollope, siempre con ganas de bromas durante las reuniones de la Junta de Defensa Civil. Tal vez le recordase a Mr. Murdoch, el carnicero. Mr. Murdoch tenía muy mala reputación. No pocos afirmaban que todo cuanto de él se decía no eran más que habladurías, y ¡que al interesado le agradaba fomentar todo género de rumores en relación con su persona!

Le había llegado el turno a Lucky... Esta era fácil. Le había hecho pensar enseguida en Marleen, la de las Tres Coronas.

¿Evelyn Hillingdon? No acertaba a clasificarla con precisión. A primera vista se acomodaba a muchos caracteres. Dentro de Inglaterra existían innumerables mujeres como ella: altas, delgadas, un tanto marchitas... ¿Podía verse en ella a lady Caroline Wolfe, la primera esposa de Peter Wolfe, que se había suicidado? ¿O era más bien Leslie James, la silenciosa mujer que raras veces daba a conocer sus sentimientos, que había acabado vendiendo su casa y marchándose sin revelar a nadie su paradero?

Y ¿el coronel Hillingdon? Con este hombre no había manera. Para encontrarle una semejanza tendría que tratarlo, observar sus reacciones. Se trataba de un caballero muy callado, de maneras corteses. Es imposible adivinarles los pensamientos a los hombres de ese tipo. Suelen hacer gala de ideas francamente sorprendentes. Miss Marple recordó que el comandante Harper se había suicidado, degollándose. Nadie había sabido jamás por qué. Miss Marple sí creía conocer el motivo de tan dramática decisión. Ahora bien, nunca podría estar absolutamente segura...

Su mirada se detuvo en la mesa de Mr. Rafiel. Todo el mundo estaba enterado allí de que el anciano señor era inmensamente rico. Era lo primero que se había sabido en relación con su persona. Visitaba todos los años las Antillas. Imposibilitado casi por completo, parecía un ave de presa destrozada. Las ropas le colgaban de cualquier manera, cubriendo nada elegantemente su deformada figura. Lo mismo hubiera podido parecer un hombre de setenta años que de ochenta o noventa... Tenía unos ojillos que delataban su astucia. Se mostraba rudo con frecuencia, pero nadie se tomaba a mal sus modales, porque era rico y porque poseía una personalidad tan fuerte que los que hablaban con él acababan sintiéndose como hipnotizados, llegando siempre a una curiosa conclusión: Mr. Rafiel, ignoraban por qué motivo, se encontraba en su derecho al tratar bruscamente a los demás...

Mrs. Walters, su secretaria, estaba sentada junto a su jefe. Sus cabellos tenían el color del trigo, enmarcando un rostro sumamente agradable. Mr. Rafiel era en ocasiones grosero con ella, pero Mrs. Walters no parecía sentirse afectada por la conducta de aquel hombre singular. Se mostraba sumisa y olvidadiza. Se portaba como una enfermera perfectamente entrenada. Miss Marple pensó que quizá había sido enfermera de un hospital. Entró un hombre joven, alto, de buen porte, que vestía una chaqueta blanca. Se quedó de pie, al lado de la silla de Mr. Rafiel, quien levantó la vista y le hizo una señal con la cabeza, indicándole uno de los asientos vacíos. El recién llegado lo ocupó.

«Mr. Jackson —pensó Miss Marple—, su ayuda de cámara. Bueno, eso es lo que yo me figuro.»

Seguidamente se aplicó a la tarea de estudiar a Mr. Jackson con toda atención.

Dentro del bar, Molly Kendal se estiró perezosamente, despojándose de sus zapatos, de altísimos tacones. Tim se unió a ella procedente de la terraza. De momento se encontraban solos en aquel lugar.

—¿Estás cansada, querida?

—Un poco. Tengo los pies ardiendo esta noche.

—¿No será esto demasiado para ti? Sé de sobra que resulta un trabajo muy duro.

Tim fijó los ojos con cierta expresión de ansiedad en el rostro de Molly. Esta se echó a reír.

—Vamos, Tim, no seas ridículo. Me encuentro a gusto aquí. Esta es otra vida. Es el sueño que siempre deseé convertido en realidad.

—Quizá tuvieras razón si fueses una huésped más. Pero llevar un negocio como este exige un gran esfuerzo.

—Bueno, pero ¿es que es posible conseguir algo sin antes poner empeño? —arguyó Molly Kendal juiciosamente.

Tim frunció el ceño.

—¿Crees que todo marcha como debe marchar? ¿Estimas que triunfaremos?

—Indudablemente.

—¿No crees que haya alguien en el hotel que se diga que esto no es lo mismo sin los Sanderson?

—Por supuesto, no faltará quien piense eso. ¡Es inevitable, querido! En todo caso, se tratará de alguna persona anticuada. Tengo la seguridad de que nosotros lo hacemos mejor que ellos. Sabemos comportarnos de una manera más brillante. Tú eres el encanto de las señoras ya entradas en años y das la impresión de que te acostarás con esas cuarentonas desesperadas. A mí, los caballeros maduros no me quitan el ojo de encima. La mayoría llegan a creerse seductores e incluso represento el papel de hija con los sentimentales. ¡Oh! Sabemos darle a cada uno lo suyo, sin posteriores complicaciones.

De la faz de Tim desapareció el gesto de preocupación.

—Mientras pienses así... Llegué a sentirme asustado. Nos lo hemos jugado todo en esta aventura. Hasta renuncié a mi empleo...

—Hiciste muy bien —dijo Molly—. Era embrutecedor.

Tim se rio, rozando con sus labios la nariz de ella.

—Lo hemos enfocado todo perfectamente —insistió Molly—. ¿Por qué andas siempre preocupado?

—Yo soy así, supongo. No paro de pensar... Imagínate que las cosas tomaran un rumbo desfavorable.

—¿Qué puede pasar, hombre?

—¡Oh, no sé! Supón que alguien se ahoga, por ejemplo.

—¡Bah! Poseemos una de las playas más seguras de esta región. Por si eso fuera poco, tenemos a ese sueco siempre de guardia.

—Soy un estúpido —dijo Tim Kendal. Vaciló, preguntando a continuación—: ¿No..., no has vuelto a ser víctima de esas pesadillas tuyas?

—Aquello fue el marisco —exclamó Molly, riendo.

# Capítulo 3

Una muerte en el hotel

Miss Marple pidió que le llevaran el desayuno a la cama, como de costumbre. Se componía de una taza de té, un huevo pasado por agua y una rodaja de papaya.

La fruta de la isla no acababa de convencer a Miss Marple. La desconcertaba. Todo sabía siempre a papaya. ¡Ah! Si hubiera podido hacerse servir una buena manzana... Pero las manzanas parecían ser desconocidas allí.

Después de una semana en la isla, Miss Marple se había habituado ya a refrenar un instintivo impulso: el de preguntar por el tiempo. Era siempre idéntico: bueno. No se registraban cambios notables.

«¡Oh! Las múltiples variaciones meteorológicas en el transcurso de una sola jornada, dentro de Inglaterra», murmuró para sí.

Ignoraba si estas palabras constituían una cita, consecuencia de alguna lectura, o eran invención suya.

Desde luego, aquella tierra se veía en ocasiones

azotada por furiosos huracanes. Eso tenía entendido. Pero Miss Marple no los relacionaba con la palabra *tiempo*, en la amplia acepción del vocablo. Los juzgaba más bien, por su naturaleza, un acto de Dios. Se producía un chubasco, una breve y violenta caída de agua, que solo duraba cinco minutos, y todo cesaba bruscamente. Las cosas y las personas, en su totalidad, quedaban empapadas, para secarse otros cinco minutos más tarde.

La muchacha negra nativa sonrió diciendo «Buenos días» mientras colocaba la bandeja que llevaba sobre las rodillas de Miss Marple. ¡Qué dientes más bonitos, qué dientes tan blancos los suyos! La muchacha, siempre sonriente, daba la impresión de ser feliz. Las jóvenes indígenas poseían un suave y agradable carácter. ¡Lástima que se sintiesen tan poco inclinadas al matrimonio! Esto preocupaba no poco al canónigo Prescott. Había muchas conversiones, y este hecho suponía un consuelo; pero de bodas, ni hablar.

Miss Marple desayunó, dedicándose de paso a planear su día. Poco era lo que tenía que decidir. Se levantaría sin prisas, con lentos movimientos. El aire era cálido y sus dedos no se hallaban tan entumecidos como de costumbre. Luego descansaría por espacio de unos diez minutos aproximadamente. Tras coger sus agujas y su lana echaría a andar poco a poco en dirección al hotel. Allí vería dónde le apetecía más acomodarse. Desde la terraza se divisaba una amplia extensión de mar. ¿Optaría por acercarse a la playa para distraerse contemplando a los bañistas y a los ni-

ños, entretenidos en sus juegos? Se decidiría, seguramente, por esto último. Por la tarde, tras la siesta, podía dar un paseo en coche. En realidad, le daba lo
mismo hacer una cosa que otra.

«Aquel sería un día como cualquier otro», se dijo.
No iba a ser así, sin embargo.

Miss Marple comenzó a llevar a la práctica su programa. Cuando avanzaba muy despacio por el sende-
ro que conducía al hotel se encontró con Molly Kendal. La joven no sonreía, cosa extraña en ella. Su aire
confuso era tan evidente que Miss Marple se apresuró
a preguntarle:

—¿Pasa algo, querida?

Molly asintió. Vaciló un poco antes de contestar.

—Bien... Al final acabará enterándose, igual que
todo el mundo. Se trata del comandante Palgrave. Ha
muerto.

—¿Que ha muerto?

—Sí. Murió esta noche.

—¡Oh! ¡Cuánto lo siento!

—Que pase esto aquí... ¡Oh! ¡Es horrible! Todos se
sentirán deprimidos. Desde luego, era ya muy viejo.

—Yo lo vi ayer muy animado. Parecía encontrarse
perfectamente.

Miss Marple lamentaba entrever en su interlocutora la suposición de siempre: todas las personas de
edad avanzada estaban expuestas a morir de un momento a otro.

—A juzgar por su aspecto disfrutaba de una salud
excelente —añadió.

—Tenía la tensión muy alta —repuso Molly.

—Bueno, pero hoy en día hay preparados para contrarrestar eso: unas píldoras especiales, según creo. La ciencia produce maravillas actualmente.

—¡Oh, sí! Es posible, no obstante, que se olvidara de tomarlas o que ingiriese demasiadas. Es algo semejante, ¿sabe usted?, a lo que puede ocurrir con la insulina.

Miss Marple no creía que la diabetes y una tensión más alta de lo normal tuvieran tanto en común como suponía Molly.

—¿Qué ha dicho el doctor?

—El doctor Graham, prácticamente retirado ya, que vive en el hotel, echó un vistazo al cadáver. Oportunamente se presentaron aquí las autoridades de la localidad, quienes extendieron el certificado de defunción; todo está en orden, pues. La persona que sufre de tensión alta se halla expuesta siempre a un serio percance, especialmente si abusa del alcohol. El comandante Palgrave era muy despreocupado en este aspecto. Recuerde su conducta de anoche, por ejemplo.

—Sí, ya me di cuenta —respondió Miss Marple.

—Probablemente olvidó tomar sus píldoras. ¡Qué mala suerte! Claro que hemos nacido para morir, ¿no? Pero esto es una seria preocupación para Tim y para mí. No faltará a lo mejor alguien que se encargue de decir por ahí que la comida del hotel no se hallaba en buen estado u otra cosa por el estilo.

—Bueno, hay que pensar que los síntomas de una

intoxicación no guardan la menor relación con los referentes a la hipertensión...

—Sí, eso es cierto, pero la gente tiene la lengua muy suelta. Y si alguien llega a la conclusión de que nuestra comida no es como debe ser, se marcha e informa a sus amistades...

—La verdad es que yo no veo aquí graves motivos de preocupación en ese sentido —repuso Miss Marple, amablemente—. Como usted ha dicho, un hombre mayor, como el comandante Palgrave, que debía haber dejado atrás ya los sesenta, se halla expuesto a morir, por ley natural. A todo el mundo ha de parecerle esto un suceso completamente normal... Es para lamentarlo, sí, pero también hay que contar con ello.

—Si no hubiese sido una cosa tan repentina... —murmuró Molly, tan preocupada como al principio.

«Sí, sí, tremendamente inesperada y repentina», se dijo Miss Marple al proseguir su interrumpido paseo. Palgrave había estado la noche anterior riendo y hablando sin cesar con los Hillingdon y los Dyson, de muy buen humor durante toda la velada.

Los Hillingdon y los Dyson... Miss Marple andaba ahora con más lentitud todavía... Finalmente se detuvo. En lugar de dirigirse a la playa se instaló en un sombreado rincón de la terraza. Sacó del bolso sus agujas y su ovillo de lana, y a los pocos segundos aquellas tintineaban rítmicamente a toda velocidad, como si quisieran acomodarse al vértigo con que se producían los pensamientos en el cerebro de su dueña. No... No le gustaba aquello. Era demasiado oportuno.

Empezó a evocar los acontecimientos del día anterior... El comandante Palgrave y sus historias...

Sus palabras habían sido las de siempre, por lo que había decidido en el momento del diálogo no escuchar con atención la perorata de su acompañante. Aunque tal vez le hubiera valido más proceder de distinto modo.

Palgrave le había hablado de Kenia. Y también de la India. Y de la frontera del noroeste... Más adelante, por una razón que ya no recordaba, se había puesto a hablar de crímenes. Y ni siquiera en tales momentos ella había escuchado sus palabras con verdadero interés...

Se había dado un caso célebre, sobre el cual publicaron informaciones amplias los periódicos...

Después de haberse agachado para coger del suelo su ovillo de lana, el comandante Palgrave había aludido a la figura de un criminal, a una foto en la que este aparecía.

Miss Marple cerró los ojos, intentando recordar la trama de la historia que le había mencionado Palgrave.

Había sido el suyo un relato más bien confuso. Alguien se lo había dicho todo en un club, en aquel al que pertenecía o en cualquier otro. Se lo había contado un médico, por boca de un colega... Uno de ellos había tomado una foto de alguien que salía por la puerta principal de una casa, alguien, desde luego, que debía de ser el asesino.

Sí, eso era... Los diversos detalles iban volviendo a su memoria.

Se había ofrecido para enseñarle la fotografía. Había sacado su cartera, empezando a registrar su contenido, sin parar de hablar un momento...

Y luego, siempre hablando, había levantado la vista, mirando... No. No la había mirado a ella, sino a algo que se hallaba a sus espaldas, detrás de su hombro derecho, para precisar. Entonces calló, de pronto, y su faz se tornó purpúrea. A continuación, se había aplicado con el mayor ardor a la tarea de guardar sus papeles, cosa que hizo con manos ligeramente temblorosas, ¡poniéndose a referir cosas de sus andanzas por África, de cuando iba tras los colmillos de los elefantes que compraba o cazaba!

Unos segundos después, los Hillingdon y los Dyson se habían unido a ellos...

Fue entonces cuando ella giró la cabeza lentamente, sobre el hombro derecho, para mirar también en la misma dirección... No vio nada ni a nadie. A la izquierda, algo alejados, hacia el establecimiento, divisó las figuras de Tim Kendal y su esposa; más allá, el grupo familiar de los venezolanos. Pero el comandante Palgrave no había mirado hacia allí...

Miss Marple estuvo reflexionando hasta la hora de la comida. Tras esta decidió no dar ningún paseo en coche.

En su lugar envió un recado al hotel en el que anunciaba que no se encontraba muy bien, rogando al doctor Graham que tuviera la bondad de ir a verla.

# Capítulo 4

Miss Marple reclama
atención médica

El doctor Graham era un hombre muy atento, de unos sesenta y cinco años. Había ejercido su profesión durante mucho tiempo en las Antillas, pero se había retirado casi por completo de la vida activa.

Saludó a Miss Marple afectuosamente y le preguntó qué le pasaba. Afortunadamente, a la edad de Miss Marple siempre había alguna dolencia que podía ser el tema de conversación, con las inevitables exageraciones por parte de la paciente. Ella vaciló entre su hombro y su rodilla, y se decidió finalmente por esta última.

El doctor Graham se abstuvo de decirle con su habitual cortesía que, a su edad, eran absolutamente lógicas ciertas molestias, las cuales cabía esperar. A continuación, le recetó unas píldoras, pertenecientes al grupo de los remedios frecuentes de los médicos. Como sabía por experiencia que muchas personas de edad solían sentirse muy solas al principio de su estancia en St. Honoré, se quedó un rato para entretener a Miss Marple con su charla.

«He aquí un hombre extremadamente agradable —pensó Miss Marple—. La verdad es que ahora me siento avergonzada por haberle contado tantas mentiras. Bueno, y ¿qué otra cosa podía hacer?»

Miss Marple se había inclinado siempre, por temperamento, hacia la verdad. Pero en determinadas ocasiones, cuando ella estimaba que su deber era proceder así, mentía con una asombrosa facilidad, sabiendo tornar verosímiles los mayores disparates.

Se aclaró la garganta, dejó oír una seca tosecilla y dijo, algo nerviosa:

—Hay algo, doctor Graham, que me gustaría preguntarle. No me gusta aludir a ello, pero es que no veo la manera de... Por supuesto, carece de importancia. Sin embargo, para mí sí que la tiene. Espero que usted me comprenda y que no juzgue mi pregunta fastidiosa o imperdonable en ningún aspecto.

A esta «introducción» el doctor Graham respondió amablemente:

—Algo le preocupa, Miss Marple. Permítame que la ayude.

—Está relacionado con el comandante Palgrave. Muy triste lo de su muerte, ¿eh? Experimenté un gran sobresalto cuando esta mañana me enteré de su fallecimiento.

—Sí —replicó el doctor—. Todo ocurrió de repente, me imagino. Ya ve usted, ayer parecía encontrarse muy bien.

El doctor Graham se mostraba sumamente cortés y respetuoso pronunciando estas palabras, pero resultaban un tanto convencionales. Claramente se veía que para él la muerte del comandante Palgrave no constituía ningún acontecimiento digno de especial mención. Miss Marple se preguntó si no estaría haciendo una montaña de algo insignificante. ¿Tendía a exagerar las cosas con los años? Tal vez había llegado a la edad en que no se puede confiar por entero en el propio juicio. Claro que ella no había formulado ninguna conclusión..., aún. Bueno, ya estaba metida en ello. No tenía más remedio que seguir adelante.

—Ayer por la tarde estuvimos sentados aquí los dos, charlando —continuó—. Me contaba cosas de su vida, muy variada e interesante. Había estado en distintas partes del mundo, en algunos lugares remotos y extraños.

—En efecto —contestó el doctor Graham, que había tenido que aguantar en diversas ocasiones los interminables relatos del comandante Palgrave.

—Luego me habló de su familia, de su niñez más bien, y yo le referí detalles relativos a mis sobrinos y sobrinas, que él escuchó con cariñosa atención. Llegué a mostrarle una fotografía que llevaba encima de uno de los chicos. Un muchacho estupendo... Bueno, la verdad es que ya hace tiempo que dejó de ser un muchacho. Aunque yo lo veré siempre como tal. ¿Usted me comprende?

—Perfectamente —dijo el doctor Graham, preguntándose cuántos minutos tendrían que pasar todavía para que aquella dama fuese al grano.

—Le entregué la fotografía y, cuando estaba examinándola, de pronto, esa pareja, esa pareja tan agradable que se dedica a buscar flores y mariposas, el coronel Hillingdon y su esposa, y...

—¡Ah, sí! Va usted a hablarme de los Hillingdon y los Dyson, ¿cierto?

—Eso es. Los cuatro aparecieron junto a nosotros inesperadamente. Venían hablando y riendo. Se sentaron y pidieron algo de beber. Nos pusimos a charlar todos. Una reunión muy agradable, me pareció a mí. Pero, por lo visto, sin darse cuenta, el comandante Palgrave debió de guardarse mi fotografía en su cartera. En aquellos momentos, distraída, no di importancia al incidente, pero después, al recordar la escena mejor, me dije: «Tengo que acordarme de pedirle al comandante la foto de Denzil». Pensé en hacerlo anoche, durante el baile, mientras la orquesta tocaba. Sin embargo, me daba pena interrumpirlo. Sus acompañantes y él formaban un grupo muy alegre, daban la impresión de estar pasándolo francamente bien. Pensé: «Hablaré con él por la mañana». Pero esta mañana...

Miss Marple hizo una pausa. El largo discurso la había dejado sin aliento.

—Ya, ya —dijo el doctor Graham—. La comprendo perfectamente, Miss Marple. Usted lo que quiere es que le devuelvan su fotografía, ¿no es eso?

Miss Marple asintió, dibujándose en su rostro una expresión de ansiedad.

—Sí, doctor. No tengo más fotografías que esa de Denzil. No poseo tampoco el negativo correspondiente. Me disgustaría muchísimo perder esa foto. Es que, claro, usted no puede saberlo, el pobre Denzil murió hace cinco o seis años. No he querido nunca a ningún sobrino tanto como a él. La foto en cuestión, por tal motivo, tiene para mí un valor incalculable. Yo me pregunté... Esperaba... Bueno, es una impertinencia por mi parte pedirle esto, pero... ¿usted no podría hacer nada para que me devolviesen la fotografía? He pensado en usted enseguida. ¿A qué otra persona podría dirigirme? Ignoro quién será el que se ocupe de recoger los objetos del infortunado comandante Palgrave. Y esa persona puede que me juzgue como una entrometida o una pesada. Tendría que darle innumerables explicaciones y no me entendería, tal vez. No. No es fácil comprender lo que esa foto representa para mí.

Se quedó mirándolo, expectante.

—Desde luego. Yo sí la entiendo, no lo dude —replicó el doctor Graham—. Es el suyo un sentimiento muy natural. He de decirle que dentro de poco tengo que entrevistarme con las autoridades de la localidad. Los funerales serán mañana. Alguien de la Administración tendrá que ocuparse de examinar los papeles del comandante, de recoger sus efectos, antes de ponerse en contacto con sus parientes más próximos. ¿Podría describirme esa fotografía de la que me ha hablado?

—En ella se ve la fachada principal de una casa —dijo Miss Marple—. Una persona... Denzil, quiero decir. Una persona sale por la puerta. Le diré que esa instantá-

nea la tomó uno de mis sobrinos, extraordinariamente
aficionado a las flores. Estaba fotografiando unos hibiscos, según creo, o unos hermosos lirios... No sé. Ahora
no estoy segura de eso. Denzil apareció frente a él en el
preciso instante en que apretaba el disparador. La foto
no es muy buena. Está algo desenfocada... Sin embargo,
a mí me gustó y acostumbraba a llevarla siempre conmigo.

—A mí me parece que esto está suficientemente claro —manifestó el doctor Graham—. No creo que surjan dificultades a la hora de devolverle lo que es suyo,
Miss Marple.

El doctor Graham se puso en pie. Miss Marple lo
miró sonriente.

—Es usted muy amable, doctor Graham, amable de
veras. Usted me ha comprendido, ¿no?

—Por supuesto, Miss Marple —respondió el doctor, estrechándole afectuosamente la mano—. No se
preocupe... No tiene por qué. Ejercite esa rodilla todos
los días con lentitud, sin excederse. Le enviaré las pastillas de las que le he hablado. Tómese tres al día.

# Capítulo 5

Miss Marple toma una decisión

Los funerales en honor del alma del comandante Palgrave tuvieron lugar al día siguiente. Miss Marple asistió a ellos en compañía de Miss Prescott. Ofició el hermano de esta... Después la vida siguió su curso, como de costumbre.

La muerte del comandante Palgrave era un simple incidente, desagradable, eso sí, pero sin gran importancia. En el cielo lucía un sol espléndido del que había que disfrutar. Y luego estaba el mar y los placeres sociales. Un ingrato visitante había interrumpido aquellas deliciosas actividades, las derivadas del escenario natural, privilegiado, en que se movían los huéspedes del hotel, ensombreciéndolas momentáneamente. Pero el nubarrón se había desvanecido ya. A fin de cuentas, nadie había llegado a tener una relación estrecha con el desaparecido. Todo el mundo había visto en él al clásico parlanchín de club, un tanto fastidioso, constantemente detrás de unos y de otros, siempre refiriendo experiencias personales que ninguno de los oyentes deseaba es-

cuchar. Nada había habido en su vida que le hubiese
podido llevar a fijar su residencia en un sitio u otro. Su
esposa había muerto muchos años atrás. El comandante Palgrave había sido uno de esos solitarios que viven
siempre entre la gente y no por cierto aburriéndose.
A su modo, había disfrutado lo suyo. Y ahora ya no pertenecía al mundo de los vivos. Acababan de enterrar-
lo... Para nadie sería un pesar su fallecimiento. Una
semana más y no habría ya quien lo recordara, quien
saludase su memoria con una pasajera evocación.

Probablemente, la única persona que iba a echarlo de
menos sería Miss Marple. No era que le hubiese tomado
afecto a aquel hombre durante el corto periodo de su relación con él. Simplemente, Palgrave le hacía pensar en
una clase de vida que ella conocía. A medida que el ser
humano va entrando en años se desarrolla en este más y
más el hábito de escuchar. Se escucha, posiblemente, sin
gran interés... Pero es que entre ella y el comandante se
había dado ese intercambio discreto de impresiones,
propio de dos personas ancianas. Miss Marple, por supuesto, no iba a ponerse de luto por la muerte de su amigo. Ahora bien, sí que lo echaría de menos...

En la tarde del día de los funerales, cuando Miss
Marple se encontraba sentada en su lugar favorito, haciendo punto, se le acercó el doctor Graham. Dejando
a un lado sus sencillos instrumentos, se apresuró a co-
rresponder al saludo del recién llegado. Entonces el
médico, frunciendo el ceño, le dijo:

—Creo ser portador de noticias nada agradables
para usted, Miss Marple.

—¿Qué me dice? ¿Acerca de mi...?

—Sí. No hemos logrado encontrar su apreciada fotografía. Esto ya me imagino que la disgustará profundamente.

—Sí, claro, es natural. Pero, bueno, no es que importe mucho tampoco. Esa foto no tenía más valor que el puramente sentimental. ¿No estaba en la cartera del comandante Palgrave?

—No. Ni entre sus otras cosas. Hallamos unas cuantas cartas y diversos objetos, aparte de varias fotos viejas. Desde luego, ninguna de ellas era la que usted describió.

—¡Qué lástima! —exclamó Miss Marple—. Bien. ¡Qué le vamos a hacer! Muchísimas gracias, doctor Graham. Se ha tomado usted demasiadas molestias por mi culpa.

—Nada de eso, Miss Marple. He puesto el mayor interés en complacerla porque sé, por experiencia, que ciertas minucias familiares adquieren un gran valor conforme nos vamos haciendo mayores.

La anciana dama estaba encajando bien aquel contratiempo, pensó el doctor. Suponía este que el comandante Palgrave habría visto la foto en su cartera, con ocasión de sacar de ella algún papel, y al no recordar siquiera cómo había llegado a su poder la rompería en mil pedazos, imaginándose que carecía por completo de importancia. No era así desde el punto de vista de Miss Marple. Sin embargo, esta parecía resignada con respecto al incidente.

Interiormente, no obstante, Miss Marple distaba mucho de hallarse tan animosa y resignada. Deseaba poder disponer cuanto antes de unos minutos para reflexionar sobre todo aquello. Ahora bien, se proponía obtener el máximo provecho de aquella oportunidad que se le presentaba.

Se enzarzó con el doctor Graham en una animada conversación, con una ansiedad que ni siquiera intentó ocultar. Su interlocutor, un caballero extraordinariamente cortés, atribuyó la verborrea de Miss Marple a su situación, a la soledad en que vivía. Se esforzó entonces por hacerle olvidar la pérdida de la fotografía, haciendo referencia, con palabras fáciles y amenas, a la vida de St. Honoré y los diversos e interesantes parajes que a ella quizá le agradaría visitar. Al cabo de un rato, sin embargo, inexplicablemente, la muerte del comandante Palgrave volvió a ser el tema dominante de su diálogo.

—Es muy triste ver morir a una persona de esta manera, lejos de los suyos, de sus familiares más queridos. Pero de las palabras de ese hombre deduje, ahora que me acuerdo, que carecía de parientes próximos. Creo que vivió solo algún tiempo, en Londres.

—Viajó mucho, me parece —adujo el doctor Graham—. Sobre todo durante los inviernos. No podía con el típico mal tiempo inglés. La verdad es que no puede reprochársele nada en tal aspecto.

—No —convino Miss Marple—. Ahora yo me pregunto también: ¿no padecería de los bronquios o sufriría de reúma? En tal caso estaría más que justificado que prefiriese pasar los inviernos en cualquier soleado país extranjero, ¿no le parece?

—¡Oh, no! No creo que hubiera nada de eso...

—Padecía de tensión alta... Es muy frecuente hoy en día esta enfermedad. Se oye hablar de ella a todas horas.

—¿Le contó él algo referente a su dolencia?

—¡Oh, no! No la mencionó nunca. Fue otra persona quien me habló de eso.

—Ah, ¿sí?

—Supongo —prosiguió diciendo Miss Marple— que en dichas circunstancias no es de extrañar que sobrevenga la muerte.

—Bueno, eso es relativo —explicó el doctor Graham—. Actualmente existen ciertos métodos para controlar la presión sanguínea.

—Su muerte se me antojó a mí demasiado repentina, pero me imagino que a usted no le sorprendería.

—No podía sorprenderme en un hombre de su edad. Pero no la esperaba. Con franqueza, yo estaba convencido de que el comandante Palgrave gozaba de una salud excelente. No es que yo lo atendiera profesionalmente, no. Jamás le tomé la presión ni me consultó como médico.

—¿Presenta el enfermo de hipertensión síntomas externos, susceptibles de ser observados por cualquiera, mejor dicho, por un doctor? —inquirió Miss Marple con aire de absoluta inocencia.

—A simple vista no se le puede descubrir nada al paciente —replicó el doctor Graham sonriendo—. Es preciso efectuar determinadas pruebas.

—¡Ah, ya sé! Está usted pensando en esa banda de

goma que se enrolla en el brazo del enfermo y que a continuación hay que hinchar... A mí me disgusta profundamente. Mi médico de cabecera me notificó la última vez que me vio que para mi edad disfrutaba de una presión sanguínea normal.

—Me alegro mucho de que sea así.

—Desde luego, hay que reconocer que el comandante Palgrave era excesivamente aficionado a ese ponche —dijo Miss Marple pensativamente.

—Sí. Y no es esa bebida la medicina más adecuada para los hipertensos. El alcohol, un veneno siempre, para ellos lo es más todavía.

—Hay quien toma determinadas pastillas... Eso es lo que he oído afirmar, al menos.

—Sí. Las hay de varias clases en el mercado. En la habitación de Palgrave fue hallado un frasco lleno de ellas. Se trata de un medicamento denominado Serenite.

—La ciencia produce unos remedios asombrosos, actualmente —comentó Miss Marple—, proporcionando a los médicos armas estupendas, ¿verdad?

—Hemos de enfrentarnos siempre con una gran competidora: la madre naturaleza —replicó Graham—. Hay remedios antiguos, sencillos, de los llamados caseros, a los que la gente recurre de vez en cuando.

—Como el de aplicar telas de araña a los cortes para impedir la hemorragia, ¿no? De niños solíamos utilizarlas.

—Una medida bastante sensata —opinó el doctor Graham.

—La tos se curaba hace muchos años con una cata-plasma de aceite de linaza en el pecho o una friega de aceite alcanforado.

—Veo que está usted al corriente de la medicina tradicional, Miss Marple —dijo el doctor Graham riendo, al tiempo que se ponía en pie—. ¿Qué tal va esa rodilla? ¿Le ha molestado últimamente?

—No, no. Estoy muy bien, mucho mejor.

—Ignoro si eso será obra de la madre naturaleza o efecto de mis píldoras. Lamento, Miss Marple, no haberle sido más útil.

—Ha sido usted muy amable, doctor. En realidad, me siento avergonzada por haberle entretenido... ¿Dijo usted antes que no había hallado ninguna foto-grafía en la cartera de Palgrave?

—¡Oh...! Sí. Vi una en la que aparecía el comandan-te de joven, montando un caballo de los que emplean los jugadores de polo. Había otra de un tigre muerto... Palgrave tenía un pie apoyado en su cabeza. Encon-tramos diversas instantáneas así, recuerdos, probable-mente, de sus años juveniles... Las miré todas con sumo cuidado, no obstante, y puedo asegurarle que ninguna de ellas era la de su sobrino...

—Le creo, le creo... No es que yo haya supuesto lo contrario. Solamente me interesaba saber... Todos te-nemos cierta tendencia a conservar esas cosas menu-das, íntimas, absolutamente personales, que al correr de los años miramos como tesoros.

—Los tesoros del pasado —apuntó el doctor, son-riendo.

Después de despedirse de ella, el hombre se marchó.

Miss Marple contempló con ojos pensativos las palmeras vecinas y la azulada lámina del mar. Durante unos minutos permaneció inmóvil. Disponía de una certeza ahora. Tenía que pensar en ella y en lo que significaba. La fotografía que el comandante había sacado de su cartera, volviéndola a guardar en ella apresuradamente, no estaba allí después de su muerte. No era la foto en cuestión una cosa como otras tantas de las que hubiera podido decidir de pronto desprenderse. La había colocado en la cartera y en la cartera debería haber sido hallada tras su muerte. El dinero se puede robar... En cambio, a nadie se le ocurre sustraer una fotografía. A menos, por supuesto, que alguien tuviese poderosas razones para hacerlo.

El rostro de Miss Marple presentaba una expresión grave. Se veía forzada a tomar una decisión. ¿Qué pretendía? ¿Por qué no dejar que el comandante Palgrave descansara tranquilamente en su tumba? ¿No sería lo mejor desentenderse de todo? Murmuró una cita: «Duncan ha muerto. Tras haber sido víctima de la atormentadora fiebre de la vida, duerme en paz». El comandante Palgrave no podía sufrir ya ningún daño. Se había ido a un sitio donde el peligro no podía alcanzarlo. ¿Era una coincidencia que hubiese muerto aquella noche? ¿No lo era?

Los médicos certificaban la muerte de las personas mayores muy fácilmente. De modo especial si encuentran en sus habitaciones un frasco lleno de esas pastillas que ingiere periódicamente la gente que padece hipertensión. Ahora bien, si alguien había sustraído de la cartera de Palgrave una fotografía, cabía pensar que esa persona podía haber dejado, asimismo, el frasco de pastillas en el sitio conveniente. Ella misma no recordaba haber visto jamás al comandante tomando píldoras. Jamás lo había oído hablar tampoco de su hipertensión. Al referirse a su estado de salud, Palgrave admitía invariablemente: «¡Hombre! No soy tan joven como antes...». Incidentalmente, lo había visto respirar con dificultad. Sufriría un poco de asma, pero nada más. Y, sin embargo, alguien había hecho hincapié en que el comandante tenía la tensión alta... ¿Quién? ¿Molly? ¿Miss Prescott? Miss Marple no acertaba a recordar tal detalle.

Suspiró. Luego se reprendió a sí misma mentalmente.

«Bueno, Jane... ¿Qué sugieres? ¿En qué estás pensando? ¿Es que pretendes sacar partido de todo? Pero ¿tienes en realidad algún fundamento para seguir adelante?»

Paso a paso, lentamente, reconstruyó con la máxima aproximación posible su diálogo con el comandante sobre el tema del crimen y los criminales.

—¡Oh! —exclamó Miss Marple—. Aun así, realmente..., ¿qué es lo que puede hacerse al respecto?

Lo ignoraba, pero ella intentaría hallar la respuesta a tal pregunta.

# Capítulo 6

En las primeras horas
de la mañana

Miss Marple se despertó temprano. Al igual que
tantas personas ya de edad, su sueño era muy ligero y
experimentaba periodos de vigilia que aprovechaba
para pensar en las cosas que haría al día siguiente. Habitualmente, por supuesto, aquellas eran de carácter
absolutamente privado o doméstico, y tenían escaso
interés para los demás. Pero aquella mañana las reflexiones de Miss Marple, sobrias y constructivas, se
habían concentrado en el crimen en general y en lo
que podría hacer al respecto si sus sospechas resulta-
ran ciertas. Su tarea no iba a ser fácil. Disponía de un
arma solamente: la conversación.

Las damas entradas en años mostraban una evidente tendencia al diálogo disperso. Algunos se abu-
rrían. Pero a nadie se le hubiera ocurrido pensar en la
existencia de unos motivos ocultos. No era el caso de
formular preguntas directas. A Miss Marple le costaba
trabajo descubrir qué podía inquirir a aquellas alturas... Se imponía una tarea previa: ampliar todo cuan-

to fuera posible la información sobre ciertas personas conocidas. Entonces las repasó mentalmente.

Por ejemplo: ¿por qué no intentar averiguar algo más sobre el comandante Palgrave? Bueno, y ¿eso le serviría de algo? Tenía sus dudas. Si era verdad que lo habían asesinado, no cabía buscar la causa de su muerte en algún improbable secreto de su vida, en el afán de venganza de cualquier enemigo o en la avidez de sus herederos, si los tenía... Era aquel, en efecto, uno de esos raros casos en que el conocimiento de detalles referentes a la víctima no conduce al investigador hacia el criminal. El punto esencial, el más esencial de todos, a juicio de Miss Marple, ¡era que el comandante Palgrave hablaba demasiado!

Gracias al doctor Graham se había enterado de un dato interesante. La víctima guardaba en su cartera fotografías... En una de ellas aparecía montado a caballo... Las otras instantáneas eran de ese tipo. Y ¿por qué las llevaba el comandante Palgrave siempre encima? Miss Marple recurrió a su dilatada experiencia, a su continuo trato con viejos almirantes, tenientes coroneles y simples comandantes... Tales fotografías le servían para ilustrar determinados relatos que gustaba referir a los que se prestaban a ello. Empezaba, por ejemplo, con las siguientes palabras: «En una ocasión participé en una cacería de tigres en la India y me sucedió un curioso percance...». A cualquiera le gustaba verse de joven montando un brioso corcel, vestido con las ropas de jugador de polo. Por consiguiente, la historia referente a un individuo tachado de criminal quedaría ilustrada oportunamente con la exhibición de la fotografía que Palgrave guardaba en su cartera.

Palgrave se había ajustado a los moldes clásicos a lo largo de su conversación con ella. Habiendo surgido el tema del crimen, y enfocado el interés de su interlocutora en su relato, había hecho lo de siempre: sacar la foto y decir algo semejante a esta frase: «Nadie creería que este tipo es un criminal, ¿verdad?».

Había que dejar bien sentado que eso era un hábito suyo. La historia en cuestión formaba parte de las de su repertorio. Siempre que se suscitaba el tema criminal, el comandante se embalaba.

Miss Marple se dijo que existía la posibilidad de que él hubiese contado su historia a otro huésped. Incluso a más de uno. De ser así, ella podía localizar a los oyentes, recabar de estos los detalles que no conocía y obtener una descripción del hombre que aparecía en la famosa fotografía.

Miss Marple sonrió, satisfecha... Eso supondría un buen comienzo.

Desde luego, estaban las personas que ella designaba mentalmente como «los cuatro sospechosos». Aunque en realidad, puesto que el comandante Palgrave había hablado de un hombre, aquellos se reducían a dos. El coronel Hillingdon y Mr. Dyson no tenían aspecto de criminales. Claro que esto era lo que con frecuencia pasaba con los que lo eran de verdad. ¿Existiría otro «sospechoso» más?

Miss Marple no había visto a nadie al volver la cabeza. Por allí, desde luego, quedaba el bungaló de Mr.

Rafiel. ¿Sería posible que alguien hubiera salido de él pero hubiera vuelto a entrar en el preciso instante en que ella había mirado? En caso afirmativo tenía que pensar en el ayuda de cámara. ¿Cómo se llamaba? ¡Ah, sí! Jackson. ¿Habría sido Jackson quien había salido rápidamente de la construcción, para volver a entrar en ella inmediatamente? Esto le hizo recordar la foto de la que le había hablado el comandante. Un hombre saliendo por la puerta de una casa. Al identificar al individuo de la foto, Palgrave debió de experimentar una fuerte impresión. Quizá no hubiese visto a aquel individuo hasta entonces. Al menos, tal vez no se hubiese fijado en él con algún interés. Palgrave era un esnob. Arthur Jackson no era un *pukka sahib*. En circunstancias normales, el comandante no lo habría mirado a la cara dos veces.

Lo recordaba con la fotografía en la mano, levantando la cabeza para observar por encima de su hombro derecho, viendo... ¿Viendo qué? ¿Un hombre que salía por la puerta de la casa vecina?

Miss Marple se arregló cuidadosamente la almohada. Programa para el día siguiente... No. Para aquel, mejor dicho: tenía que efectuar nuevas investigaciones sobre los Hillingdon, los Dyson y Arthur Jackson, el ayuda de cámara de Mr. Rafiel.


El doctor Graham se despertó también temprano. Lo normal era que diese una vuelta en la cama y se durmiera de nuevo. Pero aquella mañana se sentía fatigado y no acertaba a conciliar el sueño. Hacía tiempo que no había sufrido aquella ansiedad que le impedía descansar a gusto. Y ¿cuál era el origen de su inquietud? Realmente, no acertaba a descubrirlo. Se entregó a sus pensamientos... Era algo que tenía que ver..., algo que tenía que ver... ¡Sí!, con el comandante Palgrave. No comprendía por qué razón el recuerdo de ese hombre podía constituir para él un motivo de inquietud. ¿Se trataba de alguna de las frases que su locuaz y anciana paciente de bungaló, Miss Marple, había pronunciado?

No había podido complacerla en lo tocante a su fotografía. Era una lástima que se hubiese perdido. No se había disgustado, aparentemente, por aquel contratiempo. Bien... ¿Qué era lo que ella había dicho, qué frase podía haber pronunciado que determinase su desagradable sensación de intranquilidad? Después de todo, nada había de raro en la muerte del comandante Palgrave. Nada en absoluto. Esto es: él suponía que se trataba de un hecho completamente normal.

Era evidente que, dado que Palgrave estaba enfermo... Pero de pronto reparó en un detalle. ¿Sabía mucho él en realidad acerca del estado de salud del comandante? Todo el mundo aseguraba que padecía de hipertensión. Pero él mismo no había hablado jamás con aquel hombre sobre eso. Claro que sus conversaciones habían sido poco frecuentes y muy breves. Palgrave era un tipo fastidioso y él acostumbraba a huir de esa clase de personas. ¿Por qué diablos se le había venido a la cabeza la idea de que en aquel asunto podía existir algo que no estuviese en regla? ¿Una velada influencia de la anciana Miss Marple? Bueno, aquello no era cosa suya. Las autoridades de la localidad no habían encontrado nada sospechoso. Allí estaba el frasco de Serenite... Y por otro lado parecía ser que el fallecido había estado hablando a todo el mundo de su hipertensión...

El doctor Graham dio otra vuelta en la cama, y esta vez no tardó en quedarse dormido.

Fuera de los terrenos del hotel, en una cabaña instalada en las proximidades de un barranco, Victoria Johnson, acostada en aquellos momentos, dio una vuelta en su cama y acabó por sentarse en ella. Victoria, de St. Honoré, era una hermosa criatura, con un busto que parecía haber sido tallado en mármol negro por un genial escultor. La muchacha se pasó los dedos por sus oscuros cabellos, muy rizados. Con la punta del pie tocó a su acompañante, que aún dormía, en la pierna que tenía más cerca.

—Despiértate, hombre.

Este emitió un gruñido, volviéndose adormilado hacia ella.

—¿Qué quieres? No es hora de levantarse todavía.

—Despiértate de una vez, te he dicho. Quiero hablar contigo.

El hombre se sentó, estirándose perezosamente. Luego bostezó.

Tenía una boca grande. Sus dientes eran muy bellos.

—¿Qué es lo que te preocupa, mujer?

—Me estoy acordando del comandante, ese huésped del hotel que falleció. Hay algo que no me gusta, algo malo...

—Y ¿es eso lo que te tiene desvelada? Piensa que era un individuo bastante viejo ya.

—Escúchame, ¿quieres? Me he acordado de las pastillas. El médico me preguntó por ellas.

—Bueno, y ¿qué? Seguramente tragaría una cantidad excesiva.

—No, no es eso. Escucha...

Victoria se inclinó hacia su acompañante, hablándole al oído vehementemente por espacio de unos segundos. Este bostezó de nuevo y, acurrucándose en el lecho, se dispuso a conciliar el sueño.

—Eso no tiene nada de particular.

—Sin embargo, esta misma mañana hablaré con Mrs. Kendal. En ese asunto hay algo extraño...

—Esas cosas deberían traerte sin cuidado, Victoria —murmuró el hombre a quien la joven consideraba su esposo, pese a que no se habían sometido a ningún trámite legal—. No nos busquemos complicaciones —añadió él, dándose la vuelta con un nuevo bostezo.

# Capítulo 7

Por la mañana en la playa

Serían alrededor de las diez...

Evelyn Hillingdon salió del agua y se tendió en la dorada y caliente arena de la playa. Luego se quitó el gorro e hizo unos enérgicos movimientos de cabeza. La playa no era muy grande. La gente tendía a congregarse allí por las mañanas, y alrededor de las once y media se celebraba una especie de reunión social.

A la izquierda de Evelyn, en un moderno sillón de mimbre de aspecto exótico, descansaba la señora de Caspearo, una hermosa venezolana. Cerca de ella se encontraba el anciano Mr. Rafiel, que era el decano de los huéspedes del Golden Palm Hotel. Su autoridad pesaba en aquel medio todo lo que puede pesar la de un hombre que posee una gran fortuna pero que ya es anciano y que está inválido. Esther Walters cuidaba de él. Llevaba siempre consigo un bloc y un lápiz de taquigrafía, por si acaso Mr. Rafiel se veía forzado a adoptar decisiones rápidas con relación a cualquier negocio, al tanto de los cuales se mantenía por correo y cable. A Mr. Rafiel se le veía increíblemente seco en traje de baño. Sus escasas carnes cubrían un esqueleto deformado. Parecía, sí, encontrarse al borde de la muerte, pero lo más curioso era que hacía ocho años que ofrecía aquel aspecto. Por lo menos, eso era lo que se afirmaba en las islas. Por entre sus arrugados párpados asomaban unos ojos azules, vivarachos, penetrantes. No había nada que le produjera más placer que negar lo que cualquier otro hombre hubiera dicho.

También Miss Marple se encontraba por allí. Como de costumbre, estaba sentada, haciendo punto. Escuchaba todo lo que se decía y de vez en cuando intervenía en las conversaciones. Solía sorprender entonces a los que charlaban porque estos, habitualmente, ¡llegaban a olvidarse de su presencia! Evelyn Hillingdon la miraba indulgentemente, juzgándola una anciana muy agradable. La señora de Caspearo se frotó sus largas piernas con un poco más de aceite. Era una mujer que apenas hablaba. Parecía disgustada con su frasquito de aceite, que utilizaba para broncearse.

—Este no es tan bueno como el de franchipán —murmuró entristecida—. Pero aquí no puede conseguirse. Es una lástima —añadió, bajando la vista.

—¿Piensa usted bañarse ya, Mr. Rafiel? —le preguntó su secretaria.

—Me bañaré cuando esté preparado —replicó Mr. Rafiel secamente.

—Son ya las once y media —señaló Mrs. Walters.

—Y ¿qué? ¿Es que cree usted que soy uno de esos

tipos que viven encadenados a las manecillas del reloj? Hay que hacer esto dentro de una hora; hay que
hacer aquello veinte minutos después... ¡Bah!

Había transcurrido ya algún tiempo desde el día en
que Mrs. Walters entrara al servicio de Mr. Rafiel. Naturalmente, había tenido que aprender a tratarlo. Ella
sabía, por ejemplo, que al viejo le agradaba reposar
unos momentos después del baño. Por consiguiente,
le había recordado la hora. Esto provocaba una instin-
tiva rebeldía por su parte. Ahora bien, al final Mr. Rafiel tendría muy en cuenta la advertencia de Mrs. Walters sin mostrarse por ello sumiso.

—No me gustan estas sandalias —dijo el viejo, levantando un pie—. Ya se lo dije a ese estúpido de Jackson. No me hace nunca el menor caso.

—Le buscaré otras, ¿quiere usted?

—No. No se mueva de ahí. Y procure estarse quieta. Me fastidia la gente que no cesa de correr de un
lado para otro.

Evelyn se movió ligeramente sobre su lecho de arena, estirando los brazos.

Miss Marple, absorta en su labor —eso parecía al
menos—, extendió una pierna, y se apresuró a discul-
parse...

—Lo siento... ¡Oh! Lo siento mucho, Mrs. Hillingdon. La he tocado con el pie.

—¡Bah! No tiene importancia —replicó Evelyn—.
Esta playita se encuentra atestada de gente.

—Por favor, no se mueva. Colocaré mi sillón un
poco más atrás, y así no la molestaré de nuevo.

Habiéndose acomodado mejor, Miss Marple prosiguió hablando con su peculiar estilo infantil y la locuacidad de la que hacía gala en ocasiones.

—Todo lo de esta tierra se me antoja maravilloso. Yo no había estado nunca en las Antillas. Siempre pensé que no llegaría a ver estas islas... Y, sin embargo, aquí me tienen ustedes. Debo decirlo: gracias a la amabilidad de uno de mis sobrinos. Me imagino que usted conoce perfectamente esta parte del mundo. ¿Es cierto, Mrs. Hillingdon?

—Había estado aquí un par de veces antes y conozco casi todas las islas restantes.

—¡Ah, claro! Usted se interesa por las mariposas de esta región y también por las flores silvestres. Usted y sus... amigos, ¿no? ¿O bien son parientes?

—Amigos, nada más.

—Supongo que habrán viajado juntos en muchísimas ocasiones, debido a sus aficiones comunes...

—En efecto. Viajamos juntos desde hace varios años.

—También me figuro que habrán vivido emocionantes aventuras.

—No crea —repuso Evelyn, hablando con una entonación especial que delataba un leve fastidio—. Las aventuras quedan reservadas a otros seres.

Evelyn bostezó.

—¿No han tenido nunca peligrosos encuentros con serpientes venenosas y otros animales de la selva? ¿No se las han tenido que ver jamás con indígenas sublevados?

«En estos momentos debo de parecerle a esta mujer una tonta», pensó Miss Marple.

—Solo hemos sufrido alguna que otra vez picaduras de insectos —afirmó Evelyn.

—¿Usted sabía que al pobre comandante Palgrave le mordió en cierta ocasión una serpiente? —inquirió Miss Marple.

—Desde luego, aquello era una invención suya...

—¿De veras? ¿El comandante nunca le refirió el episodio?

—Puede que sí. No lo recuerdo.

—Usted lo conocía muy bien, ¿no?

—¿A quién? ¿Al comandante Palgrave? Apenas tuve relación con él.

—Siempre dispuso de un excelente repertorio de historias para contar.

—Era un individuo insoportable —opinó Mr. Rafiel—. No había quien aguantara a aquel estúpido. De haber cuidado de sí mismo como era debido no hubiera muerto.

—Vamos, vamos, Mr. Rafiel —medió Mrs. Walters.

—Sé muy bien lo que me digo. Lo menos que puede hacer uno es preocuparse por su salud. Fíjese en mí. Hace años los médicos creyeron que era un caso perdido. «Perfecto —pensé—. Como yo poseo mis normas particulares para cuidar de un modo conveniente de mi persona, empezaré a atenerme estrictamente a ellas.» Como consecuencia de esto, aquí me tienen...

Mr. Rafiel miró a su alrededor, orgulloso de sí mismo.

Verdaderamente, parecía un milagro que aquel hombre pudiese seguir viviendo.

—El pobre comandante Palgrave padecía de hipertensión —declaró Mrs. Walters.

—¡Bah! ¡Tonterías! —exclamó, despectivo, Mr. Rafiel.

—Él mismo lo decía —aseguró Evelyn Hillingdon.

Esta había hablado con un aire de autoridad totalmente inesperado.

—¿Quién decía eso? —inquirió Mr. Rafiel—. ¿Se lo reveló a usted acaso?

—Alguien difundió esa noticia.

Miss Marple, que había provocado aquella conversación, quiso contribuir aportando algo.

—Palgrave tenía siempre el rostro muy encarnado —observó.

—Uno no puede guiarse por eso —repuso Mr. Rafiel—. La verdad es que el comandante Palgrave no padeció nunca de hipertensión. Así me lo hizo saber.

—¿Cómo? —preguntó Mrs. Walters—. No le entiendo. No es posible que nadie vaya por ahí asegurando que tiene o no tiene esto o lo otro.

—Pues eso es algo que ocurre a veces, señora. Verá... En cierta ocasión, habiéndolo visto abusar del célebre ponche, tras una copiosa comida, le advertí: «Debería usted vigilar su dieta y restringir o suprimir la bebida. A su edad es preciso pensar en la presión sanguínea». Me respondió que no tenía por qué abrigar ninguna preocupación de ese tipo, ya que su presión era correcta, acorde con su edad.

—Pero, según creo, tomaba alguna medicina —aventuró con aire inocente Miss Marple mediando de nuevo en la conversación—. He oído que consumía un medicamento llamado Serenite, que se vende en forma de píldoras.

—En mi opinión —dijo Evelyn Hillingdon—, al comandante Palgrave no le gustó nunca admitir que podía padecer de algo, que podía estar enfermo. Debía de ser uno de esos hombres que temen enfermar, y se dedican a convencer a los demás, y a sí mismos, de que no les pasa nada, de que no les pasará nunca nada...

Tratándose de Evelyn, había sido un largo discurso. Miss Marple estudió con aire pensativo la morena mata de sus cabellos.

—Lo malo es que todo el mundo anda empeñado en averiguar las dolencias del prójimo —declaró en tono dictatorial Mr. Rafiel—. Se piensa, generalmente, que todos los que han rebasado los cincuenta años van a morir de hipertensión, de trombosis coronaria o de cualquier cosa así... Bobadas. Si un hombre me dice que está bien, ¿por qué he de imaginarme yo lo contrario? ¿Qué hora es? ¿Las doce menos cuarto? Debería haberme bañado hace ya un buen rato. Pero, Esther, ¿por qué no prevé usted estas cosas?

Mrs. Walters no formuló la menor respuesta. Se puso en pie y ayudó a Mr. Rafiel a hacer lo mismo. Los dos fueron acercándose al agua. Esther avanzaba pendiente de él. Juntos entraron por último en el húmedo elemento.

La señora de Caspearo abrió los ojos, murmurando:

—¡Qué feos son los viejos! ¡Oh, qué feos! Los hombres no deberían llegar a esas edades, sino morir, por ejemplo, a los cuarenta años. O, mejor aún, al cumplir los treinta y cinco.

Acercándose al grupo, Edward Hillingdon, a quien había acompañado hasta allí Gregory Dyson, preguntó:

—¿Qué tal está el agua, Evelyn?

—Igual que siempre.

—¿Dónde está Lucky?

—No lo sé.

De nuevo, Miss Marple contempló con actitud reflexiva la menuda y oscura cabeza de Evelyn.

—Bueno, ahora voy a hacer mi imitación de una ballena —anunció Gregory.

Después de quitarse la camisa, saturada de polícromos dibujos, echó a correr playa abajo y una vez que se hubo precipitado en el mar comenzó a nadar con rapidez. Edward Hillingdon se quedó sentado en la arena junto a su esposa, a la que preguntó luego:

—¿Te vienes?

Ella sonrió, poniéndose el gorro nuevamente. Se alejaron de los demás de una manera menos espectacular que Gregory. La señora de Caspearo volvió a abrir los ojos...

—Al principio creí que esa pareja estaba en su luna de miel. ¡Hay que ver lo amable que es él con ella!

Después me enteré de que llevan ocho o nueve años de matrimonio. Resulta increíble, ¿verdad?

—¿Dónde estará Mrs. Dyson? —preguntó Miss Marple.

—¿Esa que llaman Lucky? Estará en compañía de algún hombre.

—¿En serio usted cree que...?

—Y ¡tan en serio! —exclamó la señora de Caspearo—. Es fácil descubrir a qué grupo pertenece esa mujer. Lo malo es que la juventud se le ha acabado ya... Su esposo hace como que no ve nada, pero la realidad es que mira hacia otras partes. Lleva a cabo alguna conquista que otra, aquí, allí, en todo momento.

—Sí —respondió Miss Marple—. Usted debe de estar bien enterada de eso.

La señora de Caspearo le correspondió con una mirada de profunda sorpresa. No había esperado tal comentario de su parte.

Miss Marple, no obstante, continuaba contemplando las elevadas olas con una expresión de completa inocencia.


—¿Podría hablar con usted, Mrs. Kendal?

—Sí, naturalmente —contestó Molly.

Esta se encontraba en el despacho, sentada frente a su mesa de trabajo.

Victoria Johnson, alta, esbelta, embutida en su blanco y almidonado uniforme, entró en el cuarto y cerró la puerta a continuación. Había algo misterioso en su porte.

—Me gustaría decirle una cosa, Mrs. Kendal.

—¿De qué se trata? ¿Algo va mal?

—No sé, no estoy segura... Deseaba hablarle del caballero que murió aquí, del comandante que falleció mientras dormía.

—Sí, sí. Habla.

—Había un frasco de pastillas en su dormitorio. El médico me preguntó por ellas.

—Sigue.

—El doctor dijo: «Veamos qué es lo que guardaba en el estante del lavabo». Lo registró y descubrió pasta dentífrica, píldoras digestivas, un tubo de aspirinas y las pastillas del medicamento llamado Serenite.

—¿Qué más?

—El doctor las examinó. Parecía muy satisfecho y no cesaba de hacer gestos de asentimiento. Luego aquello me dio que pensar. Las pastillas que él vio no habían estado allí antes. Yo no las había visto jamás en el estante. Las otras cosas sí. Me refiero a la pasta dentífrica, las aspirinas, la loción para el afeitado... Pero ese frasco de pastillas de Serenite era la primera vez que yo lo veía.

—En consecuencia, tú crees que... —siguió Molly, confusa.

—No sé qué pensar ahora —dijo Victoria—. Pero como no fui capaz de encontrar una explicación, decidí que lo mejor era poner el hecho en su conocimiento. ¿Habló usted con el doctor? Tal vez eso tenga algún significado especial. Quizá alguien colocara las pastillas allí, con objeto de que el señor comandante se las tomara y muriese.

—¡Oh! No puedo creer que haya sucedido nada de todo eso —opinó Molly.

Victoria negó con la cabeza.

—Nunca se sabe... La gente hace verdaderas locuras.

Molly se asomó a la ventana. El lugar venía a ser, en pequeño, un trasunto del paraíso terrenal. Brillaba el sol en las alturas, sobre un mar azul inmenso, con sus arrecifes de coral... Por esto, por la música y el baile, el hotel era un edén. Pero hasta en el jardín del Edén había habido una sombra, la sombra de la serpiente. «La gente hace verdaderas locuras.» ¡Oh, qué desagradable era oír estas palabras!

—Haré indagaciones, Victoria —explicó Molly, muy seria, a la nativa—. No te preocupes. Y sobre todo no vayas a dedicarte ahora a esparcir por ahí rumores estúpidos, carentes de todo fundamento.

Entró en el despacho Tim Kendal. Victoria se despidió... Hubiera preferido quedarse con el matrimonio.

—¿Sucede algo, Molly?

Esta vaciló... Pensó luego que Victoria podía acabar contándoselo todo a su marido. Le refirió lo que la chica indígena le había explicado.

—No acierto a comprender este galimatías... ¿Cómo eran esas pastillas?

—En realidad no lo sé, Tim. El doctor Robertson dijo, cuando vino, que eran para combatir la hipertensión.

—La idea es correcta... Quiero decir que, como Palgrave tenía la tensión alta, lo lógico es que tomara una medicina adecuada. Mucha gente las toma. Lo he podido ver yo mismo.

—Sí, pero... Victoria parece pensar que el comandante murió a consecuencia de haber ingerido una de las pastillas.

—¡Oh, querida! No dramaticemos ahora. ¿Quieres darme a entender que alguien pudo sustituir el medicamento por una sustancia envenenada?

—Expuestas así las cosas suenan absurdas —contestó Molly en tono de excusa—. Sin embargo, es preciso hacer hincapié en un hecho: eso es lo que cree Victoria.

—¡Qué estupidez! Podríamos preguntarle al doctor Graham por ello. Supongo que estará bien enterado. Pero es una tontería. No vale la pena molestarlo.

—Eso mismo pienso yo.

—¿Qué diablos le habrá llevado a pensar a esa chica que alguien pudo sustituir las pastillas por otras? Bueno, aprovecharían el mismo frasco, ¿no?

—No sé. ¿Cómo quieres que lo sepa, Tim? —dijo Molly, desconcertada—. Victoria asegura que no había visto nunca en la habitación de Palgrave un frasco de Serenite antes de la muerte de nuestro huésped.

—¡Tonterías! —exclamó Tim Kendal—. El comandante tenía que tomar sus pastillas para que su tensión fuese la normal.

Tras haber pronunciado estas palabras, Tim, muy animado, se marchó en busca de Fernando, el *maître d'hôtel*.

Pero Molly no acertaba a desentenderse de aquello con tanta facilidad. Tras los ajetreos de la hora de la comida le dijo a su esposo:

—Tim... He estado pensando... Es posible que Victoria hable por ahí de lo que me ha dicho. Deberíamos consultar con alguien ese detalle.

—¡Mi querida niña! Aquí estuvieron Robertson y los suyos. Lo miraron todo, no les quedó nada por ver e hicieron cuantas preguntas consideraron oportunas sobre la cuestión.

—Sí, pero ya sabes con qué facilidad esas muchachas tergiversan las cosas...

—¡Está bien, Molly, está bien! Te diré lo que voy a hacer: le preguntaremos a Graham ahora. Él estará perfectamente informado.

Fueron en busca del doctor, a quien encontraron en su habitación, leyendo. Nada más entrar, Molly recitó su historia. Sus palabras sonaron algo incoherentes, y entonces medió Tim.

—Parece una tontería —dijo—, pero, por lo que yo he podido comprender, a esa joven se le ha metido en la cabeza la idea de que alguien cambió las pastillas de Sera..., bueno, como se llame el medicamento, por otras que eran venenosas.

—Y ¿por qué ha de pensar eso? —inquirió el doctor Graham—. ¿Es que ha visto u oído algo especial que abone tal suposición?

—No sé —murmuró Tim, desorientado—. ¿Dijo la muchacha alguna cosa sobre la probable existencia de otro frasco distinto, Molly?

—No. Ella se refirió en todo momento a aquel rotulado con solo la palabra Sebe..., Seré... ¿Cómo es, doctor?

—Serenite —replicó Graham—. Se trata de un medicamento muy conocido. Palgrave, seguramente, lo tomaba con regularidad.

—Victoria afirmó no haber visto nunca en el lavabo del comandante una medicina como aquella.

—¿De veras? —preguntó Graham, sorprendido—. Y ¿qué quiere decir con eso?

—Victoria afirma haber visto muchas cosas en el estante del lavabo. Ya puede usted imaginarse cuáles: dentífricos, aspirinas, alguna loción para el afeitado... Yo creo que la chica las ha enumerado todas. Supongo que estaba habituada a limpiar los envases y que llegó por tal motivo a aprenderse los nombres de memoria. Ahora bien, el frasco de Serenite solo lo vio después de la muerte de Palgrave.

—¡Qué raro! —exclamó el doctor Graham—. ¿Está segura de eso?

El tono con que había hecho esta pregunta extrañó mucho a los Kendal. No esperaban que el doctor adoptara aquella actitud...

—Victoria parecía estar muy segura de sí misma al formular su observación —contestó Molly hablando lentamente.

—Estimo que lo más pertinente es que yo hable con esa chica —decidió el doctor Graham.

Victoria se mostró muy satisfecha de tener la oportunidad de contar lo que había visto. Sin embargo, dijo:

—No quiero que me metan en ningún lío, ¿eh? Yo no fui quien puso el frasco en el estante. Tampoco conozco a la persona que pudo haberlo hecho.

—Pero usted está convencida de que alguien hizo eso, ¿verdad?

—Es natural, doctor, ¿no lo comprende? Alguien tuvo que colocar el frasco en el sitio indicado si antes no se encontraba allí.

—Podía haber sucedido que el comandante Palgrave lo tuviese siempre guardado en uno de los cajones de la cómoda, en un maletín...

Victoria negó enérgicamente con la cabeza.

—Es improbable que hiciese eso si tomaba la medicina con regularidad.

Graham aceptó aquel razonamiento de mala gana.

—Esas pastillas suelen tomarlas varias veces al día los que sufren de hipertensión. ¿Nunca lo sorprendió usted en un momento semejante?

—No las tenía antes. Por eso, me puse a pensar... Posiblemente esas pastillas tengan alguna relación con la muerte del comandante. Quizá estuvieran envenenadas. Un enemigo suyo pudo haberlas puesto a su alcance para deshacerse de él.

El doctor replicó:

—Tonterías, muchacha, tonterías.

Victoria parecía muy afectada.

—Usted ha dicho que esas pastillas eran de un medicamento, que venían a ser un remedio... —La muchacha hablaba ahora mostrando ciertas dudas.

—Y un remedio excelente. Lo que es más importante todavía: imprescindible —aclaró el doctor Graham—. No tiene usted por qué preocuparse, Victoria. Puedo asegurarle que esa medicina no contenía nada nocivo. Era precisamente lo más indicado para un hombre que sufría de hipertensión.

—Creo que me ha quitado usted un peso de encima —respondió Victoria, mostrando sus blanquísimos dientes en una atractiva sonrisa.

En compensación, el doctor Graham había cargado con dicho peso. La débil inquietud que le había atormentado al principio se hacía ahora casi tangible.

# Capítulo 8

## Una conversación
## con Esther Walters

—Este hotel ya no es lo que era antes —dijo Mr. Rafiel, irritado, al observar que Miss Marple se acercaba al sitio en que él y su secretaria se habían acomodado—. No puede uno dar un paso sin tropezar con alguien. ¿Qué diablos tendrán que hacer estas viejas damas en las Antillas?

—¿Adónde sugiere usted que podrían ir? —le preguntó Esther Walters.

—A Cheltenham —replicó Mr. Rafiel sin vacilar—. O a Bournemouth. Y si no a Torquay o a Llandrindod Wells... Creo que tienen donde elegir, ¿no? En cambio, les gusta venir aquí. En este lugar se sienten a sus anchas, por lo que veo.

—Visitar una isla como esta en la que vivimos es un privilegio reservado a pocas personas. Hay que aprovechar la ocasión cuando se presenta —arguyó Esther—. No todo el mundo dispone de tantos medios económicos como usted.

—Eso es verdad —convino Mr. Rafiel—. Olvídese

de lo que he dicho... Bueno, aquí me tiene usted, hecho una masa de dolores. Y, no obstante, me niega cualquier alivio. Aparte de no trabajar absolutamente nada... ¿Por qué no ha pasado ya esas cartas a máquina?

—No he tenido tiempo.

—Pues ocúpese de eso, ¿quiere? La traje aquí para que trabajara. No todo va a ser tomar tranquilamente el sol y exhibir su figura.

Cualquiera que hubiese oído a Mr. Rafiel habría juzgado sus observaciones como intolerables. Pero Esther Walters trabajaba a sus órdenes desde hacía varios años y lo conocía bien. «Perro ladrador, poco mordedor», reza un refrán, y Mrs. Walters sabía que tal refrán era perfectamente aplicable a su jefe. Mr. Rafiel se sentía aquejado de continuo por múltiples dolores, y sus ásperas palabras venían a ser para él una válvula de escape. Dijera lo que dijera, su secretaria permanecía imperturbable.

—Qué hermosa tarde, ¿verdad? —comentó Miss Marple, deteniéndose junto a los dos.

—Y ¿cómo no? —preguntó con su brusquedad tan habitual el viejo—. ¿No es eso lo que hemos venido a buscar todos aquí?

Miss Marple dejó oír una leve risita.

—¡Oh, Mr. Rafiel! ¡Qué severo se muestra usted siempre! No olvide que el tiempo, para los ingleses, es un tema de conversación muy socorrido... ¡Vaya! Me he equivocado de ovillo.

Miss Marple depositó su bolso sobre una mesita

próxima y echó a andar a toda prisa en dirección a su bungaló.

—¡Jackson! —chilló Mr. Rafiel.

El ayuda de cámara acudió enseguida.

—Llévame al bungaló —le ordenó el anciano—. Quiero que me dé un masaje ahora, antes de que vuelva esa charlatana por aquí. Claro que por eso no me voy a sentir mejor... —añadió con su sequedad de costumbre.

Jackson, con sumo cuidado y no poca habilidad, ayudó a Mr. Rafiel a ponerse en pie. Unos minutos después, ambos hombres se perdían en el interior de la casita.

Esther Walters se había quedado mirándolo. Luego volvió la cabeza. Miss Marple regresaba, portadora de un ovillo de lana de otro color, y se sentó a su lado.

—Espero no molestarla —dijo mirando a la secretaria de Mr. Rafiel.

—De ningún modo —respondió Esther—. Dentro de poco habré de marcharme porque tengo que pasar unas cartas a máquina, pero quiero disfrutar todavía de unos minutos más de sol.

Miss Marple comenzó a hablarle, aprovechando el primer pretexto que se le ocurrió. Entretanto, estudió atentamente a su oyente. No era esta una mujer deslumbrante, pero podría haber resultado atractiva si se lo hubiese propuesto. Miss Marple se preguntó por qué razón no lo intentaba. Tal vez fuera porque a Mr. Rafiel le hubiese disgustado eso. Ahora bien, Miss Marple estaba convencida de que a ella el anciano le traía completamente sin cuidado. Debía pensar en otra cosa... En efecto, aquel viejo vivía tan pendiente de sí mismo que, seguramente, en tanto se viera atendido no le importaba nada que su secretaria se ataviase, por ejemplo, como una hurí del paraíso mahometano. Por otro lado, Mr. Rafiel se acostaba normalmente muy temprano. Durante las horas de la noche, los días en que había baile, Esther Walters podría haberse revelado ante todos como una mujer nada desdeñable... Miss Marple pensó en todo esto mientras relataba a la dama su visita a Jamestown.

Hábilmente, luego enfocó la conversación sobre Jackson, sobre quien Esther Walters se mostró muy vaga.

—Es muy competente —dijo—. Se trata de un masajista muy experimentado.

—Imagino que hace ya mucho tiempo que trabaja para Mr. Rafiel...

—¡Oh, no! Unos nueve meses todo lo más, me parece.

—¿Está casado? —se aventuró Miss Marple a preguntar.

—¿Que si está casado? No creo —respondió Esther, ligeramente sorprendida—. Nunca dijo si...

Mrs. Walters hizo una pausa, añadiendo después:

—Por supuesto que no. Vamos, eso me atrevería a afirmar yo, al menos.

Miss Marple dio a estas palabras la siguiente interpretación: «Sea como sea, no se comporta como si fuese un hombre casado».

Pero... ¡tantos hombres corrían por el mundo comportándose como si no estuvieran casados! Miss Marple hubiera podido traer a colación una docena de ejemplos.

—Es un hombre de aspecto muy agradable —observó pensativa.

—Sí, sí... —dijo Esther con indiferencia.

Miss Marple estudió a su interlocutora con atención. ¿Habrían dejado de atraerle los hombres? ¿Pertenecería Esther a ese tipo de mujeres que solo saben interesarse por un hombre? Le habían dicho que era viuda.

—¿Hace mucho tiempo que trabaja usted para Mr. Rafiel? —le preguntó.

—Estoy con él desde hace cuatro o cinco años. Muerto mi esposo, me puse a trabajar de nuevo. Tengo una hija interna en un colegio y la situación económica de mi casa era bastante apurada.

—Debe de ser difícil trabajar para un hombre como Mr. Rafiel.

—No crea. Hay que conocerlo, simplemente. La ira lo domina a veces y se contradice en múltiples ocasiones. Lo que le pasa es que se cansa de la gente. En dos años ha tenido cinco ayudas de cámara. Le gusta ver a su alrededor caras nuevas, otras personas con las que ensañarse. Nosotros dos nos hemos llevado siempre bien, sin embargo.

—Mr. Jackson parece ser un joven muy servicial, ¿verdad?

—Es un hombre con tacto, y posee también ciertos

recursos —declaró Esther—. Naturalmente, de vez en cuando se ve en...

Esther Walters se interrumpió al llegar aquí.

—¿En una difícil posición, acaso? —sugirió después de meditar unos segundos Miss Marple.

—Sí, sí, en efecto. Sin embargo —añadió Esther, sonriendo—, creo que hace lo que puede para pasarlo lo mejor posible.

Miss Marple consideró detenidamente estas palabras. No iban a servirle de mucho. Se esforzó por animar la conversación y a los pocos minutos estaba recibiendo amplia información acerca del cuarteto de los Dyson y los Hillingdon.

—Los Hillingdon llevan viniendo aquí tres o cuatro años —dijo Esther—. Pero Gregory Dyson ha estado más tiempo que ellos en la isla. Conoce las Antillas perfectamente. Creo que vino aquí con su primera esposa. Era una mujer de salud delicada y se veía obligada a pasar en un país de clima templado los inviernos.

—¿Es que murió? ¿O acaso se divorciaron?

—Murió. En una de estas islas. Se produjo un altercado, según creo. Hubo cierto escándalo... Gregory Dyson no habla nunca de ella. Un conocido me contó todo esto. De lo que he oído comentar he deducido que no se llevaron nunca muy bien.

—Y más tarde se casó con esta otra mujer, ¿no?, con Lucky.

Miss Marple pronunció esta última palabra empleando un tono especial, como si pensara: «¡Un nombre increíble, en verdad!».

—Me parece que era pariente de la primera esposa.

—¿Hace muchos años que conoce a los Hillingdon?

—Yo diría que tiene relación con ellos desde que sus amigos llegaron aquí, hace tres o cuatro años, no más.

—Los Hillingdon forman una pareja muy agradable —comentó Miss Marple—. Son muy callados, tranquilos...

—Sí, en efecto.

—Todo el mundo dice por aquí que viven el uno pendiente del otro —añadió Miss Marple, con tono de reserva.

Esther Walters se dio cuenta de esto y levantó la vista.

—Pero usted no lo cree, ¿verdad?

—Y usted misma vacila, ¿no, querida?

—Pues... verá. A veces me he preguntado...

—Los hombres callados y tranquilos como el coronel Hillingdon —opinó Miss Marple— se sienten atraídos normalmente por las mujeres deslumbrantes. —Tras una significativa pausa añadió—: Lucky... ¡Qué nombre tan curioso! ¿Usted cree que Mrs. Dyson tiene alguna idea acerca de lo que... quizá esté en marcha?

«¡Vaya!» —pensó Esther Walters—. Ya estamos con los chismorreos de siempre. Estas viejas no saben hacer otra cosa.»

—Y ¿cómo voy a saber yo eso? —inquirió fríamente.

Miss Marple se apresuró a cambiar de tema.

—Qué pena lo del pobre comandante Palgrave, ¿eh?

Esther Walters hizo por compromiso un gesto de asentimiento.

—Los Kendal son los que a mí me dan lástima —dijo.

—Sí, supongo que un suceso de estos no beneficia en nada a un hotel.

—La gente viene aquí a pasarlo lo mejor posible, ¿no? —afirmó Esther—. Quieren olvidarse por completo de las enfermedades, de la muerte, de los impuestos sobre la renta, de las tuberías de agua helada y demás cosas por el estilo. A los que pasan largas temporadas en estos sitios —prosiguió diciendo la secretaria de Mr. Rafiel, con una entonación totalmente distinta— no les agrada que les recuerden que son mortales.

Miss Marple dejó a un lado su labor.

—Esa es una gran verdad, querida, una gran verdad. Desde luego, ocurre como usted dice...

—Ya ve que los Kendal son muy jóvenes —dijo Esther—. Este hotel pasó de las manos de los Sanderson a las suyas hace tan solo seis meses. Andan terriblemente preocupados. No saben si triunfarán o no en esta aventura, porque ninguno de los dos posee mucha experiencia.

—Y ¿cree usted que ese suceso puede llegar a ser para ellos un gran inconveniente?

—Pues no, francamente. En una atmósfera como la del Golden Palm Hotel, estas cosas no se recuerdan más allá de un par de días. Aquí se viene a disfrutar... Se lo he hecho ver así a Molly. No he logrado convencerla. Es que esa muchacha vive siempre preocupada. Cualquier minucia la saca de quicio.

—¿Mrs. Kendal? Pero ¡si yo tenía de ella un concepto completamente distinto!

—Ya ve... Se trata de una criatura que vive en perpetua ansiedad —dijo Esther hablando lentamente—. Es de esas personas que no están tranquilas nunca, que viven siempre obsesionadas por la idea de que las cosas, fatalmente, tienen que salirles mal.

—Yo hubiera pensado eso mismo de su marido, no sé por qué.

—A mi juicio, él, si anda abatido alguna vez, es porque la ve preocupada a ella.

—Es curioso —murmuró Miss Marple.

—Estimo que Molly hace esfuerzos inauditos por parecer contenta, satisfecha de estar aquí. Trabaja mucho y acaba exhausta. Por tal motivo pasa por terribles momentos de depresión. No es... Bueno, no es una chica perfectamente equilibrada.

—¡Pobre muchacha! —exclamó Miss Marple—. Es verdad que hay personas que son así. Muy a menudo, los que las tratan superficialmente no se dan cuenta de tales cosas.

—El matrimonio Kendal disimula muy bien su verdadero estado de ánimo, ¿no le parece? —inquirió Esther—. En mi opinión, Molly no debería preocuparse tanto. Nada tiene de particular que un hombre o una mujer, aquí o fuera de aquí, mueran a consecuencia de una trombosis coronaria, una hemorragia cerebral u otras enfermedades semejantes. Eso ocurre hoy todos los días, en cualquier parte, y más frecuentemente que nunca. Para que un establecimiento como este se despoblara habrían de darse casos, dentro de él, de intoxicación a causa de las malas condiciones de la comida, de fiebres tifoideas, etcétera.

—El comandante Palgrave no me dijo nunca que padeciera de tensión alta —manifestó abiertamente Miss Marple—. ¿A usted sí?

—Sé que lo puso en conocimiento de alguien, ignoro quién... Tal vez hubiese sido Mr. Rafiel. Ya sé que este afirma lo contrario, pero ¡qué le vamos a hacer! ¡Él es así! Ahora recuerdo haberle oído mencionar eso a Jackson. Dijo que el comandante Palgrave debería haberse mostrado más comedido con el alcohol.

Miss Marple, pensativa, guardó silencio. Luego preguntó:

—¿Palgrave le parecía a usted un hombre fastidioso? No cesaba de contar historias y es muy posible que algunas de ellas las hubiera repetido hasta la saciedad.

—Eso era lo peor de él —declaró Esther—. Siempre acababa contando algo que una ya sabía. Llegado ese momento era preciso escabullirse.

—A mí eso no me molestaba —señaló Miss Marple—. Será porque estoy acostumbrada a esas cosas y también por mi mala memoria. Como olvido fácilmente lo que me cuentan, no me importa escuchar un relato por segunda vez.

—¡Tiene gracia! —exclamó Esther.

—El comandante Palgrave tenía preferencia por una historia —apuntó Miss Marple—. Hablaba en ella de un crimen. Supongo que se la oyó en alguna ocasión...

Esther Walters abrió su bolso y comenzó a rebuscar en su interior. Extrajo un lápiz de labios.

—Creía haberlo perdido —dijo. A continuación, preguntó—: Perdone, Miss Marple. ¿Qué decía usted?

—¿Llegó a contarle el comandante Palgrave su historia favorita?

—Me parece que sí, ahora que recuerdo. Algo referente a un hombre que se suicidó abriendo la llave del gas, ¿verdad? Más adelante se descubrió que no había sido un suicidio, sino que la esposa de la víctima fue la culpable de su muerte. ¿Era a esa historia a la que se refería?

—No, no. Me parece que era otra... —contestó Miss Marple, indecisa.

—¡Contaba tantas historias! —exclamó Esther Walters—. Bueno, una no siempre estaba atenta a lo que él decía...

—Llevaba encima una fotografía que acostumbraba a enseñar a su oyente de turno —aclaró Miss Marple.

—Creo que lo hizo, pero no recuerdo qué había en la foto, Miss Marple. ¿Vio usted esa foto?

—No, no pude verla. Nos interrumpieron.

# Capítulo 9

Miss Prescott y otras personas

—Esto es lo que yo sé... —comenzó a decir Miss Prescott.

Miss Marple acercó la silla que ocupaba a la de su acompañante. Le había costado mucho trabajo llegar con Miss Prescott al momento de las confidencias. Esto era en parte debido a que los sacerdotes suelen ser hombres muy apegados a los familiares. Miss Prescott se hallaba acompañada casi siempre de su hermano. Naturalmente, para chismorrear a gusto, las dos mujeres gustaban de encontrarse a solas.

—Parece ser... Claro está, Miss Marple, yo no quiero poner en circulación desagradables rumores que pudieran perjudicarles... En realidad, yo no sé nada...

—No se preocupe. La comprendo —se apresuró a contestarle Miss Marple para tranquilizarla.

—Parece ser que dio algún escándalo cuando su esposa todavía vivía. Esta mujer, Lucky, qué nombrecito, ¿eh?, creo que era prima de ella. Se unió a ellos aquí y se aplicó a las tareas que realizaban en relación con las flores, las mariposas y no sé qué más cosas. La gente habló mucho porque siempre se los veía a los dos juntos... Ya me entiende, ¿no?

—La gente se fija en los más ínfimos detalles —subrayó Miss Marple.

—Luego, la esposa murió casi repentinamente...

—¿Aquí? ¿En esta isla?

—No. Creo que fue en Martinica o Tobago, donde se encontraban entonces.

—Comprendido.

—De las palabras pronunciadas por algunas personas que los conocieron allí deduje que el doctor no estaba muy satisfecho.

Miss Marple se esforzó por traslucir el interés con que escuchaba a su interlocutora. Quería animarla a proseguir.

—Se trataba de habladurías, por supuesto. Pero, en fin, el caso es que Mr. Dyson volvió a contraer matrimonio con una prisa excesiva. —Miss Prescott volvió a bajar la voz—. Creo que lo hizo al cabo de un mes. Ya ve usted qué poco tiempo...

—¿Solo dejó pasar un mes?

Las dos mujeres intercambiaron una significativa mirada.

—Parece ser; eso induce a pensar que la desaparición de su primera esposa no le impresionó mucho —dijo Miss Prescott.

—Efectivamente —repuso Miss Marple, preguntando a continuación—: ¿Había... dinero de por medio?

—Lo ignoro. Él suele gastarle a su mujer una pe-

queña broma. Bueno, tal vez la haya presenciado. Asegura que su esposa viene a ser para él un «talismán».

—Sí, ya me he dado cuenta.

—Hay quien piensa que eso significa que fue afortunado al unirse a una mujer rica. Aunque, desde luego —dijo Miss Prescott con la expresión de quien
quiere a toda costa ser justo—, no se le pueden negar
ciertas cualidades físicas, creo que el dinero del matrimonio procede de la primera esposa.

—¿Son los Hillingdon gente acomodada?

—Creo que sí. No los supongo, en cambio, fabulosamente ricos, ni mucho menos. Tienen dos hijos, en la
actualidad internos en un colegio, y poseen una hermosa casa en Inglaterra. Sí, eso tengo entendido. Se
pasan viajando la mayor parte del invierno.

En aquel momento apareció ante las dos mujeres el
canónigo. Miss Prescott se sentó inmediatamente con
su hermano. Miss Marple no se movió de su asiento.

A los pocos minutos pasó por allí Gregory Dyson,
dirigiéndose a toda prisa hacia el hotel. Agitó una
mano, en cordial saludo.

—¿En qué estará usted pensando, Miss Marple?
—chilló.

Miss Marple correspondió a estas palabras con una
gentil sonrisa. ¿Cómo habría reaccionado aquel hombre de haberle contestado: «Me estaba preguntando si
sería usted o no un asesino»?

Lo más probable era que lo fuese. Todo encajaba
maravillosamente. Aquella historia relativa a la muerte de la primera Mrs. Dyson..., porque el comandante

Palgrave había hablado, ciertamente, de un individuo que había asesinado a su esposa...

La única objeción que cabía hacer a aquel planteamiento era que los diversos datos conocidos se ensamblaban con exagerada perfección. Sin embargo, Miss Marple se reprochó este pensamiento. ¿Quién era ella para exigir «crímenes hechos a medida»?

Una voz la sobresaltó, una voz más bien ronca.

—¿Ha visto usted a Greg, Miss..., ejem...?

«Lucky —pensó Miss Marple— no está de buen humor precisamente.»

—Acaba de pasar por aquí... Creo que se dirigía al hotel.

—¡Seguro!

Lucky pronunció una exclamación que realzaba aún más su enojo, y continuó su camino.

«En este momento aparenta más años de los que en realidad tiene», pensó Miss Marple.

Una lástima infinita la invadió al contemplar a aquella mujer... Le inspiraban lástima todas las Lucky del mundo, tan vulnerables, tan sensibles al transcurso del tiempo...

Miss Marple oyó un ruido a su espalda e hizo girar entonces su silla.

Mr. Rafiel, apoyado en Jackson, salía en aquel instante de su bungaló.

El ayuda de cámara acomodó al anciano en su silla de ruedas, y preparó después varias cosas. Mr. Rafiel agitó una mano, impacientemente, y Jackson se alejó camino del hotel.

Miss Marple decidió no perder un minuto. A Mr. Rafiel no lo dejaban solo mucho tiempo nunca. Lo más probable era que Esther Walters se uniese a él enseguida. Miss Marple deseaba cruzar unas palabras sin testigos con aquel hombre y acababa de presentársele, se dijo, la oportunidad ansiada. Lo que fuera a indicarle habría de comunicárselo con toda rapidez. El viejo no le facilitaría el camino. Mr. Rafiel era una persona que rechazaba de plano las divagaciones a que tan aficionadas se muestran las damas de cierta edad. Probablemente, acabaría retirándose a su bungaló, considerándose a sí mismo víctima de una persecución. Miss Marple decidió al fin seguir la ruta más corta.

Se acercó, pues, a él y tomando una silla se acomodó a su lado.

—Quería preguntarle a usted algo, Mr. Rafiel.

—De acuerdo... Concedido. ¿Qué desea usted? Supongo que una suscripción para las misiones africanas o las obras de restauración de una iglesia...

—Sí —replicó Miss Marple tranquilamente—. Precisamente me interesan mucho esas cosas y le agradeceré mucho que me conceda un donativo. No obstante, en estos momentos pensaba en otro asunto. Yo lo que quería era preguntarle si el comandante Palgrave le contó a usted alguna vez una historia relacionada con un crimen.

—¡Vaya, hombre! —exclamó Mr. Rafiel—. También la informó a usted de eso, ¿eh? Y, claro está, me imagino que se tragaría su cuento de pe a pa.

—No supe qué pensar entonces, realmente. ¿Qué es lo que él le dijo exactamente?

—Estuvo divagando un rato en torno a una hermosa criatura, una especie de Lucrecia Borgia, una reencarnación más bien de ella. Me la pintó hermosa, de rubios cabellos y todo lo demás...

Miss Marple se quedó un tanto desconcertada ante aquella respuesta.

—Y ¿a quién asesinó esa mujer? —inquirió.

—A su esposo, por supuesto. ¿A quién iba a asesinar?

—¿Lo envenenó?

—No. Le administró un somnífero y después abrió la llave del gas. Se trataba, por lo visto, de una mujer de grandes recursos. Luego dijo que se había suicidado. Enseguida logró quitarse de en medio mediante una treta legal, de esas a las que hoy en día recurren los abogados cuando la acusada es una mujer de grandes atractivos físicos o cuando en el banquillo de los acusados se sienta cualquier miserable joven excesivamente mimado por su madre. ¡Bah!

—¿Le enseñó a usted el comandante Palgrave alguna fotografía?

—¿Qué? ¿Una fotografía de la mujer? No. ¿Por qué había de hacerlo?

Miss Marple se recostó en una silla, mirando a su interlocutor con una acentuada expresión de perplejidad. Sin duda, el comandante Palgrave se había pasado la vida refiriendo historias que no solo tenían que ver con los tigres y los elefantes que había cazado, sino también con los criminales que había conocido, directa o indirectamente, a lo largo de su existencia. Debía de contar con un nutrido repertorio. Había que reconocerle aquello... La sacó de su ensimismamiento un rugido de Mr. Rafiel, que llamaba a su criado.

—¡Jackson!

No le contestó nadie.

—¿Quiere que vaya a buscarlo? —propuso Miss Marple.

—No daría con él. Andará detrás de algunas faldas. Es en lo que concentra sus fuerzas. No me acaba de convencer ese individuo. Me desagrada su forma de ser. Y, con todo, nos complementamos bien.

—Iré a buscarlo —insistió Miss Marple.

Descubrió a Jackson en el lado opuesto de la terraza del hotel, bebiendo unas copas en compañía de Tim Kendal.

—Mr. Rafiel le llama —le dijo.

Jackson hizo una expresiva mueca, vació el contenido de su copa y se puso en pie.

—Reanudemos la lucha —dijo—. No hay paz para los malvados... Dos llamadas telefónicas y la petición de un tipo de comida especial... Creí que eso me proporcionaría un cuarto de hora de respiro. ¡Nada de eso! Gracias, Miss Marple. Gracias por su invitación, Mr. Kendal.

Jackson se marchó.

—¡Pobre muchacho! —exclamó Tim—. Tengo que invitarlo a echar un trago de vez en cuando, aunque solo sea para que no pierda los ánimos. ¿Quiere usted tomar algo, Miss Marple?... ¿Qué tal le iría una limonada? Sé que le gustan...

MISTERIO EN EL CARIBE

—Ahora no, muchas gracias... Supongo que cuidar de un hombre como Mr. Rafiel debe de ser una tarea agotadora. El trato con los inválidos es difícil casi siempre.

—No me refería únicamente a eso... A Jackson le pagan bien sus servicios y por tal motivo ha de soportarlo con paciencia; es lógico, no es de lo peor que puede darse en su clase. Yo iba más lejos...

Tim pareció vacilar y Miss Marple lo miró inquisitiva.

—Bueno... ¿Cómo se lo explicaría yo? Socialmente, su situación no es nada fácil. ¡La gente tiene tantos prejuicios! Aquí no hay nadie de su categoría. Es algo más que un simple criado. En cambio, queda por debajo del tipo de huésped que viene a ser aquí el término medio. Eso al menos cree él. Hasta la secretaria, Mrs. Walters, se considera por encima de ese joven. Existen posiciones sumamente delicadas... —Tim hizo una pausa, añadiendo—: Es impresionante. ¡Hay que ver la cantidad de problemas de carácter social que se presentan en un lugar como este!

El doctor Graham pasó no muy lejos de ellos. Llevaba un libro en la mano y se acomodó frente a una mesa de cara al mar.

—El doctor Graham parece preocupado —observó Miss Marple.

—¡Oh! Todos lo estamos, realmente.

—¿Usted también? ¿Por la muerte del comandante Palgrave?

—Eso ya no me ocasiona ninguna inquietud. La

gente va olvidando tan desagradable episodio... Se ha tomado como lo que es. A mí la que me preocupa es mi mujer, Molly... ¿Entiende usted algo de sueños?

—¿Que si entiendo de sueños? —preguntó Miss Marple, sorprendida.

—Sí, de malos sueños, de pesadillas... ¿Quién no ha pasado una noche angustiosa por culpa de estas? Pero lo de Molly es distinto... Es víctima de las pesadillas a diario. Vive sumida en un perpetuo temor. ¿No podría hacerse algo por ella, para evitarle tan desagradables experiencias? ¿No podrían recetarle algún medicamento especial, si es que existe en el mercado? Actualmente toma unas píldoras para dormir, pero ella asegura que ese remedio la perjudica. En efecto, en ocasiones realiza inconscientemente terribles esfuerzos para despertarse y no puede...

—¿Qué es lo que ve en sus sueños?

—¡Oh! Siempre se trata de alguien que la persigue, que la vigila o está espiando... Ni siquiera después de despertarse logra recuperar la tranquilidad, volver a su estado normal.

—Un médico podría, seguramente...

—Es una mujer reacia a los médicos. No quiere ni oír hablar de ellos. Bueno... Me imagino que todo esto pasará. Pero es una lástima. Nos sentíamos muy felices aquí. Nos hemos estado divirtiendo, incluso, mientras trabajábamos. No obstante, últimamente... Es posible que la muerte de Palgrave la haya trastornado. Desde entonces mi esposa parece otra persona...

Tim Kendal se puso en pie.

—Tengo que marcharme, Miss Marple. Me esperan mis obligaciones de todos los días. ¿Seguro que no le apetece esa limonada que le he ofrecido?

Miss Marple, sonriente, negó con la cabeza.

Permaneció sentada allí mismo. Meditaba. La expresión de su rostro era grave, preocupada.

Luego volvió la cabeza y miró al doctor Graham.

Adoptó una decisión inmediatamente.

Se levantó y se acercó a su mesa.

—Debo disculparme ante usted, doctor Graham —le dijo.

—¿Sí?

El doctor la miró con cierto asombro. Ella cogió una silla y se acomodó a su lado.

—Creo haber hecho una cosa censurable —manifestó Miss Marple—. Le he mentido a usted deliberadamente, doctor.

Este no parecía escandalizado. Un poco sorprendido, todo lo más...

—¿Qué me dice? Bueno, supongo que se tratará de algo desprovisto por completo de importancia.

¿Qué hacía Miss Marple allí, expresándose en aquellos términos? No era posible que a sus años se dedicara a ir de acá para allá diciendo mentiras. Claro que él no recordaba que la dama que estaba a su lado le hubiese dicho en algún momento su edad...

—Veamos qué es, Miss Marple. Hable usted con claridad —prosiguió, puesto que ella, evidentemente, quería confesar.

—Usted recordará que le conté algo relativo a la fotografía de uno de mis sobrinos, ¿verdad? Le indiqué que tras haberla puesto en manos del comandante Palgrave este olvidó devolvérmela.

—Sí, sí, ya me acuerdo. ¡Cuánto lamento no haberla podido encontrar entre sus efectos personales!

—No pudo encontrarla usted porque no se hallaba entre ellos —declaró Miss Marple, bajando la voz, atemorizada.

—¿Cómo?

—No. Esa fotografía no existió nunca. Al menos en poder de ese hombre. Todo fue un cuento de mi invención.

—¿Que inventó usted eso? ¿Por qué razón? —inquirió el doctor Graham, ligeramente enojado.

Miss Marple se lo explicó. Con toda claridad, sin rodeos. Aludió a la historia de Palgrave y su asesino; habló de cómo el comandante había estado a punto de enseñarle la foto que había extraído de su cartera; mencionó su posterior y repentina confusión... Más adelante, ella había decidido intentar cuanto estuviera en su mano para procurarse la fotografía.

—Para que usted se tomara interés y buscara la pequeña foto tenía que valerme, forzosamente, de una mentira —añadió Miss Marple—. Confío en que sabrá perdonarme.

—De modo que usted pensó que él se disponía a enseñarle la imagen de un asesino, ¿eh?

—Eso fue lo que dijo Palgrave. Y me indicó que la fotografía se la había dado el conocido que le contó la historia de aquel criminal.

—Ya, ya... Y, perdone, usted le creyó, ¿verdad?

—A ciencia cierta no sé si le creí o no entonces —repuso Miss Marple—. Ahora bien, usted sabe que Palgrave murió al día siguiente...

—Sí —dijo el doctor Graham, impresionado por la fuerza reveladora de aquella frase: «Palgrave murió al día siguiente...».

—Y la fotografía había desaparecido —remachó Miss Marple.

El doctor Graham guardó silencio. No sabía qué decir. Por fin preguntó:

—Perdóneme, Miss Marple, pero esto que me cuenta usted ahora ¿es verdad o mentira?

—Está usted más que justificado al dudar de mí —contestó ella—. En su lugar yo me comportaría igual. Sí, es verdad lo que ahora le he dicho. Tiene que creerme, doctor. Además, independientemente de la actitud que fuera a adoptar, yo me dije que era mi obligación contarle esto.

—¿Por qué?

—Comprendía que usted debía disponer de una información lo más amplia posible... Por si...

—Por si... ¿qué?

—Por si decidía utilizarla en algún sentido.

# Capítulo 10
## Entrevista en Jamestown

El doctor Graham se encontraba en Jamestown, en el despacho del administrador. Sentado frente a él, tras una mesa, estaba su amigo Daventry, hombre de unos treinta y cinco años, de expresión grave.

—Por teléfono sus palabras se me antojaron un tanto misteriosas, Graham —dijo aquel—. ¿Ha sucedido algo especial?

—No sé —respondió el doctor—, pero la verdad es que estoy preocupado.

Mientras les servían unas bebidas, Daventry pasó a contar las incidencias habidas en la última expedición de pesca en que había participado. En cuanto el criado se hubo marchado, se recostó en su sillón, fijando la mirada en el rostro del visitante.

—Ya puede usted empezar, Graham.

El médico enumeró los detalles que motivaban sus reflexiones. Daventry los acogió con un leve silbido.

—Ya me hago cargo. Usted cree que hay algo extraño en la muerte de Palgrave, ¿no? Ya no está seguro de que se produjese por causas naturales, ¿eh? ¿Quién extendió el certificado de defunción? Bueno, Robertson, supongo. Tengo entendido que este no formuló ninguna duda...

—No. Pero yo estimo que influyó en él una circunstancia: el hallazgo de las pastillas de Serenite en el estante de un lavabo. Me preguntó si yo le había oído decir a Palgrave que padecía de hipertensión. Mi respuesta fue negativa. No sostuve nunca una conversación médica con el comandante, pero, por lo que he podido deducir, trató de aquel asunto con diversos huéspedes del hotel. Lo del frasco de pastillas y las declaraciones de Palgrave se avenían perfectamente. ¿Quién podía sospechar que allí se escondía algo raro? Sin embargo, me doy cuenta ahora de que cabía la posibilidad de que hubiese sucedido otra cosa. Tengo que reconocer, no obstante, que si hubiera sido cometido mío extender el certificado de defunción, lo habría firmado sin reparos. Aparentemente no había por qué desconfiar. Yo no habría vuelto a pensar en ese asunto de no haber sido por la sorprendente desaparición de la fotografía...

—Veamos, Graham —dijo Daventry, interrumpiendo a su amigo—. Permítame que me exprese así... ¿No habrá prestado una atención excesiva a esa historia fantástica que le refirió una dama, ya de edad, de imaginación bastante viva? Ya sabe cómo son las mujeres entradas en años. Acostumbran a exagerar lo que ven, o lo que creen ver, inventando cosas de paso.

—Sí, lo sé... —contestó el doctor Graham, con cierto

desasosiego—. No he perdido de vista esa posibilidad. Pero no he logrado convencerme a mí mismo.
Miss Marple me habló con toda claridad y precisión.

—Yo, en cambio, dudo —aseguró Daventry—. Dejemos a un lado la historia que cuenta la vieja dama acerca de la fotografía... Un buen punto de partida para la
investigación, el único, sería la declaración de la sir-
vienta indígena. Esta sostiene que un frasco de píldoras considerado por las autoridades como prueba no
se hallaba en la habitación del comandante Palgrave el
día anterior a su muerte. Pero había mil maneras de
explicar esto también. Existe la posibilidad de que la
víctima acostumbrase a guardar en cualquiera de sus
bolsillos ese medicamento, que le resultaba imprescindible.

El doctor asintió.

—Sí, desde luego, su razonamiento no es nada dis-
paratado.

—Puede tratarse, asimismo, de un error de la cria-
da. Quizá no hubiese reparado nunca en aquel frasco.

—También eso es posible.

—Entonces ¿qué?

Graham bajó la voz, respondiendo lentamente:

—La chica se mostró muy segura de sus afirmaciones.

—Bueno. Usted tenga en cuenta que la gente de St.
Honoré suele ser muy impresionable y emotiva. Les
cuesta muy poco trabajo inventar cosas. ¿Acaso piensa que ella sabe... más de lo que ha dado a entender?

—Pues... sí.

—En tal caso intente sonsacarle. No podemos provocar cierta agitación si no tenemos un motivo. Debemos disponer de datos concretos para proceder así. Si el comandante Palgrave no murió a consecuencia de su hipertensión, ¿cuál cree usted que fue la causa de su muerte?

—¡Pueden ser tantas realmente! —exclamó el doctor Graham.

—Se refiere usted a medios susceptibles de no dejar huella alguna, ¿verdad?

—En efecto. Podríamos considerar, por ejemplo, el empleo del arsénico.

—Pongámoslo todo en claro... ¿Qué sugiere usted? ¿Que se usó un frasco que contenía pastillas falsas? ¿Que alguien se valió de ese medio para envenenar al comandante Palgrave?

—No... No es eso. Eso es lo que Victoria no-sé-qué-más piensa. Pero la joven ha enfocado mal la cuestión. De haber habido alguien decidido a eliminar a Palgrave rápidamente, el asesino se habría inclinado por un método rápido: una bebida preparada, por ejemplo. Luego, para que su muerte pareciese una cosa natural, habría colocado en su cuarto un frasco de pastillas prescritas para el tratamiento de la hipertensión. Seguidamente, el criminal se habría preocupado de poner en circulación el rumor sobre su enfermedad.

—Y ¿quién ha sido el que ha llevado a cabo esa tarea en el hotel?

—He hecho averiguaciones, sin éxito... Todo ha sido inteligentemente planeado. A, interrogado, manifiesta: «Creo que me lo dijo B...». B, interrogado a su vez, declara: «No, yo nunca he hablado de eso, pero sí recuerdo haberle oído mencionar a C tal detalle». C informa: «Son varias personas las que han formulado comentarios acerca de ello... Una de ellas me parece que fue A». Así es como volvemos al punto de arranque de las indagaciones, sin haber obtenido ningún fruto de ellas.

Daventry apuntó:

—Hay que conceder que el autor de la treta no tiene nada de tonto.

—Desde luego. Tan pronto se supo la muerte del comandante Palgrave, todo el mundo pareció ponerse de acuerdo para hablar de la hipertensión sanguínea de la víctima, con conceptos propios o valiéndose de otros, oídos al prójimo.

—¿No habría sido más sencillo para el criminal envenenarlo y no preocuparse de nada más?

—En modo alguno. Un envenenamiento habría dado lugar a las pesquisas consiguientes por parte de la policía, a una autopsia... Por aquel procedimiento se lograba que un médico extendiera, sin más complicaciones, el certificado legal de defunción. Esto fue lo que ocurrió en realidad.

—Y ¿qué quiere que haga yo? ¿Recurrir a la Brigada de Investigación Criminal? ¿Sugerir que desentierren el cadáver de Palgrave? Se armaría un escándalo terrible...

—Podríamos mantenerlo todo en secreto.

—¿Un secreto dentro de St. Honoré? ¿Qué dice usted, Graham? —Daventry suspiró—. Sea lo que sea, habrá que tomar una decisión. Ahora bien, si desea saber lo que pienso, le diré que todo esto es un lío terrible.

—Estoy absolutamente convencido de ello —manifestó el doctor Graham.

# Capítulo 11

De noche en el
Golden Palm Hotel

Molly repasó varias de las mesas del comedor.
Quitaba aquí un cuchillo que sobraba, ponía allí derecho un tenedor o alineaba correctamente unos vasos
para, a continuación, dar un paso atrás y contemplar
el efecto del conjunto... Después salió a la terraza. No
vio a nadie, y la joven se encaminó al punto opuesto y
se apoyó unos instantes en la balaustrada. Pronto se
iniciaría otra velada. Sus huéspedes se entregarían
despreocupadamente a la charla, al chismorreo, a la
bebida... Era aquel tipo de vida el que había ansiado
llevar y, en verdad, hasta unos días antes lo había disfrutado mucho. Ahora incluso Tim daba la impresión
de estar preocupado. Era natural que ella anduviese
igual. La aventura en que se habían embarcado tenía
que terminar bien. No podía regatear esfuerzos en ese
sentido. Tim había invertido cuanto poseía en aquella
empresa.

«Pero no es el negocio lo que a él le preocupa —pensó Molly—. Sus preocupaciones se centran en mí.

Y esto ¿por qué? ¿Por qué?» No lograba dar con la explicación. Y, sin embargo, estaba segura de ello... Se lo habían dicho sus preguntas, sus rápidas miradas. «¿Por qué? —se preguntó una vez más Molly—. He obrado con todo género de precauciones.» Hizo un repaso mental de los últimos acontecimientos. No acertaba a recordar en qué punto o momento había comenzado aquello. Ni siquiera estaba segura de la naturaleza del hecho. Había empezado por sentirse atemorizada ante la gente. ¿Por qué causa? ¿Qué podían hacerle los demás?

Molly bajó la cabeza. Experimentó un fuerte sobresalto al notar que alguien le tocaba el brazo. Se dio la vuelta rápidamente, y se enfrentó entonces con Gregory Dyson, levemente desconcertado, que se dirigía a ella hablándole en un tono de excusa:

—¡Te veo siempre tan abatida! ¿Te asusté, pequeña?

A Molly le disgustó profundamente que Mr. Dyson la llamara «pequeña». Se apresuró a contestarle:

—No le oí acercarse, Mr. Dyson, y debido a eso me ha asustado.

—¿«Mr. Dyson»? ¡Huy, qué ceremoniosos estamos! ¿No formamos todos acaso, aquí dentro, una especie de familia, una familia dilatada y feliz? Compuesta por Ed y por mí, Lucky, Evelyn y tú misma, Tim, Esther Walters y el viejo Rafiel... Sí, somos como una gran familia.

«Debe de haber bebido mucho esta noche ya», pensó Molly, obsequiando a su huésped con una sonrisa.

—Conviene, las más de las veces, que quienes regentan el establecimiento se mantengan en su sitio, cumpliendo estrictamente con sus obligaciones —respondió Molly, restando con el gesto gravedad a sus palabras—. Tim y yo creemos que es más cortés no llamar a nuestros huéspedes por sus nombres de pila.

—¡Bah, bah! Dejemos el negocio a un lado... Ahora, Molly, querida, vamos a echar los dos un traguito.

—Invíteme más tarde, si quiere. En estos momentos tengo bastantes cosas que hacer todavía.

—No huyas. —Gregory Dyson cogió a Molly del brazo—. Eres muy atractiva, muchacha. Espero que Tim sepa darse cuenta de su buena suerte.

—¡Ya me encargo yo de que sea así! —exclamó ella, de muy buen humor.

—Yo te dedicaría todo mi tiempo, querida. Sí. No me costaría ningún trabajo... Claro que no quisiera que mi mujer me oyese decir tal cosa.

—¿Han tenido ustedes una buena excursión esta tarde?

—Me parece que sí... Entre tú y yo, Molly: a veces me canso. Los pájaros y las mariposas llegan a aburrirme. ¿Qué te parece si tú y yo, por nuestra cuenta, hiciéramos una excursión cualquier día de estos?

—Nos ocuparemos de eso a su debido tiempo —declaró Molly alegremente—. Espero con ansiedad ese momento —añadió burlona.

Escapó de allí con unas leves risas y regresó al bar.

—Hola, Molly —dijo Tim—. ¿Por qué corres? ¿Con quién estabas ahí fuera?

—Con Gregory Dyson.

—¿Qué quería?

—Estaba intentando conquistarme —contestó Molly, sencillamente.

—¡Maldita sea! Le voy a...

—No te preocupes, Tim. Sé muy bien lo que he de hacer para que no se atreva a pasar de unas cuantas frases sin importancia.

Cuando Tim iba a contestar a las últimas palabras de su mujer descubrió a Fernando, y se marchó entonces en dirección a él al tiempo que le daba algunas instrucciones. Molly se fue a la cocina, la cruzó y por la escalerilla exterior descendió a la playa.

Gregory Dyson lanzó un juramento. Después echó a andar lentamente hacia su bungaló. Cerca ya de este oyó una voz que le hablaba desde las sombras de unos arbustos. Volvió la cabeza, sobresaltado. Creyó que se hallaba frente a un fantasma. Luego se echó a reír. En la figura que vio a unos pasos de él no se descubría a primera vista el rostro porque era negro, y destacaba, en cambio, la blancura inmaculada del atuendo.

Victoria abandonó el escondrijo de los arbustos, saliéndole al paso.

—Por favor... ¿Es usted Mr. Dyson? —preguntó la joven.

—Sí. ¿Qué ocurre?

Avergonzado por un instintivo sobresalto, Mr. Dyson hablaba con cierto tono de impaciencia.

—Le he traído esto, señor. —Victoria le tendía un frasco de pastillas—. Es suyo, ¿verdad?

—¡Oh! Mi frasco de tabletas de Serenite. Naturalmente que es mío. ¿Dónde lo has encontrado, muchacha?

—Lo encontré donde alguien lo colocó: en la habitación del caballero.

—¿La habitación del caballero? Y ¿eso qué es lo que quiere decir?

—Me refiero al caballero que murió —añadió la joven gravemente—. No creo que el pobre señor descanse muy bien en su tumba.

—Y ¿por qué diablos piensas eso?

Victoria guardó silencio, permaneciendo con la mirada fija en el rostro de Mr. Dyson.

—Todavía no he comprendido bien lo que me has dicho. Tú aseguras haber hallado este frasco de pastillas en la habitación del comandante Palgrave, ¿no es así?

—Sí, señor. Cuando el doctor y los hombres de Jamestown se hubieron marchado me encargaron que recogiese las cosas del comandante para tirarlas: el dentífrico, las lociones... Todo eso.

—Y ¿por qué no tiraste esto también?

—Porque esto era suyo. Usted lo echó de menos. ¿No recuerda que me preguntó por el frasco?

—Sí..., pues... sí, es verdad. Creí..., creí haberlo extraviado.

—No, no lo extravió. Esas pastillas se las quitaron a usted para ponerlas entre las cosas del comandante Palgrave.

—¿Cómo sabes tú eso? —inquirió Mr. Dyson agriamente.

—Lo sé porque lo vi. —Victoria sonrió. Hubo un blanquísimo centelleo en sus labios—. Alguien puso el frasco en la habitación del caballero. Ahora yo se la devuelvo.

—Un momento... Espera. ¿Qué has querido decir? ¿Qué es..., qué es lo que viste?

Victoria se alejó por donde había llegado y se perdió entre las sombras de los arbustos cercanos. El primer impulso de Greg fue echar a correr tras ella. Se detuvo inmediatamente. Se quedó en actitud pensativa, rascándose la barbilla.

—¿Qué te pasa, Greg? ¿Has visto un fantasma? —le preguntó su mujer, avanzando por el camino, procedente del bungaló que ocupaban.

—Durante unos segundos eso fue precisamente lo que creí, aunque te rías.

—¿Con quién estabas hablando?

—Con esa chica nativa que limpia el bungaló. Se llama Victoria, ¿verdad?

—¿Qué quería? ¿Ligar contigo?

—No seas tonta, Lucky. A esa muchacha se le ha metido en la cabeza una idea estúpida.

—Explícate.

—¿No te acuerdas de que el otro día no lograba encontrar mis pastillas de Serenite?

—Eso me dijiste.

—¿Qué quieres darme a entender con esa frasecita?

—¡Oh, Greg! ¿Vas a dedicarte a analizar ahora cada una de las palabras que pronuncie?

—Lo siento, Lucky —repuso Greg—. Todos andamos nerviosos estos días. —A continuación, le mostró el frasquito—. Esa chica me lo ha traído.

—¿Te lo había quitado?

—No. Lo encontró no sé dónde...

—Y ¿qué? ¿Qué hay de particular, de misterioso, en todo ello?

—¡Oh, nada! —dijo Greg—. Es que la muchacha consiguió irritarme.

—Bueno, Greg. Olvidemos eso... ¿Te parece bien que bebamos algo antes de sentarnos a la mesa?

Molly había bajado a la playa. Cogió uno de los viejos sillones de mimbre, uno de los más estropeados, que casi nadie utilizaba ya. Permaneció unos minutos sentada, inmóvil, frente al mar. De pronto bajó la cabeza y, tapándose el rostro con ambas manos, estalló en sollozos. Luego oyó un rumor de pasos y al levantar la vista se encontró con la figura de Mrs. Hillingdon, quien la miraba en silencio.

—Hola, Evelyn. Perdone. No la oí llegar.

—¿Qué le pasa, criatura? —le preguntó Evelyn—. ¿Hay algo que marcha mal? —Tomando otro sillón, se sentó a su lado—. Vamos, cuénteme.

—No, no es nada...

—Algo le pasará, hija... No se busca la soledad para llorar sin un motivo justificado. ¿Es que no puede contármelo? ¿Ha ocurrido algo entre usted y Tim?

—¡Oh, no!

—Me alegro de que así sea. Ustedes dan la impresión de ser una pareja perfecta, feliz.

—Igual que usted y su marido —repuso Molly—. Tim y yo siempre hemos comentado que es un espectáculo maravilloso el que ofrecen los dos... He ahí lo difícil: sentirse feliz tras muchos años de matrimonio.

—¡Oh!

Evelyn pronunció esta exclamación casi involuntariamente. Molly no supo interpretar su significado.

—Son muy frecuentes con el paso del tiempo las peleas entre marido y mujer. Hay parejas que se quieren mucho y, sin embargo, discuten por cualquier cosa, y lo que es más lamentable, incluso lo hacen en público.

—Cierta clase de gente disfruta así, al parecer —dijo Evelyn.

—Yo creo que eso es horrible.

—Lo es, por supuesto.

—Ahora, que al verla a usted con Edward...

—Mire, Molly... No consiento que se figure algo que no es. Edward y yo... —Evelyn hizo una pausa—. Si quiere saber la verdad, le diré que apenas hemos cruzado unas palabras en privado en estos últimos tres años.

—¿Qué? —Molly miró a su interlocutora, aterrada—. No..., no puedo creerlo.

—Claro. Es que los dos somos buenos actores. No. No se nos puede incluir entre esas parejas que riñen en público, ciertamente. Aparte de que en realidad no tenemos por qué llegar a eso.

—Pero ¿qué es lo que les ha sucedido a ustedes?

—En nuestro caso ha sucedido lo de siempre.

—¿Lo de siempre? ¿Otra...?

—Sí, otra mujer. Y creo que no le será muy difícil averiguar quién es...

—¿Se está usted refiriendo a Mrs. Dyson? ¿A Lucky?

Evelyn asintió.

—Ya me di cuenta hace tiempo de que siempre andaban flirteando —repuso Molly—, pero creí que no se trataba de nada...

—De nada importante, ¿verdad? Pensó que no habría nada censurable en su actitud...

—Bien. Y ¿por qué...? —Molly hizo una pausa, intentando expresar su pensamiento con toda frialdad—. Y ¿usted no...? Me parece que no debería hacerle ninguna pregunta.

—Puede preguntar lo que quiera —dijo Evelyn—. Estoy cansada de callar siempre, de aparecer a los ojos de todos como lo que no soy: una esposa mimada y feliz. Lucky es la culpable de que Edward haya perdido la cabeza. Fue tan estúpido como para ir en mi busca y contarme lo que pasaba. Me imagino que pensaría que así haría que yo me sintiera mejor. Un hombre sincero, honorable. Sí. Todo lo que él quisiera, pero ni por un momento se le ocurrió pensar que aquel hecho podía ser para mí un golpe tremendo.

—¿Quiso dejarla?

Evelyn negó con la cabeza.

—Tenemos dos hijos, ¿sabe? Los queremos mucho. Están internos en un colegio de Inglaterra. No quisimos destruir nuestra familia. Además, Lucky tampoco aceptaba divorciarse de su marido. Greg es un hombre muy rico. Su primera esposa le dejó una gran cantidad de dinero. Convinimos en vivir y dejar vivir... Edward y Lucky en su feliz inmoralidad, y Greg en su ciega ignorancia. Edward y yo quedamos como amigos.

Estas últimas palabras Evelyn las pronunció con un claro acento de amargura.

—Pero... ¿puede usted soportar una vida semejante?

—Una se acostumbra a todo. Sin embargo, a veces...

—Siga, siga usted, Evelyn.

—A veces siento deseos de matar a esa mujer.

Molly se asustó al observar la pasión con que Evelyn pronunció aquella frase.

—No hablemos más de mí —propuso Evelyn—. Ocupémonos ahora de usted. Quiero saber cuál es la causa de sus preocupaciones.

Molly calló un momento antes de responder:

—Pues no se trata más que de... Bueno, creo que no me encuentro muy bien.

—¿Que no se encuentra bien? A ver, a ver, explíquese mejor.

Molly hizo un gesto de angustia.

—Estoy asustada, terriblemente asustada...

—¿Asustada...? ¿Por qué?

—Lo ignoro —repuso Molly—. Lo único que sé es que tengo miedo, un miedo terrible, cada vez más... Cualquier cosa me produce un gran sobresalto: un rumor en la arboleda, unos pasos... Me inquietan algunas frases de la gente que está a mi alrededor, empeñándome en hallar en ellas sentidos que no tienen. En algunas ocasiones experimento la sensación de que alguien me vigila, de que me observan... Yo pienso que debe de haber una persona que me odia. En esto acabo afirmándome siempre.

—¡Pobre criatura! —exclamó Evelyn apenada—. ¿Desde cuándo le ocurre todo eso?

—No lo recuerdo... Ha sido una cosa gradual. Y paso por otras pruebas también.

—¿Qué clase de pruebas?

—Hay ocasiones en que no me acuerdo de nada por unos momentos.

—Es decir, sufre algo así como una amnesia temporal, ¿verdad?

—Sí, eso debe de ser. En tales instantes no me es posible recordar qué hice una hora o dos antes.

—¿Cuándo suelen pasarle esas cosas?

—A cualquier hora del día. Siento como si hubiera estado en otros sitios, diciendo o haciendo algo que no consigo recordar, en compañía de otras personas.

Evelyn estaba verdaderamente impresionada.

—Querida Molly: debería ir a ver cuanto antes a un médico.

—No, no. No quiero ver a ningún médico. ¡Ni hablar de eso, Evelyn!

Esta escrutó el rostro de la joven, tomando afectuosamente una de sus manos entre las suyas.

—Es probable que todo lo que le asusta no sean

más que figuraciones suyas, Molly. Ya sabe que existen trastornos nerviosos que no encierran gravedad alguna. El médico a quien consultase le fijaría un tratamiento adecuado y podría recuperarse enseguida.

—Tal vez no todo sea tan sencillo como asegura usted. Quizá me dijera que lo que a mí me pasa es algo muy grave, lo cual aún me descorazonaría más.

—Pero, criatura, ¿en qué se fundamenta para pensar así?

Molly guardó silencio de nuevo. A continuación respondió de una manera más vacilante que nunca:

—Sí, ya sé que no hay en mi caso un motivo que justifique tal suposición...

—¿Tiene familia? ¿Vive su madre? ¿Alguna hermana? ¿No podrían venir aquí para atenderla durante una temporada?

—No puedo contar con mi madre. Nunca me entendí bien con ella. Tengo hermanas, sí. Están casadas, pero me imagino que vendrían aquí si yo las llamara, si las necesitase. No es mi propósito, sin embargo. No quiero saber nada de nadie..., de nadie que no sea Tim.

Evelyn inquirió curiosa:

—¿Está enterado de todo esto Tim? ¿Le ha puesto al corriente?

—Debo confesar que no —repuso Molly—. Pero lo veo triste y tan preocupado como yo. Vive pendiente de todos mis gestos. Se comporta como si intentara ayudarme y protegerme. Pero si él se comporta de este modo es porque estoy necesitada de protección, ¿no?

—A mí me parece que mucho de lo que a usted le

127

pasa es efecto de una imaginación desbocada. Continúo pensando que lo mejor sería, de todas maneras, que consultase con un doctor.

—¿Con el viejo doctor Graham, por ejemplo? Creo que esto no me reportaría nada bueno.

—En la isla hay otros médicos.

—En realidad, me encuentro recobrada ya —alegó Molly—. No debo pensar más en esas cosas. Supongo que está usted en lo cierto: que solo son jugarretas de la imaginación. ¡Oh, Dios mío! ¡Qué tarde se me ha hecho! Debería estar ya en el comedor, trabajando. Perdóneme, Evelyn. No tengo más remedio que volver al hotel.

Molly echó a correr después de despedirse de Evelyn Hillingdon con una expresiva mirada. Esta observó cómo su figura se desvanecía en la creciente oscuridad.

# Capítulo 12

Aquellos polvos traen
estos lodos

—Creo haber dado con algo bueno.

—¿Qué dices, Victoria?

—Creo haber dado con algo bueno, que nos puede proporcionar dinero y en abundancia.

—Ten cuidado, muchacha, no vayas a meterte en un lío. Mejor sería que me explicaras de qué se trata.

Victoria se echó a reír de buena gana.

—Aguarda. Ya verás. Yo sé muy bien cómo he de jugar esta baza. En este asunto hay dinero, en cantidad, sí. He visto unas cosas y adivino otras. Y me parece que no me equivoco.

De nuevo su risa resonó en la noche...


—Evelyn...

—¿Qué quieres?

Evelyn Hillingdon hablaba mecánicamente, sin demostrar el más leve interés. Ni siquiera miró a su esposo.

—Evelyn, ¿qué te parece si acabamos con todo esto y regresamos los dos a Inglaterra?

Ella había estado peinando sus oscuros cabellos. Ahora dejó caer los brazos con abandono a lo largo de su cuerpo. Se volvió hacia su marido.

—Pero... ¡si acabamos de llegar aquí! No llevamos más de tres semanas...

—Ya lo sé. No obstante, ¿qué te parece mi propuesta?

Ella lo miró incrédula.

—¿Quieres regresar de veras a Inglaterra, a nuestra casa?

—Sí.

—¿Piensas separarte de Lucky?

Su marido pestañeó.

—¿Has estado siempre pendiente de eso? ¿Sospechabas que aún había algo entre los dos?

—Naturalmente.

—Nunca dijiste nada.

—¿Para qué? Dejamos solucionado ese asunto hace años, ¿no lo recuerdas? No quisimos romper del todo. Accedimos a seguir caminos distintos... salvando las apariencias. —Antes de que su esposo pudiera responder, Evelyn le preguntó—: ¿Por qué te muestras ahora dispuesto a volver a Inglaterra?

—No me es posible prolongar más tiempo esta situación, Evelyn. No, no puedo.

Se había operado una profunda transformación en Edward. Sus manos temblaban, tragaba saliva, su calmosa faz, reacia a reflejar cualquier emoción, se desfiguraba como en una mueca de dolor.

—Por el amor de Dios, Edward, dime: ¿qué pasa?

—No pasa nada. Sencillamente, quiero marcharme de aquí.

—Tú te enamoraste apasionadamente de Lucky. ¿Qué? ¿Ya no hay nada de eso? ¿Es esto lo que querías decirme?

—Sí. Naturalmente, supongo que no volverás a ser la de antes...

—¡Oh! Por favor, dejemos esa cuestión a un lado. Yo quisiera descubrir cuál es la causa de tu trastorno, Edward.

—No estoy trastornado... —sostuvo él débilmente.

—Sí que lo estás. Y ¿por qué?

—¿No es evidente? —inquirió Edward traicionándose.

—No lo es —repuso Evelyn—. Describamos la situación en términos concretos. Tuviste una aventura con una mujer. Es algo que sucede a menudo. Y ahora todo ha terminado. ¿O no ha terminado? Tal vez no, por parte de ella. ¿Me equivoco? ¿Se ha enterado Greg? Me he hecho en diversas ocasiones esta pregunta.

—Lo ignoro —respondió Edward—. Él no ha dicho nunca nada. Yo lo veo tan cordial como siempre.

—¡Qué torpes pueden llegar a ser los hombres! —exclamó Evelyn, pensativa—. Veamos... Quizá Greg haya centrado ahora su interés en una mujer determinada. Sí. Esto también puede ocurrir.

—Ha intentado conquistarte, ¿verdad? —preguntó Edward—. Respóndeme... Yo sé lo que él ha...

—¡Oh, sí! Pero eso no tiene nada de particular —dijo Evelyn, despreocupadamente—. Él intenta ligar con todo el mundo. Greg es así. No le da ninguna importancia. Es su papel de macho.

—¿Te interesa él, Evelyn? Preferiría saber la verdad.

—¿Hablas de Greg? Le he tomado afecto... Me divierte. Es un buen amigo.

—¿No hay más? Quisiera creerte.

—No acierto a explicarme qué puede importarte ese detalle a ti —manifestó Evelyn secamente.

—Supongo que me tengo más que merecida tu respuesta.

Evelyn se acercó a la ventana de la habitación, echó un vistazo al exterior y volvió a su sitio.

—Deseo de veras, Edward, que me digas qué es concretamente lo que motiva tu inquietud actual.

—Ya te lo he dicho.

—Es extraño...

—Tú no comprendes, desde luego, hasta qué punto una aventura como esta parece una auténtica locura cuando ha quedado atrás.

—Puedo intentarlo. Hay una cosa que me preocupa: Lucky probablemente tratará de retenerte por todos los medios. No la veo en el papel de amante desdeñada. Será una tigresa con sus garras correspondientes. Tienes que decirme la verdad, Edward. No hay otro camino si deseas que yo permanezca a tu lado.

Edward bajó la voz para confesar:

—Si no me aparto de ella pronto..., la mataré.

—¿Hablas de matar a Lucky? ¿Por qué habías de hacer eso?

—Por lo que me obligó a llevar a cabo...

—¿Qué fue?

—La ayudé a cometer un crimen.

Las últimas palabras quedaron como flotando en el aire de la habitación... Hubo un silencio. Evelyn no perdía de vista a su marido.

—¿Te das cuenta de lo que estás diciendo?

—Sí. Yo no sabía lo que hacía... Me encargaba que le llevara ciertos productos de la farmacia acerca de cuyo destino no tenía la más leve idea... Logró hacerme copiar una receta que ella guardaba.

—¿Cuándo sucedió esto?

—Hace cuatro años. Estando nosotros en Martinica. Cuando..., cuando la esposa de Greg...

—¿Te refieres a la primera esposa de Greg? ¿A Gail? ¿Sugieres que Lucky la envenenó?

—Sí. Yo la ayudé. Al comprender...

Evelyn interrumpió a su marido.

—Comprendiste lo que Lucky había planeado: que se apresuraría a recordarte que eras tú quien había escrito la receta, quien había comprado las medicinas... Te haría ver que en ese asunto andabais juntos y que no podíais separaros. ¿Me equivoco?

—No. Lucky me aseguró que había obrado de aquel modo por compasión, ya que Gail sufría y le había rogado que la ayudara de algún modo para acelerar su fin.

—¡La mató por piedad! Y ¿tú lo creíste?

Edward Hillingdon meditó su respuesta:

—No... En realidad, no. Acepté su explicación porque necesitaba creerla. Lucky me dominaba entonces.

—Y más tarde, cuando contrajo matrimonio con Greg, ¿seguiste creyéndola?

—Me obstiné en eso...

—Y ¿qué es lo que Greg sabe de todo esto?

—Nada en absoluto.

—Vamos, Edward. No querrás que sea tan crédula como tú, ¿verdad?

Edward Hillingdon pareció perder los estribos en ese momento.

—Evelyn... Deseo con toda mi alma apartarme de ella. Esa mujer me recuerda a cada paso lo que yo me presté a hacer. Sabe que ya no tiene influencia sobre mí y se vale de las amenazas para manejarme a su antojo. ¿Qué influencia va a tener si he llegado a odiarla? No obstante, aprovecha todas las ocasiones que se le presentan para que no olvide que estoy ligado a ella, por la criminal empresa en que colaboramos...

Evelyn echó a andar de un lado a otro de la habitación. Después se detuvo y se enfrentó con su esposo.

—Lo que a ti te pasa, Edward, lo malo de tu carácter, es que eres ridículamente sensible e increíblemente apto para acoger las más disparatadas sugerencias. Esa endiablada mujer te ha llevado a donde ha querido utilizando astutamente tu sentido de la culpabilidad. Voy a explicarte esto en términos bíblicos... El delito que pesa sobre ti es el adulterio y no el asesinato. Te sentías culpable cuando empezaste tu relación con

Lucky y esta se valió de ti como quiso al idear su plan criminal, logrando que compartieras moralmente su culpa. No hay duda de eso.

Edward echó a andar hacia su esposa...

—Evelyn...

Esta retrocedió, escrutando su faz.

—Edward... ¿Es verdad todo lo que me has dicho? ¿Lo es? ¿O bien se trata de una invención tuya?

—¡Evelyn! ¿Por qué habría de mentirte? ¿Qué podría lograr con ello?

—No lo sé —respondió la mujer—. Hablo así porque ahora me cuesta mucho trabajo creer a... quienquiera que sea, porque... ¡Oh, no sé! Supongo que ya no soy capaz de distinguir la verdad cuando esta se ofrece a mis oídos o a mis ojos.

—Dejemos esta isla... Regresemos a Inglaterra.

—Sí. Eso es lo que haremos. Pero no ahora.

—¿Por qué no ahora?

—De momento debemos seguir llevando la misma vida. Procura que Lucky no sepa lo más mínimo acerca de esta conversación.

# Capítulo 13

Mutis de Victoria Johnson

La velada llegaba a su fin. Los miembros de la estrepitosa orquesta cedían ya en sus esfuerzos. Tim permanecía de pie, junto a una de las salidas que daban a la terraza. Apagó unas cuantas lamparitas correspondientes a varias mesas abandonadas ya por sus ocupantes.

De pronto oyó unas palabras pronunciadas por alguien a su espalda:

—¿Podría hablar con usted un momento, Tim?

Este se volvió.

—Hola, Evelyn... ¿En qué puedo servirla?

Ella miró a su alrededor.

—Sentémonos un instante a esa mesa...

Condujo al joven hasta donde estaba la mesa, en el otro extremo de la terraza. No había nadie en torno a ellos.

—Dispense que le hable en estos términos, Tim. No quiero asustarle, pero debo confesar que Molly me preocupa mucho.

La expresión del rostro del joven cambió enseguida.

—¿Qué le sucede a Molly?

—No creo que se encuentre muy bien. La veo alterada, bajo los efectos de una profunda depresión nerviosa.

—Últimamente no es ella la única persona que se halla en tales condiciones. Todos andamos desquiciados por una razón u otra.

—A mí me parece que debería consultar su caso con un médico.

—Sí, y yo pienso igual, pero ella se niega a ir a ver a nadie.

—¿Por qué?

—¿Eh?

—Le he preguntado que por qué su esposa se niega a consultar con un médico.

Tim dio una respuesta bastante imprecisa a estas palabras.

—Eso suele pasarle a mucha gente. No sé exactamente por qué motivo. Tales pacientes, pésimos enfermos, miran al doctor con aversión y temor.

—A usted Molly le ha estado preocupando estos días, ¿verdad, Tim?

—En efecto. Y aún lo hace.

—¿No podría usted pedirle a un familiar suyo que venga aquí para cuidar de ella?

—No. Eso agravaría la situación.

—¿Qué pasa con la familia de su mujer?

—Nada que sea nuevo. Molly es muy severa, es muy diferente de los suyos, y no se ha llevado nunca bien con ellos, especialmente con su madre. Componen una familia... rara, más bien, en ciertos aspectos. Molly decidió finalmente, hace tiempo, romper con todos. Fue una medida acertada, sin lugar a dudas.

Evelyn apuntó, vacilante:

—De vez en cuando, Molly sufre ataques de amnesia, a juzgar por lo que ella me contó. La gente le da miedo. Padece en cierto modo de manía persecutoria.

—¡No diga usted eso! —exclamó Tim, enfadado—. ¡Manía persecutoria! Son muchos los que hablan así refiriéndose a otros. Lo único que ocurre es que Molly está nerviosa... Nunca había vivido en estas tierras, las fabulosas Antillas. Ve muchos rostros oscuros a su alrededor. Ya sabe usted que se han inventado innumerables historias sobre la gente de estas islas y la tierra en que habitan.

—Pero ese sobresalto continuo en que ahora vive Molly...

—La gente se asusta de las cosas más extrañas y dispares. Hay quien sería capaz de vivir en una habitación llena de gatos. Y hay quien se desmaya cuando le cae encima una insignificante oruga.

—Me desagrada hacerle esta propuesta, pero... ¿no cree conveniente llevar a Molly a un psiquiatra?

—¡No! —respondió Tim, violento—. No consentiré que ese tipo de farsantes la conviertan en un conejillo de Indias. Esa gente agrava la situación de sus enfermos. Si su madre hubiese abandonado a los psiquiatras a tiempo...

—Así pues, ¿sufrió la madre de su mujer trastornos

mentales? ¿Ha habido en su familia casos de... dese-
quilibrio?

Evelyn había escogido con todo cuidado esta última palabra.

—No quiero hablar de ello. Desde que separé a Molly de toda su gente siempre se ha encontrado bien.
Últimamente se ha dejado llevar demasiado por sus
nervios... Pero, bueno, esas cosas, además, no son he-
reditarias. Esto lo sabe todo el mundo hoy en día. Molly es una mujer perfectamente normal. Es que... ¡Oh!
Yo creo que fue la muerte de Palgrave el origen de sus
actuales trastornos.

—Ya comprendo —contestó Evelyn pensativamente—. Pero ¿qué preocupaciones podía acarrear a nadie
el fallecimiento del comandante?

—Tiene usted razón, Evelyn. Sin embargo, no hay
que negar que las muertes repentinas siempre provo-
can una fuerte impresión.

Tim Kendal era la viva imagen del desaliento. Evelyn
se conmovió. Dejó caer una mano sobre su brazo.

—Me consta que no necesita usted a nadie que le
sirva de guía... No obstante, si precisa de mi ayuda
para lo que sea, como por ejemplo para acompañar a
Molly a Nueva York, me tiene a su disposición. En esa
ciudad o en Miami podría ser atendida por médicos
de reconocida solvencia.

—Es usted muy amable, Evelyn, pero... Molly se
encuentra perfectamente. Se sobrepondrá a esos trastornos de los que hemos estado hablando.

Evelyn hizo un gesto de duda. Se alejó de Mr. Kendal y echó un vistazo al interior del salón. La mayor parte de los huéspedes se habían marchado a sus bungalós. Evelyn se encaminaba lentamente hacia su mesa para comprobar si se había dejado algo en ella cuando oyó a su espalda una exclamación proferida por Tim. Volvió la cabeza rápidamente. El joven miraba fijamente en dirección a la escalinata que había al final de la terraza. Entonces Evelyn contuvo el aliento, asombrada...

Molly subía por allí, procedente de la playa. Respiraba angustiada, entre continuos sollozos. Su cuerpo oscilaba cada vez que daba un paso, como si anduviera sin rumbo fijo... Tim gritó:

—¡Molly! ¿Qué te pasa, Molly?

Tim Kendal echó a correr hacia ella, y Evelyn lo siguió. La chica se encontraba ya en lo alto de la escalera, donde se quedó plantada señalando a lo lejos. Con voz entrecortada dijo:

—La encontré ahí... Está ahí, entre los arbustos..., entre los arbustos... Mirad mis manos. Sí. Miradlas...

Tendió los brazos en dirección a Evelyn y Tim...

Observaron enseguida unas manchas extrañas, oscuras, en sus manos. Evelyn sabía muy bien que a la luz del día habrían sido rojas.

Tim preguntó a su esposa, atropelladamente:

—¿Qué ha sucedido, Molly?

—Ahí abajo... —La muchacha vaciló. Por un instante parecía que iba a caer al suelo, desmayada—. En los arbustos...

Tim no sabía qué hacer. Miró a Evelyn. Luego obligó a Molly a que se aproximara a ella. A continuación, empezó a bajar la escalera a toda prisa.

Evelyn pasó un brazo en torno a los hombros de la joven.

—Vamos, Molly. Siéntate aquí, ¿quieres? Voy a darte algo de beber. Ya verás como te encontrarás mejor.

Molly se derrumbó sobre una silla, echándose de bruces encima de la mesa, hundiendo el rostro entre sus brazos. Evelyn se abstuvo de hacerle pregunta alguna en aquellos momentos. Pensó que era más prudente dejar pasar unos minutos para que la pobre chica se recuperara.

—Vamos, Molly, no te apures —le dijo luego—. Esto no es nada.

—No sé..., no sé qué sucedió —murmuró Molly—. No sé nada. No recuerdo nada. Yo... —Levantó la cabeza de pronto—. ¿Qué me pasa? ¿Qué me pasa?

—Tranquilízate, muchacha. Vamos, tranquilízate.

Tim subía lentamente por la escalinata de la terraza. Una mueca horrible desfiguraba su rostro. Evelyn levantó la vista, enarcando las cejas inquisitivamente.

—Se trata de una de nuestras sirvientas —manifestó—. ¿Cuál es su nombre...? Sí. Victoria. Alguien la ha apuñalado.

# Capítulo 14
## La investigación

Molly estaba tendida en su lecho. El doctor Graham y su colega, el doctor Robertson —médico de la policía local—, se habían situado a un lado de la mujer. Tim se encontraba frente a ellos. Robertson había cogido una de las manos de la joven para tomarle el pulso... Hizo una seña al hombre que, vestido con el uniforme de la policía, se hallaba al pie de la cama. Se trataba del inspector Weston, de la policía de St. Honoré.

—Procure que el interrogatorio sea breve —dijo el doctor.

—Comprendido —contestó el otro.

A continuación, preguntó, mirando a Molly:

—¿Quiere decirnos, Mrs. Kendal, cómo descubrió el cuerpo de esa muchacha?

Por un momento, todos creyeron que la figura que yacía en el lecho no había oído las palabras del inspector Weston. Luego percibieron una voz débil, que parecía venir de muy lejos...

—En los arbustos... Blanco...

—Sin duda distinguió usted algo blanco en la penumbra del lugar y se acercó allí para ver qué era... ¿Fue eso lo que ocurrió?

—Sí... Blanco... Estaba tendida. Intenté..., intenté levantarla. Ella... Sangre..., sangre en mis manos...

Molly comenzó a temblar.

El doctor Graham miró expresivamente a su colega. Robertson susurró:

—No está en condiciones de declarar nada.

—¿Qué estaba usted haciendo en el camino de la playa, Mrs. Kendal?

—Me... encontraba a gusto allí..., junto al mar.

—¿Identificó enseguida a la chica?

—Sí... Era Victoria..., una chica muy agradable..., siempre reía... ¡Oh! Y ahora... No. Ya no volveremos a verla reír jamás... No podré olvidar esto nunca..., nunca...

Molly levantó gradualmente la voz. Parecía que iba a ser presa de un ataque de histeria.

—Tranquilízate, Molly... Vamos, querida... —Era Tim quien acababa de hablarle así.

—No hable, no hable... —le ordenó el doctor Robertson, imponiéndose dulcemente—. Descanse un poco. Ya verá qué bien se queda. Un leve pinchazo y...

El médico preparó una jeringuilla.

—No se hallará en condiciones de ser interrogada hasta que pasen veinticuatro horas, por lo menos —afirmó—. Ya le avisaré a usted, inspector Weston.

El negro, un individuo muy corpulento, miró, uno por uno, los rostros de los hombres que se habían sentado tras la mesa.

—Juro que eso es todo lo que sé —dijo.

Gruesas gotas de sudor perlaban su frente. Daventry suspiró. El inspector Weston, de la Brigada de Investigación Criminal, que presidía la reunión, hizo un elocuente ademán. El fornido Jim Ellis salió de la habitación lentamente, arrastrando los pies.

—Desde luego, no ha declarado todo lo que sabe —dijo Weston, que hablaba con la suave entonación característica de los habitantes de la isla—. Claro que no lograremos sacarle más por muchos esfuerzos que hagamos.

—¿No le cree implicado en el suceso? —inquirió Daventry.

—No. Parece ser que los dos siempre se han llevado bien.

—No estaban casados, ¿verdad?

Los labios del inspector Weston se distendieron en una leve sonrisa.

—No, no estaban casados. Poca gente contrae matrimonio en nuestra isla. Sin embargo, bautizan a los hijos. Victoria le dio dos a ese hombre.

—Sea lo que sea lo que haya tras esto, ¿estima usted que Jim Ellis estaba de acuerdo con..., con su mujer?

—Es probable que no. Seguramente a él le daba miedo meterse en un lío. Y me atrevería a afirmar que Victoria no había llegado a descubrir ningún secreto trascendental.

—¿Le bastaría, quizá, para hacer un chantaje?

—Yo no sé siquiera si me atrevería a emplear esa palabra. Dudo de que la joven conociese su significado. Cuando se percibe una cantidad por ser discreto no se puede hablar de chantaje propiamente dicho. Fíjese en esto: algunas de las personas que se hospedan aquí pertenecen a una categoría social definida que no tiene más misión que vivir lo mejor posible. Su conducta, en cuanto a la moral, generalmente deja bastante que desear, y esto se aprecia de buenas a primeras, sin otro trabajo que el de realizar una investigación superficial.

Weston se expresaba en tono muy severo.

—Sí. Suele hacerse eso que usted ha señalado —manifestó Daventry—. Cuando una mujer, por ejemplo, no quiere que se divulguen sus andanzas recurre a la treta de regalar algo a la doncella que la atiende normalmente. Existe entonces un convenio tácito. Con tales atenciones se compra la discreción de la servidora.

—Exactamente.

—Ahora bien —objetó Daventry—, aquí no hubo nada de eso. Nos hallamos nada menos que ante un asesinato.

—Dudo que la víctima creyese que andaba metida en algo serio. Lo más seguro es que viese algo que excitara su curiosidad, que presenciara algún incidente chocante en el que aquel frasco de pastillas desempeñaba su papel. Pertenecían a Mr. Dyson, tengo entendido. Será mejor que hablemos con él.

Gregory apareció en el cuarto con su aire cordial de siempre.

—Aquí me tienen —dijo—. ¿Puedo servirles en algo? ¡Qué desgracia lo de esa chica! Era muy simpática. A mi mujer y a mí nos agradaba mucho. Supongo que habrá reñido con el hombre con quien viviera... Me extraña esto, no obstante, porque siempre la veíamos contenta y despreocupada. Anoche mismo le gasté unas cuantas bromas...

—Mr. Dyson, ¿es cierto que usted toma con regularidad un medicamento denominado Serenite?

—Completamente cierto. Viene preparado en forma de pastillas de un ligero color rosado.

—¿Las toma usted por prescripción médica?

—Naturalmente. Puedo mostrarles recetas, si lo desean. Como tanta gente hoy en día, tengo la tensión alta.

—Pocas son las personas que saben eso de usted.

—No suelo hablar de ello. He sido siempre un hombre muy fuerte, de excelente salud. Jamás me han sido simpáticos los individuos que se pasan el día hablando de sus dolencias.

—¿Cuántas pastillas acostumbra usted a tomar durante la jornada?

—Tres.

—¿Está normalmente bien provisto de ellas?

—Sí. Siempre llevo en mis maletas media docena de frascos. Los guardo bajo llave. Solo tengo al alcance de la mano el que estoy usando.

—Ese frasco fue precisamente el que usted echó de menos no hace mucho, según me han dicho...

—Exacto.

—¿Es cierto que le preguntó a esa muchacha indígena, a Victoria Johnson, si lo había visto?

—Sí.

—¿Qué le contestó ella?

—Me contestó que la última vez que lo había visto estaba en uno de los estantes de nuestro cuarto de baño. Me dijo que lo buscaría.

—¿Qué ocurrió luego?

—Más adelante fue en mi busca... Había encontrado las pastillas. «¿Son las suyas?», me preguntó.

—Y usted respondió...

—«Desde luego que sí. ¿Dónde estaban?» Afirmó que en el cuarto del comandante Palgrave. Inquirí: «¿Cómo diablos fueron a parar allí?».

—Y ¿qué le contestó a eso?

—Me contestó que no lo sabía. Pero...

Mr. Dyson, vacilante, se interrumpió unos instantes al llegar aquí.

—Diga, diga, Mr. Dyson.

—Bien... Me dio la impresión de que sabía algo más de lo que estaba contando. Sin embargo, no presté mucha atención al incidente. A fin de cuentas, no tenía mucha importancia. Como ya he dicho, siempre dispongo de algunos frascos de repuesto. Pensé que podía haberme dejado el que había perdido en el restaurante o en otro sitio cualquiera, de donde el viejo Palgrave lo cogería por un motivo u otro. Tal vez se lo echara al bolsillo con el propósito de devolvérmelo y se olvidó de ello más adelante.

—Y ¿es eso cuanto sabe acerca de este asunto, Mr. Dyson?

—Eso es todo lo que sé. Lamento no poder serles de más utilidad. ¿Tiene importancia lo que les he contado? ¿Por qué?

Weston se encogió de hombros.

—Tal como están las cosas, cualquier detalle puede resultar de la máxima importancia.

—Ignoro qué papel cabría atribuir a mis pastillas. Yo me figuré que ustedes querrían saber cuáles fueron mis movimientos alrededor de la hora en que esa pobre muchacha fue apuñalada. He anotado todos por escrito con el mayor cuidado posible.

Weston parecía pensativo.

—¿De veras? Hay que reconocer que es usted muy servicial, Mr. Dyson.

—Pensé que así les ahorraba trabajo —alegó Greg, tendiéndole un papel.

Weston lo estudió. Daventry aproximó su silla a la de él y se puso a leer por encima de su hombro.

—Esto está muy claro —dijo Weston un minuto o dos después—. Hasta las nueve menos diez minutos usted y su esposa estuvieron en su bungaló, vistiéndose. A continuación, se marcharon a la terraza, donde en compañía de la señora de Caspearo bebieron algo. A las nueve y cuarto se unieron a ustedes los señores Hillingdon, y poco después entraron todos en el comedor. Por lo que usted recuerda, debieron de acostarse a las once y media.

Se calló, esperando la contestación.

—Así es —dijo Greg—. No sé en realidad a qué hora asesinaron a esa joven...

Por la entonación, esas palabras parecían más bien una pregunta. El inspector Weston, sin embargo, hizo como si no lo hubiera advertido.

—Tengo entendido que fue Mrs. Kendal quien encontró el cadáver. ¡Qué impresión tan terrible debió de experimentar!

—Efectivamente. El doctor Robertson tuvo que administrarle un calmante.

—Eso ocurrió a una hora avanzada ya, ¿no?; es decir, cuando la mayor parte de los huéspedes se habían ido a la cama...

—Sí.

—¿Habían transcurrido muchas horas desde su fallecimiento? Me refiero al espacio de tiempo que medió entre el momento del asesinato y el macabro hallazgo de Mrs. Kendal.

—No sabemos exactamente a qué hora se produjo —declaró sencillamente el inspector.

—¡Pobre Molly! ¡Qué experiencia tan desagradable le ha tocado vivir! La verdad es que anoche la eché de menos entre nosotros. Me figuré que la habría retenido en sus habitaciones alguna jaqueca o cualquier indisposición por el estilo.

—¿Cuándo vio usted por última vez a Mrs. Kendal?

—¡Oh! Muy temprano. Antes de regresar a mi bungaló para cambiarme de ropa. Estaba echando un vistazo a las mesas, dándoles los toques definitivos.

Arreglaba los cubiertos, ponía un cuchillo en su sitio, etcétera.

—Ya, ya...

—La vi muy animada —señaló Greg—. Bromeó, incluso... Molly es una gran muchacha. Todos la queremos. Tim es un hombre afortunado.

—Bueno, hemos de darle las gracias, Mr. Dyson. ¿No recuerda si Victoria le dijo algo más cuando le devolvió sus pastillas?

—No recuerdo más de lo que le he contado. Habiéndole preguntado a esa chica dónde había hallado mi frasco de Serenite, me contestó que en la habitación de Palgrave.

—¿Quién lo pondría allí? ¿No tenía ella ninguna idea acerca de eso?

—No creo... En realidad, no lo recuerdo.

—Muchas gracias, Mr. Dyson.

Gregory se marchó.

—¡Qué previsor! —exclamó Weston, tabaleando con las uñas de sus dedos índice y anular sobre el papel que tenía delante—. Ese hombre ha demostrado ciertamente un gran interés por darnos a conocer con toda exactitud lo que hizo anoche.

—Demasiado interés, ¿no le parece? —comentó Daventry.

—No sé qué decirle... Usted sabe que hay gente que vive en una perpetua inquietud, temiendo verse complicada en cualquier asunto sucio... Y no es porque quienes así sienten sean culpables de algo.

—Bueno, y ¿no pudo darse una oportunidad ideal

que el asesino aprovechara? Aquí casi nadie puede presentar una coartada perfecta, impecable, si pensamos en la existencia de la ruidosa orquesta y las entradas y salidas constantes del salón efectuadas por los que allí se encontraban. La gente se levanta, abandona las mesas, regresa. Los hombres salen a estirar las piernas. Aunque parece empeñado en probar de una manera contundente que no salió, Mr. Dyson pudo haberse escabullido un momento. Cualquier otra persona dispuso de una ocasión semejante. —Daventry bajó la vista, fijándola pensativamente en el papel—. Tenemos a Mrs. Kendal ordenando los cuchillos en alguna mesa... Yo me pregunto si ese hombre cogería uno de ellos con un propósito determinado.

—¿Le parece eso probable a usted?

El otro sopesó un momento la pregunta.

—Lo estimo posible.

De pronto se oyó un gran alboroto al otro lado de la puerta de la habitación en que se encontraban los dos hombres. Alguien chillaba, exigiendo acaloradamente que lo dejasen pasar.

—Tengo algo que declarar. Tengo algo que declarar. ¡Llévenme en presencia de esos señores!

Un policía uniformado abrió la puerta.

—Se trata de uno de los cocineros del hotel, señor —explicó, dirigiéndose a Weston—. Insiste en verle a usted. Dice que hay algo que es necesario que se sepa.

Entró un hombre muy moreno, tocado con un gorro blanco. Era uno de los subalternos que trabajaban en la cocina del establecimiento. No había nacido en St. Honoré, sino en Cuba.

—Tengo que decirle algo, señor... Ella cruzó la cocina cuando yo me encontraba allí. Llevaba un cuchillo en la mano. Un cuchillo, sí. Llevaba un cuchillo en la mano... Desde la cocina pasó al jardín. La vi...

—¡Cálmese, amigo, cálmese! —recomendó Daventry—. ¿De quién nos está hablando?

—Voy a decirles de quién les hablo... Les hablo de la esposa del jefe. De Mrs. Kendal. Les hablo de ella, sí. Llevaba un cuchillo en la mano y se perdió en la oscuridad. Esto ocurrió antes de la cena... Y Mrs. Kendal no regresó.

# Capítulo 15

Prosiguen las investigaciones

—¿Podríamos hablar con usted unos minutos, Mr. Kendal?

—¡Por Dios, señores! ¡No faltaba más!

Tim había levantado la vista. Se hallaba sentado tras su mesa de trabajo. Colocó a un lado varios papeles y señaló a sus visitantes unas sillas. Tenía la faz demacrada. Parecía estar extenuado.

—¿Qué tal van esas pesquisas? ¿Han dado algún paso adelante? —preguntó—. Cualquiera diría que alguien nos ha echado una maldición. Los huéspedes tienen prisa por irse; no hacen otra cosa que encargar billetes de avión. Y eso viene a sucedernos cuando todo marchaba sobre ruedas, cuando el éxito parecía estar asegurado. ¡Oh! Ustedes no pueden imaginarse qué significa este negocio, este hotel, para mí y para Molly. Hemos invertido en él cuanto poseíamos.

—Se enfrenta usted a una dura prueba, efectivamente, Mr. Kendal —respondió el inspector Weston—.

Lamentamos todo este alboroto, esta verdadera catástrofe.

—Si al menos pudieran aclararse los hechos rápidamente... —manifestó Tim—. Esa condenada chica, Victoria Johnson... ¡Oh! Desde luego, no debería hablar así de ella... Victoria era una buena muchacha. Pero... tiene que existir detrás de todo esto una razón muy simple, una justificación que convenza a primera vista... Yo pienso en una intriga, en un enredo amoroso... Quizá el marido de Victoria...

—Jim Ellis no era su marido. Por otro lado, la pareja daba la impresión de entenderse perfectamente.

—Si pudiera aclararse todo rápidamente... —insistió Tim—. Perdonen. Ustedes han venido aquí a hablarme de algo, a preguntarme algo...

—Sí. Queríamos referirnos a lo de anoche. De acuerdo con las declaraciones del forense, Victoria fue asesinada entre las diez y media de la noche y las doce. Dadas las circunstancias que aquí predominan, las coartadas son difíciles de probar. La gente estuvo, como es lógico, yendo de un lado para otro continuamente, unas veces bailando y otras paseando por la terraza...

—Cierto. Ahora bien, ¿piensan ustedes acaso que a Victoria la asesinó uno de los huéspedes del hotel?

—Hemos de considerar tal posibilidad, Mr. Kendal. Quisiera hablarle de la declaración hecha por uno de sus cocineros.

—¿Qué? ¿Cuál?

—Este a quien deseo referirme es cubano, según creo.

—Con nosotros trabajan actualmente dos cubanos y un puertorriqueño.

—Enrico, que así se llama el hombre en cuestión, afirma que su esposa cruzó en determinado momento de anoche la cocina, procedente del comedor, para dirigirse al jardín. Asegura que llevaba un cuchillo en las manos.

Tim se quedó inmóvil.

—¿Que Molly llevaba un cuchillo en las manos? Bien... Y ¿por qué no había de llevarlo? Quiero decir que... ¡Cómo! No pensarán ustedes... ¿Qué intenta sugerir?

—Le hablo del momento inmediatamente anterior a la llegada de los huéspedes al comedor. Serían entonces las ocho y media, aproximadamente. Usted charlaba en esos momentos con el *maître*, Fernando.

—Sí, sí... Ya recuerdo.

—Su esposa entró procedente de la terraza, ¿verdad?

—Sí —convino Tim—. Molly se encarga siempre de dar un último vistazo a las mesas. En ocasiones, los camareros colocan las cosas mal, olvidan piezas, etcétera. ¡Ya está! Ya me figuro qué es lo que sucedió. Mi mujer debió de haber estado llevando a cabo su habitual tarea de vigilancia y supervisión. Es posible que encontrara en cualquiera de las mesas un cuchillo o una cuchara de más, esto es, el objeto que vio en sus manos el cocinero cubano.

—Al entrar ella en el comedor, ¿le dijo algo?

—Sí. Cruzamos unas palabras.

—¿Las recuerda usted?

—Creo recordar haberle preguntado con quién había estado charlando en la terraza. Me había parecido oír una voz fuera, una voz, desde luego, que no era suya.

—¿Qué le contestó su mujer?

—Que había estado hablando con Gregory Dyson.

—En efecto. Eso es lo que él declaró.

Tim prosiguió, diciendo:

—Tengo entendido que se dedicó a hacerle la corte... Es un hombre muy dado a eso. Me irrité al oír su respuesta y proferí una exclamación. Molly se echó a reír y se apresuró a tranquilizarme. Es muy juiciosa... Comprenda usted: nuestra posición aquí es a veces bastante delicada. No se puede ofender a un huésped así como así. Una mujer tan atractiva como Molly tiene que acoger ciertos cumplidos con alguna que otra sonrisa y un encogimiento de hombros. Por otro lado, a Gregory Dyson le cuesta mucho trabajo dejar en paz a las mujeres de buen ver.

—¿Tuvieron algún altercado?

—No, no creo. Ella debió de tratarle con la cortés indiferencia de otras ocasiones.

—¿No puede usted decirnos categóricamente si ella era o no portadora de un cuchillo entonces?

—No recuerdo bien... Yo afirmaría que no. No, no, seguro que no.

—Pero usted acaba de afirmar...

—Un momento..., yo solo he insinuado que por el hecho de haber estado en el comedor o en la cocina podía muy bien haber cogido un cuchillo. En realidad, y esto lo recuerdo perfectamente, Molly no llevaba nada en la mano al salir del comedor. Nada en absoluto. Con toda seguridad.

—Ya, ya...

Tim miró inquieto al inspector.

—¿Adónde quiere usted ir a parar? ¿Qué es lo que le contó ese necio de Enrico..., de Manuel..., como se llame su informador?

—Su cocinero nos dijo que su esposa parecía muy nerviosa y que llevaba un cuchillo en las manos.

—Hay gente que se empeña siempre en complicar las cosas que son normales para darles un forzado carácter dramático.

—¿Volvió usted a hablar con su mujer durante la cena o después de esta?

—No. Me parece que no. La verdad es que yo anduve bastante ocupado.

El inspector indagó:

—¿Permaneció su esposa en el comedor mientras servían los camareros a sus huéspedes?

—Yo... ¡Oh!, sí. En tales ocasiones ambos solemos ir de una mesa a otra. Hemos de comprobar personalmente cómo marcha todo.

—Y ¿no llegaron a cruzar ni una palabra?

—No, creo que no... Habitualmente, en esos instantes estamos muy ocupados. Cada uno ignora lo que está haciendo el otro y, por supuesto, no disponemos de tiempo para charlar.

—Es decir, usted no recuerda haber hablado con su esposa hasta tres horas después, al acabar de subir ella las escaleras de la terraza, tras el descubrimiento del cadáver de Victoria...

—Eso fue un golpe terrible para Molly.

—Me consta. ¿Por qué su mujer se encontraba en aquellos momentos por el camino de la playa?

—Acostumbra a dar una vuelta por allí todas las noches cuando se ha servido la cena. Eso le sirve de relajación tras las interminables horas de trabajo. Quiere, simplemente, permanecer alejada de los huéspedes unos minutos, tener un respiro...

—En el momento de su regreso tengo entendido que usted estaba hablando con Mrs. Hillingdon.

—Sí. Casi todo el mundo se había ido a la cama ya.

—¿Cuál fue el tema de su conversación con Mrs. Hillingdon?

—Uno de tantos, no ofrecía nada de particular. ¿Por qué me pregunta eso? ¿Qué es lo que ella le ha dicho?

—Hasta ahora ella no nos ha dicho nada. No la hemos interrogado aún.

—Charlamos acerca de muchas cosas. Hablamos, por ejemplo, de Molly y de las dificultades que presentaba el gobierno del hotel...

—En esos momentos fue cuando apareció su esposa en la escalinata de la terraza y les contó lo que había ocurrido, ¿verdad?

—Así es.

—¿Vieron sangre en sus manos?

—¡Por supuesto! Mrs. Hillingdon se acercó a Molly e intentó sostenerla, para evitar que cayera al suelo, sin comprender qué era lo que ocurría. ¡Ya lo creo que vimos sangre en sus manos! Pero ¡un momento! ¿Qué diablos está usted sugiriendo? Porque usted me está sugiriendo algo, ¿verdad?

—Cálmese, Mr. Kendal —medió Daventry—. Sabemos que todo es sumamente penoso para usted, pero hemos de hacer cuanto esté en nuestras manos para aclarar los hechos. Últimamente, su esposa, al parecer, ha estado algo delicada... ¿Es cierto eso?

—¡Bah! Molly se encuentra perfectamente. La muerte del comandante Palgrave la trastornó un poco. Es natural. Mi mujer es muy sensible.

—Tendremos que hacerle unas cuantas preguntas tan pronto se recupere —anunció Weston.

—Sí, porque ahora no puede ser. El doctor le administró un somnífero y recomendó que no la molestara nadie. No toleraré que la intimiden con su presencia, retrasando de ese modo su vuelta a la normalidad.

—No hemos pensado ni un momento en intimidarla, Mr. Kendal —respondió Weston—. Nos limitamos a hacer lo posible por poner las cosas en claro. No la importunaremos de momento, pero en cuanto el médico nos lo permita tendremos que charlar un rato con ella.

Weston se expresó en un tono cortés... e inflexible.

Tim se lo quedó mirando. Luego abrió la boca. Pero no dijo nada.

Evelyn Hillingdon, tan serena como siempre, tomó asiento en la silla que se le había indicado. Luego sopesó las preguntas que se le habían formulado, tomándose tiempo para reflexionar. Sus oscuros ojos, que mostraban una inteligencia nada común, se posaron por fin en Weston.

—Sí —contestó—. Me encontraba hablando con Mr. Kendal en la terraza cuando apareció su mujer, quien nos notificó lo del crimen.

—¿No se hallaba su esposo presente?

—No. Se había acostado ya.

—Su conversación con Mr. Kendal, ¿fue motivada por algo especial?

Evelyn enarcó las cejas... Su gesto era una clara negativa.

Manifestó fríamente:

—¡Qué pregunta tan rara la suya, inspector! No. Nuestra conversación no fue motivada por nada especial.

—¿Se ocuparon de la salud de Mrs. Kendal?

Evelyn reflexionó de nuevo unos segundos.

—En realidad no me acuerdo —repuso fríamente.

—¿De veras que no se acuerda?

—¿Cómo me voy a acordar? Es curiosa su insistencia en este punto... ¡Habla una de tantas y tantas cosas al cabo del día en distintas ocasiones!

—Tengo entendido que Mrs. Kendal no ha disfrutado de muy buena salud últimamente.

—No sé... Parecía estar bien. Algo cansada, quizá. Desde luego, dirigir un establecimiento como este supone un enorme número de preocupaciones. Añada usted a eso que ella carece de experiencia. Naturalmente, en ocasiones se ve desbordada por los problemas pequeños y grandes que surgen a cada paso. Es fácil sentirse a menudo aturdida...

—¿Aturdida? —repitió Weston—. ¿Es así como describiría su estado?

—Es una palabra anticuada, tal vez, pero me parece tan adecuada como esa jerga que usamos ahora para todo. Solemos decir «una infección vírica» para referirnos a un ataque de bilis, llamamos «neurosis de ansiedad» a las preocupaciones menores de la vida cotidiana...

La sonrisa de Evelyn hizo que Weston se sintiera un poco en ridículo. El inspector pensó que era una mujer inteligente. Fijó la mirada en Daventry, cuya faz permanecía inalterable, preguntándose qué ideas pasarían por su cabeza en aquellos momentos.

—Gracias, Mrs. Hillingdon —respondió Weston.


—No quisiéramos molestarla, Mrs. Kendal. Ahora bien, necesitamos contar también con su declaración. Deseamos saber cómo encontró usted el cadáver de esa chica indígena, Victoria. El doctor Graham nos ha dicho que ya puede hablar, puesto que se encuentra muy recuperada.

—Sí, sí —replicó Molly—. Me siento muy bien... —La joven sonrió nerviosamente—. Fue la impresión... Algo terrible, verdaderamente.

—Nos hacemos cargo de ello, Mrs. Kendal... Según

se nos ha dicho, salió usted a dar un paseo después de la cena...

—Sí... Yo... Es una cosa que hago frecuentemente.

La joven miró a otro lado. Daventry observó que no cesaba de retorcerse las manos.

—¿Qué hora sería entonces, señora? —le preguntó Weston.

—No lo sé.

—¿Seguía tocando la orquesta aún en aquellos precisos momentos?

—Sí... Bueno, creo que sí... La verdad es que no lo recuerdo.

—¿Qué dirección siguió usted al iniciar su paseo?

—¡Oh! Me limité a avanzar por el camino de la playa.

—¿Hacia la izquierda o hacia la derecha?

—¡Oh! Primero en un sentido y luego en otro... Yo... No me di cuenta...

—¿Por qué no se dio usted cuenta, Mrs. Kendal?

—Supongo que estaba... Sí, eso: supongo que estaba pensando en mis cosas.

—¿Pensaba en algo en particular?

—No..., no... No se trataba de nada especial... Pensaba en las cosas que tenía que hacer, que ver, en el hotel. —Otra vez Molly empezó a retorcerse nerviosamente las manos—. Y luego... advertí algo blanco... en un macizo de hibiscos... «¿Qué será eso?», me pregunté. Me detuve y... —La muchacha tragó saliva, angustiada—. Era ella... Victoria... Estaba como acurrucada... Intenté levantarle la cabeza y entonces... me llené las manos de sangre.

Molly miró alternativamente a los dos hombres, repitiendo, como si aún estimara imposible aquel hecho:

—Me llené las manos de sangre...

—Sí, sí... La suya fue verdaderamente una experiencia sumamente desagradable. No es necesario que nos refiera más detalles relativos a esa parte del episodio. ¿Cuánto tiempo llevaría usted paseando en el instante de encontrarla...?

—Lo ignoro. No tengo la menor idea.

—¿Una hora? ¿Media hora? ¿Más de una hora?

—No sé.

Daventry inquirió en un tono absolutamente normal:

—¿Llevaba usted consigo un cuchillo?

—¿Un cuchillo? —Molly hizo un gesto de sorpresa—. ¿Para qué podía yo quererlo en aquel sitio?

—Se lo pregunto porque uno de los hombres que trabajan en la cocina aseguró haberla visto a usted con uno en las manos en el instante de salir al jardín.

Molly frunció el ceño.

—Pero... ¡si yo no salí de la cocina! ¡Ah, bueno! Usted quiere decir más temprano, antes de la cena... No, no creo que eso pudiera ser...

—Usted había estado dando los últimos retoques a las mesas, ¿no es así?

—Es una cosa que hago con cierta frecuencia. Los camareros se equivocan... En ocasiones no ponen todos los cuchillos necesarios y otras se exceden en cuanto al número. Esto pasa también con las cucharas y los tenedores...

—¿Es esto lo que observó usted aquella noche?

—Es posible... Pudiera tratarse de algo semejante. Un error de ese tipo se corrige de modo instintivo. Ni siquiera se detiene una a pensar en lo que está haciendo...

—¿Admite entonces que pudo haber abandonado la cocina siendo portadora de un cuchillo?

—No creo... Estoy segura de que no. —Molly se apresuró a añadir—: Tim estaba allí. Él seguro que lo sabrá. Pregúntenle.

—¿Le era a usted simpática la chica indígena, Victoria? ¿Llevaba a cabo bien su cometido?

—Sí. Se trataba de una muchacha excelente.

—¿No riñó nunca con ella?

—¿Que si yo...? No, no.

—¿Nunca la amenazó?

—No le entiendo. ¿Qué quiere usted decir?

—Es igual... ¿No tiene usted idea alguna sobre la posible identidad de la persona que la asesinó?

—No, no, en absoluto.

Molly hablaba ahora con evidente seguridad.

—Bien. Le estamos muy agradecidos, Mrs. Kendal. Habrá visto que esto ha sido menos malo de lo que se figuró al principio.

—¿Es eso todo?

—Eso es todo, por ahora.

Daventry se puso en pie y abrió la puerta de la habitación para que Molly saliera. Se quedó un momento plantado en el umbral, mirándola.

—Tim tendría que estar enterado de eso —manifestó en el instante de sentarse nuevamente—. En cambio, afirma categóricamente que su mujer no era portadora de ningún cuchillo.

Weston indicó gravemente:

—Creo que eso es lo que cualquier esposo se sentiría obligado a declarar.

—Un cuchillo de mesa se me antoja un instrumento muy burdo para cometer un crimen.

—Tenga en cuenta, Mr. Daventry, que dentro de su clase era un tipo especial. En la cena de la noche en que se cometió el asesinato, fueron servidos unos suculentos bistecs. Sí. Figuraban en el menú. Seguro que los cuchillos con que los comensales los desmenuzaron estaban bien afilados.

—Lo cierto es que no puedo creer que la chica con quien hemos estado hablando hace unos minutos sea la autora del crimen, inspector.

—No es necesario creer eso todavía, Mr. Daventry. Puede haber ocurrido muy bien que Mrs. Kendal saliera al jardín antes de la cena con un cuchillo que había retirado de una de las mesas porque sobraba... Es posible, incluso, que no se diera cuenta de que lo llevaba y lo dejara luego en cualquier parte. Otra persona pudo utilizarlo... Pienso como usted. Es muy improbable que ella sea la autora del crimen.

—Y, sin embargo —añadió Daventry pensativo—, estoy convencido de que no nos ha dicho todo lo que sabe. Su vaguedad en lo que se refiere a ciertas cosas es sorprendente... Ha olvidado dónde estaba, qué hacía allí... Aquella noche, según lo manifestado por los comensales, nadie la vio en el comedor, al parecer.

—El esposo se encontraba donde acostumbra, desde luego. Ella no...

—¿Cree usted que se marchó en busca de alguien, de Victoria, por ejemplo? Quizá concertaran una cita. ¿Cabe tal posibilidad, a su juicio?

—Pues... sí. También puede ser que Mrs. Kendal sorprendiera a una persona que pensara reunirse con Victoria.

—¿Está pensando en Gregory Dyson?

—Sabemos que este habló con la joven antes... Tal vez se pusieran de acuerdo para verse de nuevo más tarde... Todo el mundo se movía libremente por la terraza, por el salón. Se bebía, se bailaba, se entraba y salía del bar a cada paso...

—Esas estrepitosas orquestas modernas pueden proporcionar a veces unas coartadas excelentes —observó Daventry con una mueca.

# Capítulo 16

Miss Marple busca ayuda

Cualquiera que hubiese visto a aquella dama ya entrada en años que se encontraba de pie frente a su bungaló, en actitud meditativa, se habría figurado que pensaba única y exclusivamente en la manera de sacar el máximo fruto posible de la jornada que tenía por delante... ¿Qué hacer? Quizá no fuese mala idea visitar Castle Cliff o ir a Jamestown... Tampoco era mal plan comer en Pelican Point o pasar tranquilamente la mañana en la playa...

Pero la dama en cuestión pensaba en aquellos instantes en cosas muy distintas. Estaba dispuesta a pasar a la acción.

«Es preciso hacer algo», se había dicho.

Además, estaba convencida de que no había tiempo que perder. Era indispensable actuar con toda urgencia.

Ahora bien, ¿a quién hubiera podido convencer ella a su vez de que no andaba completamente equivocada? Con tiempo de sobra se creía capaz de descifrar el enigma ella sola.

Ya había averiguado muchos detalles. Pero no todos los que precisaba. Y el plazo de que disponía era muy breve.

Había advertido ya que dentro de aquella isla no contaba con ninguno de sus aliados habituales.

Pensó, apenada, en sus amigos de Inglaterra... En sir Henry Clithering, eternamente dispuesto a escucharla con la mayor indulgencia. En Dermot, su ahijado, quien, a pesar de su alta calificación en Scotland Yard, creía firmemente que cuando Miss Marple emitía una opinión esta era merecedora de un detenido análisis porque, normalmente, contenía algo sustancial...

En cambio, ¿qué atención podía prestar a las sugerencias de una anciana dama extranjera aquel policía indígena de voz melosa que ella conocía? ¿Cabía pensar en el doctor Graham? No. Este no era el hombre que ella necesitaba. Resultaba demasiado suave en sus maneras, demasiado vacilante... No era un hombre de vivos reflejos, de rápidas decisiones.

Miss Marple, sintiéndose una humilde delegada del Altísimo, llegó casi a proclamar en alta voz su necesidad de aquellos instantes con bíblicas frases.

«¿Quién vendrá por mí? ¿A quién seré enviada?»

El sonido que percibió poco después no fue reconocido instantáneamente por ella como una respuesta a su plegaria... No, no. En absoluto. Mentalmente lo registró como la posible llamada de un hombre, pendiente de su perro.

—¡Eh!

Miss Marple, muy perpleja, prefirió apartar la atención de aquella voz.

—¡Eh!

Ahora el tono era más ronco. Miss Marple echó un vistazo a su alrededor.

—¡Eh! —gritó Mr. Rafiel impaciente, añadiendo—: ¡Sí, usted...!

A Miss Marple le costó trabajo comprender que aquella llamada iba dirigida a ella. Se trataba de un método para establecer comunicación acerca del cual carecía de experiencia. Desde luego, el procedimiento tenía muy poco o nada de cortés. Miss Marple no se ofendió porque nadie se ofendía nunca con Mr. Rafiel, quien hacía muchas cosas arbitrariamente. La gente lo aceptaba como era, igual que si dispusiera de una autorización especial. Miss Marple miró hacia el bungaló vecino. El viejo le hizo señas.

—¿Me estaba usted llamando? —inquirió Miss Marple.

—Naturalmente que la estaba llamando —respondió Mr. Rafiel—. ¿A quién cree usted que llamaba si no? ¿A algún gato? Vamos, acérquese.

Miss Marple volvió la cabeza buscando su bolso, lo cogió y cruzó el espacio que separaba una casita de otra.

—A menos que alguien me ayude, no puedo ir a donde está usted —replicó Mr. Rafiel—, de manera que no hay más remedio que invertir los términos.

—Le comprendo perfectamente, Mr. Rafiel.

Este le señaló una silla.

—Siéntese. Quiero hablar con usted. Algo muy extraño está ocurriendo en nuestra isla.

—Así es, en efecto —respondió ella, tomando asiento, de acuerdo con la indicación del anciano.

Impulsada por un hábito muy arraigado, Miss Marple sacó del bolso sus agujas y su lana.

—Deje usted su labor a un lado —dijo Mr. Rafiel—. No puedo soportarla. Me disgustan las mujeres que se pasan el tiempo entretenidas con esas tareas. Me sacan de quicio.

Miss Marple volvió a guardar dócilmente sus cosas en el bolso. En su gesto no hubo el menor amago de rebeldía. Antes bien, adoptó el aire de la enfermera dispuesta a tolerar las extravagancias de un enfermo veleidoso.

—Se habla mucho por ahí y apostaría lo que fuese a que usted está al corriente de todo —declaró el anciano—. Y lo que digo ahora de usted hágalo extensivo al canónigo y a su hermana.

—En vista de lo sucedido en el hotel recientemente, parece muy natural que la gente formule comentarios de muy diversas clases —alegó Miss Marple.

—Veamos... Esa chica nativa es hallada entre unos arbustos, asesinada. Ese incidente quizá no ofrezca nada de particular. Es posible que el hombre que vivía con ella fuese celoso y... También puede ser que él anduviera con otra mujer y la muchacha provocara una riña. Ya sabe usted lo que son estas cosas en el trópico. Algo de este estilo tiene que haber ocurrido. ¿Usted qué opina?

—No va por ahí —dijo Miss Marple vagamente, negando con la cabeza.

—Las autoridades tampoco lo creen...

—Entonces le han dicho más que a mí —señaló Miss Marple.

—Sin embargo, estoy seguro de que usted está más enterada que yo. No en balde ha prestado oídos a cuanto se ha dicho por aquí sobre este asunto.

—Eso es cierto.

—Usted, aparte de eso, tiene poco que hacer, ¿eh?

—No hay otro modo de hacerse con una información de utilidad.

—Debo confesarle una cosa... —declaró Mr. Rafiel, estudiando detenidamente a Miss Marple—. He incurrido en un error con respecto a usted. Yo no suelo equivocarme con la gente. Usted no es como yo me la imaginé en un principio... Estaba pensando en todos los rumores puestos en circulación con motivo de la muerte del comandante Palgrave. Usted cree que lo asesinaron, ¿verdad?

—Mucho me temo que sí —contestó Miss Marple.

—Yo estoy absolutamente convencido de ello.

Miss Marple contuvo el aliento.

—Es una respuesta categórica la suya, ¿no le parece?

—Sí que lo es —reconoció el viejo—. Se la debo a Daventry. No estoy traicionando ninguna confidencia porque al final habrá de conocerse el resultado de la autopsia. Usted le dijo a Graham algo; este se fue a ver a Daventry; Daventry visitó al administrador; la Brigada de Investigación Criminal fue informada oportunamente... Luego convinieron todos que existían algunas cosas en la muerte del pobre Palgrave que no estaban nada claras. Optaron por desenterrar el cadáver y echarle un vistazo, a fin de averiguar a qué causas obedeció la muerte.

—Y ¿qué es lo que encontraron? —preguntó Miss Marple.

—Descubrieron que le habían administrado una dosis mortal de un producto cuyo nombre solo es capaz de pronunciar bien un médico. Por lo que yo recuerdo suena como di-cloro-exagonaletilcarbenzol. Por supuesto, esa no es su denominación. Puedo decir que me he aprendido la música, pero no la letra. El médico de la policía utilizó esa palabra, u otra semejante, para demostrar que nadie sabe tanto como él. Lo más probable es que la droga lleve un nombre muy corriente, que se llame Evipan, Veronal o jarabe de Easton... Algo así. Con la denominación oficial se desconcierta a los hombres corrientes. Bueno, el caso es que una pequeña dosis del producto es capaz de causar la muerte. Los síntomas que se presentan son los mismos que sufren los sujetos que padecen de hipertensión..., agravada por el descuido y la afición al alcohol y a las veladas alegres. Por eso, cuando murió Palgrave, la gente lo aceptó como algo natural, sin recelos. Todos exclamaron: «¡Pobre viejo!», y se apresuraron a darle cristiana sepultura. Ahora los investigadores dudan de que tuviera el menor indicio de tensión elevada. ¿Le confesó a usted algo en tal sentido el comandante?

—No.

—¡Exacto! Y, no obstante, todo el mundo dio eso por descontado.

—Me parece que el comandante Palgrave habló con algunas personas de eso.

—¡Bah! Es como cuando la gente ve fantasmas —manifestó Mr. Rafiel—. Jamás da uno con el tipo que se ha encontrado frente al fantasma de turno. Siempre acaba por ser un primo, una tía, un amigo de esta o un amigo de otro amigo. Todo el mundo pensó en la hipertensión porque en el dormitorio de la víctima fue hallado un frasco de pastillas, un preparado que acostumbran a recetar los médicos a los pacientes aquejados de esa enfermedad. Ahora llegamos al punto más interesante de la cuestión... Yo creo que a la muchacha indígena la asesinaron por haber dicho que las pastillas no eran de Palgrave, sino que otra persona las había colocado en el estante. El frasco de pastillas lo había visto antes en la habitación de un individuo llamado Greg...

—Mr. Dyson padece de hipertensión. Su esposa lo declaró así —apuntó Miss Marple.

—Repito: su frasco fue dejado en la habitación de Palgrave para sugerir su enfermedad y que su muerte se debía a causas naturales.

—Exacto. Luego se puso en circulación, hábilmente, un cuento: Palgrave había dicho allí que padecía de hipertensión arterial... Bueno, ya lo sabe usted, resulta bastante fácil difundir un rumor. Sí, muy fácil. Yo he tenido ocasión de comprobarlo más de una vez.

—No lo dudo, Miss Marple.

—Solo se requiere una leve murmuración en un par de puntos estratégicos. Nunca se afirma que la información fue lograda personalmente. Solo dices, por ejemplo, que Mrs. B le dijo que el coronel C se lo dijo. Las noticias son, invariablemente, de segunda, de tercera, ¡hasta de cuarta mano!, por lo que es imposible averiguar de quién partió el rumor. ¡Oh, sí! ¡Ya lo creo que es factible eso! Después la gente repite ante nuevas personas la habladuría, que se propaga, que se amplía incluso, que corre con la velocidad de un reguero de pólvora.

—Aquí, entre nosotros, debe de haber alguien de cuya inteligencia no cabe dudar —declaró Mr. Rafiel, pensativo.

—Sí, tiene usted razón.

—Victoria Johnson debió de ver algo, debió de descubrir algún secreto importante. Supongo que luego pensaría en hacer un chantaje.

—Tal vez no llegara siquiera a eso. En estos hoteles grandes las doncellas se enteran de cosas que determinados huéspedes no quieren que se divulguen. Con tal motivo, menudean por parte de aquellos unas propinas espléndidas. Es posible que la chica no advirtiera de buenas a primeras la importancia de su descubrimiento.

—El caso es que lo único que ha sacado en limpio de este asunto ha sido una puñalada en la espalda —señaló Mr. Rafiel brutalmente.

—Sí. Evidentemente existe alguien interesado en que no hablara.

—De acuerdo. Ahora veamos qué piensa usted de todo esto.

Miss Marple miró con un gesto de extrañeza a su interlocutor.

—¿Por qué está empeñado en creer que yo poseo más información que usted?

—Bueno. Es probable que ande equivocado... De todos modos, lo que a mí me interesa es apreciar sus ideas acerca de lo que usted conoce.

—Pero... ¿con qué fin?

—Aquí no puede uno hacer muchas cosas..., aparte de dedicarse a ganar dinero.

Miss Marple no pudo disimular su sorpresa.

—Habla usted de dedicarse a ganar dinero... ¿Aquí?

—Si usted quiere, desde ese mismo hotel es posible enviar diariamente media docena de telegramas cifrados. Así es como yo me divierto.

—¿Hace usted apuestas? —inquirió Miss Marple dudosa, en el tono de quien se expresa en un idioma extraño.

—Algo por el estilo —manifestó Mr. Rafiel—. Enfrento mi talento con el de otros hombres. Lo malo es que esto no me ocupa mucho tiempo. He aquí la razón de que me haya interesado por lo sucedido en este mundillo del Golden Palm. Ha conseguido picar mi curiosidad. Palgrave pasaba buena parte de su tiempo hablando con usted. No todo el mundo tiene la misma disposición para encajar un «rollo», Miss Marple. ¿De qué le hablaba normalmente?

—Me contaba cosas de su juventud, de sus viajes...

—Estoy seguro de que era así. Y de que la mayor parte de sus relatos resultarían pesadísimos. Además, habría que oírlos las veces que a él se le antojaran...

—Los hombres, cuando envejecen, se vuelven así, me parece.

Mr. Rafiel se irritó.

—Yo no voy por ahí contando cuentos a nadie, Miss Marple. Continúe. Todo empezó con una de las historias de Palgrave, ¿no?

—Me dijo que conocía a un asesino. En realidad, nada hay de especial en esto... Me imagino que casi todo el mundo ha pasado por una cosa semejante.

—No comprendo lo que quiere decir.

—Me explicaré. Si usted mira hacia atrás, Mr. Rafiel, fijando la atención en determinados acontecimientos de su vida, recordará ocasiones en que alguien, sin más ni más, ha pronunciado descuidadamente unas frases como estas: «¡Oh, sí! Conocía muy bien a Fulano de Tal... Murió de repente. Las malas lenguas dijeron que lo envenenó su esposa, pero yo aseguraría que solo hubo habladurías...». ¿Verdad que sí ha oído a alguien expresarse en tales términos?

—Es posible, no sé... Claro que nunca hablando en serio, naturalmente.

—El comandante Palgrave gozaba lo suyo contando aquella historia. Eso es lo que yo pienso. Afirmaba poseer una fotografía en la que se veía la figura de un asesino. Se proponía enseñármela..., pero no lo hizo.

—¿Por qué?

—Porque en un instante preciso vio algo, o a alguien, mejor dicho. Se puso muy colorado, volvió a guardar la fotografía en su cartera y pasó a hablar de otro asunto.

—¿A quién vio?

—Eso me ha dado no poco que pensar —declaró Miss Marple—. Yo me hallaba sentada junto a mi bungaló y él se había acomodado casi enfrente de mí. Sea lo que fuera lo que viese, hubo de distinguirlo mirando por encima de mi hombro.

—Alguien avanzaba entonces por el camino de la playa a espaldas de usted, hacia la derecha, procedente de la escollera y el aparcamiento de coches...

—Sí.

—¿Divisó usted a alguien en ese camino al que he aludido?

—Por él avanzaba Mrs. Dyson con su marido y también los Hillingdon.

—¿No vio a nadie más?

—No... Desde luego, su bungaló entraba dentro de su campo visual...

—¡Ah! Entonces nos vemos obligados a incluir otra pareja en el grupo: Esther Walters y Jackson, mi ayuda de cámara. ¿Le parece bien? Cualquiera de los dos, supongo, pudo salir del bungaló y volver a entrar de inmediato sin que usted lo advirtiera.

—Quizá... Yo no miré enseguida.

—Tenemos a los Dyson, los Hillingdon, Esther y Jackson... Uno de ellos es el criminal. También yo debería estar en esa lista —dijo Mr. Rafiel.

Miss Marple sonrió levemente al oír sus últimas palabras.

—Palgrave se refirió a un asesino, concretamente, ¿no? A un hombre, ¿verdad?

—Sí.

—Perfecto. Eso nos obliga a prescindir de Evelyn Hillingdon, de Lucky y de Esther Walters. Así pues, el criminal, suponiendo que todas las insensateces e hipótesis anteriores sean ciertas, hay que buscarlo entre Mr. Dyson, el coronel Hillingdon y mi querido Jackson, el individuo de las buenas palabras...

—Se ha olvidado de usted mismo —señaló Miss Marple.

Mr. Rafiel no hizo el menor caso de su malintencionada observación.

—No diga cosas que puedan irritarme... —se limitó a indicar a Miss Marple—. Le confesaré algo que me produce una gran extrañeza y en lo cual usted no ha reparado, creo. Si el asesino era uno de esos tres hombres, ¿por qué diablos no lo reconoció Palgrave antes? Todos se habrían visto infinidad de veces a lo largo de las dos semanas precedentes. ¿No le parece que eso no tiene sentido?

—Sí, sí puede tenerlo —opinó Miss Marple.

—Explíqueme eso.

—Ciñéndonos a la historia referida por Palgrave, hemos de tener en cuenta que aquel no había visto jamás al hombre de la fotografía. El relato le fue hecho al comandante por un médico. Este le regaló la foto a título de curiosidad. Es posible que Palgrave la mirase con atención cuando cayó en sus manos, pero luego se la guardaría en la cartera, entre otros papeles, convertida en un recuerdo más. Ocasionalmente, quizá, mostraría la foto a aquel que escuchase su historia... Otra cosa, Mr. Rafiel: no sabemos de cuándo data. A mí no me facilitó ninguna indicación en este aspecto. Quiero decir que es posible que llevase años contando su historia. Algunos de sus relatos referentes a la caza de tigres son de veinte años atrás.

—Podían serlo, dada su avanzada edad —comentó Mr. Rafiel.

—En consecuencia, yo no creo ni por un momento que el comandante Palgrave identificara el rostro del hombre de la fotografía con el de otro que se encontrara casualmente. Lo que a mí me parece que ocurrió, estoy casi completamente segura de ello, es que al sacar la foto de su cartera estudió la faz del personaje instintivamente, y se encontró al levantar la vista con otra igual, o muy semejante, cuyo dueño se aproximaba a él, hallándose en tal momento el desconocido a una distancia de tres o cuatro metros...

—Efectivamente. Su razonamiento es muy atinado.

—Palgrave se quedó desconcertado —prosiguió Miss Marple—. Entonces se guardó a toda prisa la foto en la cartera, y comenzó a hablar en voz alta de otra cosa.

—Por supuesto, aquella primera impresión no podía darle seguridades de ningún género —aventuró Mr. Rafiel.

—No. Pero más adelante, en cuanto se encontrara a

AGATHA CHRISTIE

solas, se pondría a examinar atentamente la fotografía, tratando de llegar a una conclusión: ¿había dado con alguien similar, o bien el hombre de carne y hueso que acababa de ver era el individuo de la fotografía? Mr. Rafiel reflexionó unos segundos. Luego negó con la cabeza expresivamente.

—Aquí se ha deslizado algún error. La idea es inadecuada, absolutamente inadecuada. Él estaba hablando con usted en voz alta, ¿no?

—Sí —respondió Miss Marple—. Acostumbraba siempre a levantar la voz.

—Es cierto. Por consiguiente, cualquiera que se hubiera acercado a ustedes habría podido oírlo.

—Me imagino que su vozarrón era audible en bastantes metros a la redonda.

Mr. Rafiel negó otra vez con la cabeza.

—Es fantástico, demasiado fantástico —manifestó—. ¿Quién no se echaría a reír al conocer tal historia? Aquí tenemos a un tipo ya entrado en años refiriendo un cuento que a su vez le fue relatado, mostrando a continuación una fotografía en la que aparece un individuo que tuvo que ver con un crimen cometido años atrás. Un año o dos, pongamos. ¿Cómo diablos va a preocupar eso al sujeto en cuestión? No existen pruebas... Hay, todo lo más, habladurías circulando por diversos sitios, una historia de tercera mano. Incluso hubiera podido admitir la semejanza, comentando despreocupadamente: «Pues es verdad que me parezco a ese de la fotografía, tiene gracia. Qué coincidencia, ¿eh?». Nadie hubiera aceptado la sugerencia de Palgrave en serio. El hombre no tiene por qué temer nada, absolutamente nada. De haberse formalizado una acusación hubiera podido reírse de ella tranquilamente. ¿Por qué demonios decidió asesinar a Palgrave? Me parece un crimen innecesario. Piense en eso...

—Ya pienso, ya, en ese extremo —replicó Miss Marple—. Y por tal motivo no puedo estar de acuerdo con usted. He ahí la causa de que yo me encuentre tan desasosegada. Estoy tan nerviosa que anoche no pegué ojo.

Mr. Rafiel escrutó su rostro.

—Veamos qué es lo que está pasando por su cabeza en estos momentos...

—Es posible que esté equivocada —manifestó Miss Marple, vacilando.

—Es lo más probable —confirmó Mr. Rafiel, con su habitual falta de cortesía—. De todos modos, déjeme oír lo que ha estado usted madurando a lo largo de la madrugada.

—Existiría un móvil perfectamente fundamentado si...

—Si... ¿qué?

—Si dentro de poco, dentro de muy poco tiempo, hubiese otro asesinato.

Mr. Rafiel reflexionó. Luego intentó ponerse más cómodo en su silla.

—Aclárame eso.

—¡Oh! ¡Soy tan torpe a la hora de dar explicaciones! —Miss Marple hablaba atropelladamente y con alguna incoherencia. Tenía las mejillas arreboladas—. Supongamos que alguien había planeado cometer un crimen. Usted recordará que en su historia el comandante Palgrave se refirió a un hombre cuya esposa murió en misteriosas circunstancias. Más adelante, transcurrido cierto tiempo, hubo otro crimen que presentaba idénticas características. Un hombre que llevaba otro apellido estaba casado con una mujer que falleció en condiciones parecidas y el doctor que contaba esto lo identificó como el mismo sujeto pese a haber cambiado de nombre. Bueno. Todo indica, ¿verdad?, que el criminal es de los que repiten sus procedimientos...

—Sí. Tanto en la literatura como en la realidad se habla de ese tipo de asesinos. Continúe.

—Yo entiendo —prosiguió Miss Marple—, de acuerdo con lo que he leído y oído, que cuando un hombre comete una acción de esta clase y todo le sale bien por primera vez, se siente inclinado a la repetición. Ve por todos lados facilidades; se tiene por un ser inteligente. Así es como llega a la segunda edición de su «hazaña». Al final aquello se convierte en un hábito. Elige en cada ocasión escenarios diferentes, adoptando otros nombres. Pero sus crímenes presentan muchos datos semejantes. Así es como yo opino, aunque muy bien pudiera estar equivocada...

—Por un lado, admite tal posibilidad, y por otro no cree en ella —subrayó con brusquedad el astuto Mr. Rafiel.

Miss Marple continuó hablando, sin comentar las anteriores palabras.

—De darse dichas circunstancias, de tenerlo ese individuo todo preparado para cometer un crimen aquí mediante el cual aspiraba a desembarazarse de otra esposa, siendo el tercer o cuarto asesinato, hay que pensar que la historia referida por el comandante cobraba una singular importancia. ¿Cómo iba a tolerar el principal interesado que fuesen puestas de relieve a cada paso ciertas similitudes? Así es como han sido capturados algunos delincuentes. Las circunstancias en que se cometió un crimen llaman, por ejemplo, la atención de alguien que se apresura a compararlas con las de otro caso acerca del cual existen abundantes informes, contenidos en una serie de recortes periodísticos. ¿Comprende ahora por qué el desconocido criminal no podía consentir que, teniendo su acción minuciosamente planeada y a punto de llevarla a la práctica, el comandante Palgrave fuese por ahí contando despreocupadamente su historia y mostrando la pequeña fotografía?

Miss Marple hizo una pausa al llegar aquí, dirigiendo una mirada suplicante a Mr. Rafiel, quien seguía escuchando con atención, antes de añadir:

—En esas condiciones usted comprenderá que era preciso que actuase con rapidez, con la mayor rapidez posible.

—En efecto —contestó el anciano—. Aquella misma noche, ¿eh?

—Eso es.

—Un trabajo algo precipitado, pero factible —manifestó Mr. Rafiel—. No hay más que poner las pastillas en la habitación de Palgrave, extender el rumor acerca de su enfermedad y añadir una leve cantidad de esa endiablada droga cuyo nombre tiene, más o menos, una docena de sílabas, al famoso ponche...

—En efecto... Pero eso ha pasado ya. No tenemos por qué preocuparnos por ello. Es el futuro lo que cuenta ahora. Eliminado el comandante Palgrave, destruida la fotografía, ese hombre seguirá adelante con su plan, llevando a cabo el asesinato proyectado.

De los labios de Mr. Rafiel se escapó un silbido.

—Ha pensado usted detenidamente en esto, ¿eh?

Miss Marple asintió. Con voz firme, casi dictatorial, nada acostumbrada en ella, dijo:

—Tenemos que impedir que suceda tal cosa, Mr. Rafiel. Tiene usted que impedirlo.

—¿Yo? —inquirió el viejo, atónito—. ¿Por qué yo?

—Porque usted es un hombre rico e importante —dijo Miss Marple—. La gente se inclinará a hacer lo que usted diga o sugiera. De mí no harían el menor caso. Todos afirmarían que soy una vieja dada a idear fantasías.

—Y puede que tuvieran razón —manifestó Mr. Rafiel con su brusquedad de siempre—. Claro que en este caso demostrarían ser unos necios. Yo me inclinaría a pensar que no habría ni una sola persona que la creyese con cerebro suficiente para reflexionar como usted lo ha hecho. Razona, en verdad, de una manera muy lógica. Son pocas las mujeres capaces de acometer con éxito tal empresa. —Mr. Rafiel, incómodo, se agitó penosamente en su silla—. ¿Dónde diablos se encontrarán Esther y Jackson? Necesito cambiar de postura. No. No lograremos nada con que usted intente ayudarme. Le faltan a usted fuerzas para eso. No sé qué es lo que se propondrá esa pareja dejándome aquí solo.

—Iré en su busca.

—Usted no va a ir a ninguna parte. Se quedará aquí, conmigo. Trataremos los dos de descifrar el enigma. ¿Quién es el asesino? ¿El brillante Greg? ¿El silencioso Edward Hillingdon? ¿Jackson, mi querido servidor? Uno de los tres tiene que ser, ¿no?

# Capítulo 17

## Mr. Rafiel asume el mando

—Lo ignoro —replicó Miss Marple.

—¡Ahora me sale usted con esas! ¿Qué queda entonces de lo que hemos estado hablando estos últimos veinte minutos?

—Acaba de ocurrírseme que puedo estar equivocada.

Mr. Rafiel miró a Miss Marple con cierta expresión de disgusto.

—¡Vaya! ¡Tan segura como parecía estar de sus afirmaciones!

—¡Oh! Lo estoy en todo lo relacionado con el crimen... Dudo, en cambio, de las cosas que atañen al criminal. Fíjese en esto: el comandante Palgrave, según he averiguado, solía contar más de una historia de crímenes. Usted mismo me dijo que le había relatado otra que hacía pensar en una especie de Lucrecia Borgia reencarnada...

—Es verdad. Pero no se parecía en nada a la otra.

—Ya lo sé. Por su parte, Mrs. Walters me ha hablado de una tercera en la que el criminal empleaba el gas para sus tenebrosos fines...

—En cambio, en la que le contó a usted...

Miss Marple se permitió interrumpir a su interlocutor. Para el anciano Mr. Rafiel aquello constituía una experiencia inédita.

Se expresó en unos términos en los que resaltaba una desesperada formalidad y una moderada incoherencia.

—Compréndalo... Me es muy difícil mostrarme segura respecto a ciertos puntos. Todo radica en que, a menudo, una se distrae, no escucha. Pregúntele a Mrs. Walters. A ella le pasó lo mismo. Se empieza escuchando atentamente al que cuenta algo. Luego la mente se fija en otras cosas y de repente nos hemos perdido parte del relato del que fingimos estar pendientes. Me he preguntado si no hubo un hueco entre la alusión al protagonista de la historia por parte de Palgrave y el momento en que este sacó la foto de su cartera para preguntarme: «¿Le gustaría ver la fotografía de un asesino?».

—Sin embargo, usted pensó que en todo el relato el comandante estuvo refiriéndose a un hombre, ¿no?

—Así es. Nunca se me ocurrió pensar lo contrario. No obstante, ¿cómo puedo estar ahora absolutamente segura de ello?

Mr. Rafiel se quedó muy pensativo...

—Lo peor de usted es que le da demasiadas vueltas a todo —dijo por fin—. Es ese un gran error... Decídase y no divague. ¿Quiere que le diga lo que estoy pensando? Bien... Yo me figuro que en sus charlas con la hermana del canónigo y los demás se ha enterado de algo que la tiene intranquila.

—Tal vez esté usted en lo cierto.

—Bueno, pues olvídese de eso de momento. Siga la línea de sus reflexiones iniciales. Sí, porque nueve de cada diez veces el juicio original resulta acertado. Aquí habla la experiencia, Miss Marple. Tenemos tres sospechosos. Examinemos sus respectivas situaciones. ¿Tiene preferencia por alguno?

—No.

—Empezaremos por Greg, entonces. No lo soporto. Sinceramente, me carga. Claro que no por eso lo voy a convertir en un asesino. No obstante, hay una o dos cosas en contra de él. Las pastillas para la hipertensión proceden de su botiquín personal. El medicamento, por lo visto, lo tenía siempre a mano...

—Esto parece una cosa natural, ¿no? —objetó Miss Marple.

—No sé... El caso era que había que hacer algo rápidamente. Disponía de sus pastillas y carecía de tiempo para buscarse otras. Digamos que Greg es nuestro hombre. Conforme. Si deseaba quitar de en medio a su querida esposa, Lucky..., una tarea elogiable, afirmaría yo, y por eso apruebo su propósito, no llego a dar con el móvil. Él es un hombre rico. El dinero procede de su primera esposa, que le dejó una fortuna. Con respecto a ella encaja como asesino probable. Pero esto es cosa del pasado. El caso de Lucky es distinto. Lucky estaba emparentada con su mujer. Era una pariente pobre. Aquí no hay «pasta», de modo que si Greg aspira a deshacerse de ella es porque pretende casarse con otra. ¿Circulan rumores en este sentido?

Miss Marple negó con la cabeza de un lado a otro.

—No he oído decir nada... Ese hombre..., ¡ejem...!, es muy atento siempre con las mujeres.

—Esa es una manera muy delicada de señalarlo —manifestó Mr. Rafiel—. Nos encontramos ante un donjuán, un conquistador. ¡No es suficiente! Queremos hallar algo más. Pasemos a Edward Hillingdon, un tipo de lo más corriente...

—Yo no lo tengo por un hombre feliz —opinó Miss Marple.

—¿Cree usted acaso que un criminal puede serlo? Miss Marple tosió.

—He tenido relación con esa clase de personas —arguyó.

—No creo que su experiencia sea tan dilatada —dijo Mr. Rafiel, convencido.

Esta suposición, como Miss Marple hubiera podido demostrarle, era errónea. Pero se prohibió a sí misma rebatir la apreciación del anciano. Sabía muy bien que a los hombres no les gustaba que les hiciesen ver sus equivocaciones.

—Este Hillingdon... —comenzó a decir Mr. Rafiel—. Sospecho que pasa algo raro entre él y su esposa. ¿No ha notado usted nada extraño en sus relaciones?

—¡Oh, sí! Sí que lo he notado. El comportamiento

de esa pareja en público, con todo, es impecable. No cabría esperar menos de ellos.

—Seguro que usted sabe más que yo acerca de esa gente. Todo marcha bien, pues... Pero estimo que existe la probabilidad de que de un modo caballeresco Edward haya pensado en deshacerse de Evelyn. ¿Está usted de acuerdo conmigo?

—De ser así tiene que haber por en medio una mujer...

—Sí, pero ¿cuál?

Miss Marple movió la cabeza, contrariada.

—Hay que reconocer que no es fácil dar con la solución del problema... —confesó.

—¿A quién vamos a estudiar ahora? ¿A Jackson? Yo me quedaré fuera de todo esto.

Miss Marple sonrió por primera vez.

—Y ¿por qué se excluye usted de la lista de sospechosos, Mr. Rafiel?

—Si usted se empeña en discutir las posibilidades de que yo sea un criminal, habrá de buscarse otra persona para conversar. Hablando de mí no haríamos otra cosa que perder el tiempo. Bueno, pero ¿es que yo me encuentro en condiciones de desempeñar semejante papel? No me puedo valer por mí mismo, me tienen que vestir, tengo que ir de un lado para otro en esta silla, necesito contar con otra persona para dar un simple paseo... ¿Qué oportunidades se me pueden presentar a mí de matar a cualquiera de manera que no se entere nadie?

—Probablemente, decidido a seguir ese camino,

disfrutaría de tantas oportunidades como cualquier otro hombre —contestó Miss Marple sin la menor vacilación.

—A ver, a ver... Dígame algo más.

—No irá a negarme que usted es un hombre inteligente, ¿verdad?

—Desde luego que soy inteligente. Yo diría que soy tan inteligente como el que más de esta comunidad y que probablemente la dejo atrás —declaró Mr. Rafiel.

—Desplegando alguna inteligencia se pueden vencer los inconvenientes físicos.

—¡Creo que eso me costaría bastante trabajo!

—Sí que le costaría trabajo —dijo Miss Marple—. Pero, luego, la satisfacción por lo conseguido le compensaría los esfuerzos realizados.

Mr. Rafiel fijó la mirada en Miss Marple largo rato y después, inesperadamente, se echó a reír.

—¡Vaya cara! No me recuerda en nada a las viejas damas de su porte, Miss Marple. Por consiguiente, me cree usted un asesino, ¿no?

—No. No creo que sea usted un asesino.

—Y... ¿por qué?

—Pues porque es usted un hombre inteligente. Utilizando su cerebro ha podido conseguir más cosas que si hubiera recurrido al crimen. El crimen es siempre una estupidez.

—Además, ¿a quién diablos iba yo a querer asesinar?

—He ahí una pregunta muy interesante —señaló Miss Marple—. Necesitaría hablar con usted mucho más tiempo del que llevo hablando para poder elaborar una teoría relacionada con ese tema. Es decir, no le conozco a usted todavía lo suficiente para eso.

La sonrisa de Mr. Rafiel se acentuó.

—Conversar con usted puede ser peligroso —declaró.

—Las conversaciones son siempre peligrosas... cuando se intenta ocultar esto o aquello —repuso sencillamente Miss Marple.

—Quizá tenga usted razón. Continuemos con Jackson. ¿Qué opina de él?

—Me es muy difícil responder a su pregunta. No he cruzado nunca una palabra con ese hombre.

—Por lo tanto, no puede usted facilitarme ninguna impresión sobre él...

—Le diré que me recuerda en cierto modo —contestó Miss Marple, tras haber reflexionado unos segundos— a un joven que trabajaba en una oficina del ayuntamiento donde vivo. El joven en cuestión se llama Jonas Parry.

—Y ¿qué tal era?

—Era un muchacho que dejaba bastante que desear.

—A Jackson le pasa lo mismo. Claro, que a mí me va relativamente bien con él. En su trabajo se desenvuelve como el mejor y no le importa que le chille. Se sabe pagado espléndidamente y está dispuesto a aceptar lo que convenga. Nunca le hubiera dado un cargo de confianza, pero, al fin, esto es distinto. Probablemente, su pasado es limpio, aunque también puede ocurrir que no sea así. Las referencias que aportó al entrar en mi casa eran correctas. Sin embargo, a mí me pareció descubrir tras ellas una nota como de reserva. Afortunadamente, no soy hombre de secretos censurables, de modo que no tengo por qué temer a los chantajistas.

—Usted tendrá también sus secretos; los relativos a sus actividades de hombre de negocios —observó Miss Marple.

—Jackson no podrá nunca comprenderlos. Caen fuera de su alcance. No. A Jackson no se le pueden oponer reparos, pero la verdad es que no creo que sea un criminal. Yo diría, incluso, que tal actividad no coincide con su carácter.

Mr. Rafiel hizo una pausa. Luego, de pronto, comenzó a hablar:

—¿Quiere que le diga una cosa? Si uno se retira un poco para contemplar el escenario en que se desarrolla este fantástico asunto del comandante Palgrave y sus absurdas historias y todo lo demás, cabe llegar a una conclusión: yo soy una presunta víctima, la persona en quien el asesino debería concentrar su atención.

Miss Marple miró al anciano, fuertemente sorprendida.

—Es una pauta, un modelo estereotipado —le explicó Mr. Rafiel—. ¿Quién es invariablemente la víctima en las novelas policiacas? El hombre de edad forrado de dinero...

—... a cuyo alrededor se mueve mucha gente, animada por excelentes razones para desear su pronta muerte, único procedimiento para hacerse con su fortuna —terminó Miss Marple—. ¿No es cierto eso también?

—Desde luego. Bien... —consideró Mr. Rafiel—. Yo podría contar hasta cinco o seis hombres en Londres que no estallarían precisamente en sollozos si leyeran mi esquela en *The Times*. Pero hay que decir también que serían incapaces de acabar conmigo. Y, a fin de cuentas, ¿por qué tomarse tal molestia? El día menos pensado moriré. Esos granujas están asombrados. No se explican cómo duro tanto. Y los médicos comparten también su sorpresa.

—Por supuesto, es fácil apreciar en usted una gran voluntad, unos enormes deseos de vivir —declaró Miss Marple.

—¿Le produce extrañeza ese fenómeno?

Miss Marple negó con la cabeza.

—¡Oh, no! Me parece muy natural. La vida se nos antoja más llena de interés cuando estamos a punto de perderla. No debería ser así, pero... Cuando se es joven, cuando se posee una salud espléndida y se tiene por delante toda una existencia, no suele dársele mucha importancia. Son los jóvenes quienes caen fácilmente en el suicidio, desesperados por algún fracaso amoroso, arrastrados a veces por las desilusiones y las preocupaciones. Solo los viejos saben lo valiosa que es la vida, lo interesante que resulta...

—¡Ah! —exclamó Mr. Rafiel, con un bufido—. ¡De qué reflexiones son capaces este par de carcamales!

—¿Es que no considera usted cierto lo que acabo de decir? —le preguntó Miss Marple.

—¡Oh, sí! Por supuesto que sí. Ahora bien, ¿no cree usted a su vez que tengo razón cuando afirmo que, conforme a las normas clásicas en este género de asuntos, yo debería ser una de las víctimas?

—Eso depende de los beneficios que reportara su muerte al asesino.

—Nadie se beneficiaría realmente con mi desaparición. Aparte, como ya he dicho, de mis competidores dentro del mundo de los negocios, quienes, por otro lado, saben que no duraré ya mucho tiempo. No soy tan estúpido como para dejar una fuerte cantidad de dinero dividida entre mis parientes. A poco tocarán estos cuando el Gobierno haya entrado a saco en mi fortuna. ¡Oh, sí! Hace años que arreglé esa cuestión. Ciertas instituciones se la llevarán casi en su totalidad.

—Jackson, por ejemplo, ¿no sacaría nada en limpio?

—No obtendría ni un penique —dijo Mr. Rafiel gozosamente—. A ese joven le estoy pagando un salario que representa el doble de lo que percibiría en cualquier otro trabajo. Por tal motivo soporta con paciencia mi mal genio y se da cuenta perfectamente de que cuando yo muera él experimentará una gran pérdida.

—¿Qué me dice usted de Mrs. Walters?

—Lo que he declarado anteriormente es válido para Esther. Personalmente, la considero una buena muchacha. Es una secretaria de primera clase, inteligente, de buen carácter, se ha amoldado a mis maneras y no se altera ni aun en el caso de que llegue a insultarla. Se comporta igual que una enfermera a la que hubiera tocado en suerte cuidar a un enfermo insoportable. Me irrita algo en ocasiones, pero no hay modo de evitar esto. No posee rasgos excesivamente sobresalientes. La veo como una mujer joven, de tipo bastante común. A mí me parece que hubiera sido difícil hallar otra persona más idónea para tratar conmigo.

»Esther ha pasado mucho a lo largo de su vida. Se casó con un hombre que no la merecía. Yo aseguraría que tal unión fue fruto de su inexperiencia con el sexo opuesto. Es algo frecuente entre las mujeres. Se enamoran del primero que les cuenta cuatro miserias. Se hallan convencidas de que todo lo que un hombre necesita es la comprensión femenina. Una vez casados, él se decide a vivir su vida... Por suerte, su calamitoso marido falleció. Una noche bebió más de la cuenta en una reunión y lo atropelló un autobús bajo cuyas ruedas delanteras se había precipitado. Esther tenía una hija que mantener y volvió a trabajar como secretaria. Hace cinco años que está conmigo. Le dije con toda claridad desde el principio que no abrigara esperanza de lograr algún beneficio en el caso de que yo falleciese. Empecé pagándole un salario alto, muy alto, el cual he ido aumentando año tras año, a razón de una cuarta parte más por cada periodo de tiempo. Por muy honrada que sea la gente no hay que confiar jamás en nadie... He ahí por qué le dije a Esther nada más contratarla que no debía esperar nada tras mi muerte. Así pues, cuantos más años viva yo, más ganará. Si ahorra casi todo el sueldo (y eso creo que ha venido haciendo), cuando yo desaparezca de este mundo será una mujer acomodada. Me he hecho cargo de la educación de su hija, habiendo depositado una suma en un banco para que le sea entregada a aquella en cuanto alcance la mayoría de edad. Usted ya ve que Esther Walters es una mujer ventajosamente situada en la vida hoy en día. Mi muerte, permítame que se lo diga así, significaría para ella un grave quebranto financiero. Esther sabe todo esto... Es una joven extraordinariamente sensata.

—¿Hay algo entre ella y Jackson?

Mr. Rafiel pareció experimentar ahora un pequeño sobresalto.

—¿Ha observado usted alguna cosa entre ellos que le haya llamado la atención? Bueno, creo que, sobre todo últimamente, Jackson ha estado rondándola. Es un joven de buen ver, desde luego, pero, en mi opinión, ha perdido el tiempo. Citemos, por no decir más, un hecho: la diferencia de clases. Dentro de la escala social, Esther queda por encima de él, aunque no a mucha distancia. Ya sabe usted lo que pasa: los individuos de la clase media baja son gente muy especial. La madre de Esther era maestra, y su padre, empleado de banca. No. No creo que ella llegue a hacerle mucho caso a Jackson. Me atrevería a decir que este pretende asegurarse el porvenir. Me inclino a pensar, no obstante, que no va a lograr su propósito.

—¡Chisss! ¡Se acerca! —murmuró Miss Marple.

En efecto, Esther Walters se aproximaba a los dos, procedente del hotel.

—Fíjese en que es una mujer muy bien parecida

—dijo Mr. Rafiel—. Sin embargo, no brilla. No sé por qué, pero se la ve como apagada...

Miss Marple suspiró. Su suspiro podía haber salido del pecho de cualquier mujer de edad dedicada a considerar por unos minutos la serie de oportunidades perdidas a lo largo de su existencia. Miss Marple había oído muchas veces comentarios referentes a aquello, casi indefinible, de lo que carecía Esther. «No tiene gancho», se decía en tales casos. Y también: «Le falta *sex-appeal*», o: «No dice nada a los hombres...». Se trataba, en resumen, de una mujer de bonitos cabellos y figura equilibrada, dueña de unos ojos almendrados poco comunes y una agradable sonrisa... Y pese a todo, le faltaba aquel «algo» misterioso que obliga a los hombres instintivamente a volver la cabeza en la calle cuando se cruzan con determinadas mujeres.

—Debería casarse de nuevo —susurró Miss Marple.

—Sí. Esther sería una esposa excelente.

Esther Walters, por fin, se unió a ellos. Mr. Rafiel, con voz ligeramente afectada, dijo:

—¡Vaya! ¡Menos mal que ha aparecido usted! ¿Qué es lo que la ha retenido tanto tiempo por ahí?

—Esta mañana todos parecen haberse puesto de acuerdo: no cesan de cursar telegramas y más telegramas... La gente tiene prisa por irse de aquí.

—¿De veras? ¿Como consecuencia del asesinato de esa chica indígena?

—Eso creo. Tim Kendal anda muy preocupado.

—Es lógico. Todo esto va a ser un duro golpe para la joven pareja.

—Tengo entendido que al hacerse cargo de este hotel emprendieron una aventura de dudosos resultados, dadas sus fuerzas. Naturalmente, han estado trabajando en todo momento con inquietud. El asunto marchaba, sin embargo...

—Saben lo que se traen entre manos, efectivamente. Él es un hombre muy capaz y un infatigable trabajador. Ella es una chica muy agradable, sumamente atractiva —manifestó Mr. Rafiel—. Los dos han trabajado como negros... Bueno, aquí esta expresión suena de un modo muy raro, pues, por lo que llevo visto en la isla, los «morenos» no están dispuestos a matarse, ni mucho menos, a la hora de trabajar. ¡Cuántas veces he sorprendido a alguno abriendo un coco para procurarse el desayuno, y acostarse luego para dormir el resto del día! ¡Qué vida!

Tras unos segundos de silencio, Mr. Rafiel añadió:

—Miss Marple y yo hemos estado ocupándonos del asesinato de Victoria Johnson.

Esther Walters pareció en aquellos momentos levemente sobresaltada. La joven volvió la cabeza hacia Miss Marple.

—Me había equivocado con ella —declaró Mr. Rafiel, con su característica franqueza—. Nunca me han gustado mucho las mujeres del tipo de Miss Marple, que se pasan el día dale que dale a las agujas y a la lengua. Esta Miss Marple es otra cosa. Tiene ojos y oídos, y sabe usarlos muy bien.

Esther Walters dirigió una mirada de excusa a Miss Marple, quien ni siquiera se dio por aludida.

—Eso, en boca de Mr. Rafiel, es más bien un cumplido —señaló Esther.

—Lo he comprendido enseguida —declaró Miss Marple—. También me he dado cuenta de que Mr. Rafiel es un ser que disfruta de ciertos privilegios.

—¿Qué quiere dar a entender con eso? —quiso saber el anciano.

—Que puede mostrarse rudo cuando así le apetece, sin más —respondió Miss Marple.

—¿He sido yo rudo? —inquirió Mr. Rafiel, sorprendido—. Si es así, le ruego que me perdone. No he querido ofenderla.

—No me ha ofendido usted. Soy comprensiva.

—Bueno, Esther, ¿por qué no coge una silla y se sienta? Tal vez pueda ayudarnos.

Esther se fue hacia el bungaló y regresó con un sillón de mimbre.

—Habíamos empezado hablando del viejo Palgrave, de su muerte y de sus interminables historias —manifestó el anciano.

—¡Oh! —exclamó Esther—. Tengo que reconocer que siempre que pude hui del comandante.

—Miss Marple demostró tener más paciencia —señaló Mr. Rafiel—. Díganos, Esther: ¿le contó a usted alguna vez el comandante cierta historia relacionada con un crimen?

—Pues sí —repuso Esther—. En varias ocasiones...

—¿Cómo era, exactamente? A ver, haga memoria.

—Veamos... —Esther hizo una pausa, reflexionando—. Lo malo es —dijo en tono de excusa— que nunca escuché las palabras de aquel hombre con mucha atención... Tenía yo presente en tales momentos el cuento del león de Rodesia, que Palgrave había repetido hasta cansar a todos. Yo, como otras personas, fingía estar escuchándolo cortésmente, pero la verdad era que, mientras él hablaba, me dedicaba a pensar en mis cosas.

—Díganos entonces, simplemente, lo que usted recuerde.

—Me parece que el relato se refería a un caso recogido por la prensa. El comandante Palgrave decía que tenía en su haber una experiencia por pocas personas vivida: haberse visto frente a un auténtico asesinato.

—¿«Haberse visto»? ¿Se expresó él así realmente? —preguntó Mr. Rafiel.

Esther le dedicó una confusa mirada.

—Creo que sí —dijo vacilando—. Puede también que él declarara: «Estoy en condiciones de mostrarle a usted un asesino».

—Son dos cosas muy distintas. ¿Cuál estima válida?

—No estoy segura... Creo que me dijo que pensaba enseñarme una fotografía de alguien.

—Eso ya está mejor.

—Luego me echó un larguísimo discurso sobre Lucrecia Borgia.

—Sáltese lo referente a ella. Sabemos todo lo que hay que saber acerca de Lucrecia.

—Palgrave se puso a hablar de los envenenados y de que Lucrecia era muy bella, que tenía unos hermosos cabellos rojizos. Añadió a esto una afirmación: «Es probable que, diseminadas por el mundo, haya muchas más envenenadoras de las que nosotros nos figuramos».

—Mucho me temo que eso sea cierto —manifestó Miss Marple.

—Y calificó el veneno de «arma femenina».

—Por lo que veo, el hombre solía apartarse del tema central de sus relatos para entregarse a la divagación —declaró Mr. Rafiel.

—Eso era un hábito en él. Había que interrumpirlo con algún monosílabo o frase breve: «Sí, sí», «¿De veras, comandante?» y «¡No me diga...!».

—¿Qué hay de esa fotografía que dijo que pensaba enseñarle?

—No lo recuerdo... Debió de referirse a una que había visto en un periódico...

—¿No le mostró ninguna foto?

—¿Una foto? No. —Esther negó con la cabeza—. De eso sí que estoy segura. Dijo que ella era una mujer muy guapa y que mirándola a la cara nadie la hubiera juzgado capaz de cometer un crimen.

—¿Ella?

—Ya ve usted —apuntó Miss Marple—. Ahora todo se hace más confuso todavía.

—¿Le habló de una mujer? —preguntó Mr. Rafiel.

—¡Oh, sí!

—¿Era el personaje de la fotografía una mujer?

—Sí.

—¡No puede ser!

—Pues lo era —insistió Esther—. Palgrave me dijo:

«Ella se encuentra en esta isla. Ya le diré quién es. Luego le contaré la historia completa».

Mr. Rafiel lanzó una exclamación. A la hora de decir lo que pensaba del comandante Palgrave no midió las palabras.

—Es muy probable que no fuera verdad nada de lo que ese chiflado contara.

—Una comienza a dudar —murmuró Miss Marple.

—Queramos o no, hemos de llegar a esa conclusión —dijo Mr. Rafiel—. El muy estúpido iniciaba sus peroratas con relatos de caza. Contaba minuciosamente cómo preparaba el cebo para las fieras; sus andanzas tras los tigres y los elefantes; los apuros en que se había visto, acosado por los leones... Una o dos de estas cosas serían verdad; varias habrían sido alumbradas por su calenturienta imaginación; otras, por fin, serían episodios vividos por otras personas. Después, invariablemente, abordaba el tema del crimen y lo remataba con una historia a propósito. Y, encima, lo que contaba se lo atribuía, erigiéndose en protagonista. Apostaría lo que fuese a que sus historias procedían de los periódicos o de los seriales de la televisión.

Mr. Rafiel señaló con un dedo acusador a su secretaria.

—Usted admite que escuchó más de una vez sin casi prestar atención a lo que ese hombre decía. Existe la posibilidad de que se esté confundiendo, ¿no?

—Puedo asegurarle que Palgrave se refirió a una mujer —respondió Esther, obstinadamente—. Y puedo asegurárselo porque, naturalmente, me pregunté enseguida a quién se estaría refiriendo.

—¿Pensó usted en alguien en aquellos momentos? —inquirió Miss Marple.

Esther se ruborizó, dando muestras de cierto nerviosismo.

—¡Oh! En realidad, no... Quiero decir que no me gustaría...

Miss Marple no insistió. Se figuró inmediatamente que la presencia de Mr. Rafiel era un factor desfavorable a la hora de averiguar con precisión cuáles habían sido las suposiciones de Esther Walters durante su conversación con el comandante. Aquellas habrían aflorado fácilmente en un *tête-à-tête* entre las dos. Existía, por otro lado, la posibilidad de que la joven estuviese mintiendo. Desde luego, Miss Marple no hizo la menor sugerencia al respecto. Consideró eso un riesgo remoto, que se inclinaba a desestimar. No. No creía que la secretaria de Mr. Rafiel estuviera vertiendo una sarta de embustes en sus oídos. Y, en el caso contrario, ¿qué ventajas podía conseguir con sus mentiras?

—Veamos... —medió Mr. Rafiel, dirigiéndose a Miss Marple—. Usted ha dicho que le refirió una historia relativa a un criminal y que afirmó que poseía una fotografía suya que se proponía enseñarle, ¿no es cierto?

—Eso es lo que imaginé, sí.

—¿Que usted se imaginó eso? Pero ¡si al principio me dio a entender que estaba absolutamente segura de ello!

Miss Marple replicó, sin amilanarse:

—No resulta nunca fácil repetir una conversación. Sí. Se hace sumamente difícil repetir con precisión todo cuanto los demás han dicho. Una se siente siempre inclinada a referir lo que cree que ellos han querido decir. A menudo se les atribuyen palabras que no han pronunciado. El comandante Palgrave me contó esa historia de la que le he hablado, sí. Me comunicó que el hombre que, a su vez, se la había contado, el doctor, le había enseñado una fotografía del asesino. Pero si he de ser sincera, tengo que admitir que lo que él realmente me dijo fue: «¿Le gustaría ver la foto de un criminal?». Naturalmente, supuse que se trataba de la misma foto de la que había estado hablando, la de aquel delincuente en particular. Ahora bien, hay que reconocer que es posible, aunque exista una posibilidad contra cien, que en virtud de una asociación de ideas saltase de la foto de la que había estado hablando a otra, tomada recientemente, en la que apareciera alguien de aquí al que él creía un asesino

—¡Mujeres! —exclamó Mr. Rafiel con desesperación—. ¡Todas son iguales! No sabrán hablar jamás con precisión. Nunca están seguras de si una cosa fue de esta manera o de esta otra. Ahora... —añadió irritadísimo—, ¿dónde estamos? ¿Adónde hemos ido a parar? —Con un fuerte resoplido, preguntó—: ¿Pensaremos en Evelyn Hillingdon, o en Lucky, la esposa de Greg...? ¡Esto es un verdadero lío!

En aquel instante los tres oyeron una discreta tos. Arthur Jackson se encontraba junto a Mr. Rafiel.

Se había acercado a ellos tan silenciosamente que nadie había advertido su presencia.

Inclinándose hacia el anciano, dijo:

—Es la hora de su masaje, señor.

Mr. Rafiel dio rienda suelta inmediatamente a su mal genio, gritándole:

—¿Qué se propone usted deslizándose hasta aquí de este modo, produciéndome un sobresalto? ¿Qué es lo que ha hecho para que no le oyese venir?

—Lo siento, señor.

—Hoy no quiero ni oír hablar de masajes. Además, ¡para el bien que me reportan...!

—No debería decir eso, señor. —Jackson atendía a Mr. Rafiel con una amabilidad muy profesional—. Si suspendiésemos esas sesiones, pronto lo lamentaría usted.

Hábilmente, el joven hizo girar la silla de ruedas y la orientó hacia el bungaló.

Miss Marple se puso en pie. Después de obsequiar a Esther con una sonrisa se encaminó a la playa.

# Capítulo 18
## Confidencias

La playa estaba más bien desierta aquella mañana.
Greg braceaba en el agua con su habitual estilo natato
rio, muy ruidoso. Lucky se había tendido en la arena,
bocabajo. Su espalda, tostada por el sol, se hallaba
profusamente untada de aceite y sus rubios cabellos
habían quedado extendidos sobre los hombros.

Los Hillingdon no se encontraban allí. La señora de
Caspearo, atendida como siempre por una corte de caballeros, yacía bocarriba, hablando el sonoro y cascabe-
lero idioma español. Junto a la orilla reían y jugaban
varios niños italianos y franceses. El canónigo y su hermana, Miss Prescott, se habían sentado en sendos sillones, dedicándose tranquilamente a observar las esce-
nas que se iban sucediendo ante ellos. El canónigo se
había echado el sombrero sobre los ojos y parecía dor-
mitar. No muy lejos de Miss Prescott había un sillón
desocupado, feliz circunstancia de la que se aprovechó
sin la menor vacilación Miss Marple.

Al sentarse junto a su amiga, aquella suspiró.

—Estoy enterada de todo —manifestó Miss Prescott.

Lacónicamente, las dos habían aludido al mismo hecho: el asesinato de Victoria Johnson.

—¡Pobre muchacha! —exclamó Miss Marple.

—Un episodio muy triste, sí —comentó el canónigo—. Verdaderamente lamentable.

—Por un momento se nos pasó por la cabeza a Jeremy y a mí la idea de marcharnos del hotel. Luego decidimos lo contrario porque tal cosa suponía una desatención para los Kendal. Al fin y al cabo, ellos no tienen la culpa de lo ocurrido... Podría haber sucedido en cualquier otro sitio.

—En medio de la vida ya nos hallamos muertos —dijo el canónigo.

—Esa pareja, ¿sabe usted?, tiene una gran necesidad de triunfar en su empeño. Han invertido todo el dinero que poseían en este hotel —señaló Miss Prescott.

—Molly es una joven muy dulce —manifestó Miss Marple—. Últimamente no parece encontrarse muy bien.

—Es muy nerviosa. Por supuesto, su familia...

Miss Prescott movió la cabeza, dubitativamente.

—Yo creo, Joan, que hay cosas que es mejor... —El canónigo pronunció las palabras anteriores con un suave tono de reproche.

—Eso lo sabe todo el mundo —contestó la hermana—. Sus familiares viven en la misma ciudad que nosotros. Uno de sus tíos, en cierta ocasión, se despojó de todas sus ropas en una estación del metro. Creo que ese bochornoso incidente sucedió en Green Park.

—Joan, eso es algo que ni siquiera deberías mencionar.

—Es terrible —comentó Miss Marple—. Sin embargo, me parece que esa forma de locura es bastante común. Recuerdo que, mientras trabajábamos en una obra benéfica, un pastor ya anciano, hombre extraordinariamente sobrio y respetable, se vio afligido por el mismo trastorno. Hubo que telefonear a su esposa, quien acudió enseguida y se lo llevó a casa envuelto en una sábana.

—Desde luego, a los familiares más próximos de Molly no les ocurre nada de particular —dijo Miss Prescott—. Ella no se llevó nunca bien con su madre... Claro que hoy en día esto no es raro.

—Una lástima —murmuró Miss Marple—. Sí, porque las chicas deberían aprovechar la experiencia, el conocimiento del mundo que tienen sus madres.

—Exacto —convino Miss Prescott—. Molly fue a dar con un hombre poco o nada adecuado para ella, según me han dicho.

—Es algo que ocurre a menudo.

—Sus familiares, naturalmente, se le enfrentaron. Ella no les había dicho nada y tuvieron que enterarse de lo que ya estaba en marcha por personas extrañas. Inmediatamente, su madre le indicó la conveniencia de que les presentara al pretendiente. Creo que la chica se negó a proceder así. Señaló que eso era humillante para el muchacho. Había de resultar incluso ofensivo para el joven verse sometido a un minucioso examen por parte de la familia de la novia, igual que si hubiese sido un caballo de carreras. Esto fue lo que Molly puso de relieve.

Miss Marple suspiró.

—Se necesita desplegar un gran tacto a la hora de tratar a los jóvenes —declaró.

—Bueno, el caso es que le prohibieron a Molly que volviera a ver a su amigo.

—Pero ¡eso no se puede hacer en nuestros días! Actualmente, las muchachas se colocan, ocupan toda clase de empleos, se ven obligadas a alternar con las gentes más diversas, quieran o no.

—Más tarde, afortunadamente, Molly conoció a Tim Kendal —prosiguió diciendo Miss Prescott—. El otro se esfumó. Ya se puede usted figurar qué suspiro de alivio se les escapó a los familiares de la muchacha.

—En mi opinión, aquellos no procedieron como debían —declaró Miss Marple—. Con semejante conducta lo único que se logra es que las chicas no se relacionen con los muchachos más indicados para ellas.

—Sí, eso es lo que pasa.

—Yo misma recuerdo que en cierta ocasión...

Miss Marple evocó cierto episodio de su juventud. En una reunión había conocido a un chico... que le había parecido amable en sumo grado, alegre. Contra todo lo esperado, y después de haber frecuentado su trato, al visitarlo más de una vez, había descubierto que era un hombre aburrido, muy aburrido.

El canónigo daba la impresión de haberse adormecido de nuevo, y Miss Marple abordó el tema que había estado ansiando tratar a lo largo de aquella conversación.

—Desde luego, usted parece saber mucho acerca de este lugar —murmuró—. Son ya varios los años que vienen por aquí, ¿no?

—Tres, exactamente. Nos gusta St. Honoré. Siempre damos con gente muy agradable. No se ven por estos parajes los deslumbrantes nuevos ricos que una encuentra en cualquier otra parte.

—Así pues, me figuro que conocen bien a los Hillingdon y a los Dyson...

—Sí, sí. Bastante bien.

Miss Marple tosió discretamente, bajando la voz.

—El comandante Palgrave me contó una interesante historia —dijo.

—Contaba con un verdadero repertorio de ellas, ¿verdad que sí? Claro, ¡había viajado tanto! Conocía África, la India, China, incluso, me parece.

—En efecto —confirmó Miss Marple—. Pero yo no me refería a uno de sus típicos relatos. La historia a la que he aludido afectaba..., ¡ejem...!, afectaba a una de las personas que acabo de mencionar.

—¡Oh! —exclamó Miss Prescott, simplemente.

—Sí. Yo me pregunto ahora... —Miss Marple paseó la mirada por toda la playa y se detuvo en la grácil figura de Lucky, que continuaba tostándose pacientemente la espalda—. Un color moreno muy bonito el suyo, ¿eh? —observó—. En cuanto a sus cabellos...

Son preciosos, verdaderamente. Tienen el mismo tono que los de Molly Kendal, ¿no cree usted?

—La única diferencia que hay entre las dos cabelleras es que el matiz de la de Molly es natural, mientras que la otra tiene que recurrir a la química para lograr un color semejante —se apresuró a subrayar Miss Prescott.

—Pero... ¡Joan! —protestó el canónigo, tras despertarse cuando menos lo esperaban las dos mujeres—. ¿No crees que eso que dices es, sencillamente, falta de caridad?

—No es falta de caridad —repuso su hermana con acritud—. Es solo un hecho irrebatible.

—A mí los cabellos de esa señora me parecen muy bonitos.

—Naturalmente. Para eso se los tiñe. Pero tengo que decirte con toda seguridad, mi querido Jeremy, que esa mujer no podrá nunca engañar a otra en ese terreno. ¿No es así, Miss Marple?

—Bueno... Mucho me temo carecer de la experiencia que usted tiene, pero... sí, yo me inclinaría a decir al primer golpe de vista que ese color no es natural. Cada cinco o seis días, por su parte inferior, presentan un tono...

Miss Marple no acabó la frase. Fijó la mirada en Miss Prescott y las dos mujeres hicieron un gesto de afirmación. Ya se entendían.

El canónigo pareció estar dormitando de nuevo.

—El comandante Palgrave me contó una historia verdaderamente extraordinaria —murmuró Miss

Marple— acerca de... Bien. Lo cierto es que no llegué a oírla en su totalidad. En ocasiones me quedo como sorda. Pareció decir... o sugerir...

Miss Marple hizo una estudiada pausa.

—Ya sé a qué se refiere. Circularon rumores en aquella época...

—¿Está usted pensando en aquella en que...?

—Hablo de cuando falleció Mrs. Dyson. Su muerte sorprendió a todo el mundo. En efecto, todos la tenían por una *malade imaginaire*... Era una hipocondriaca. Al sufrir un ataque y morir tan inesperadamente... Bueno. El caso es que la gente comenzó a murmurar...

—¿No..., no pasó nada entonces?

—El médico se mostró desconcertado. Era un tipo muy joven y no poseía mucha experiencia. Se trataba de uno de esos doctores que confían en curarlo todo mediante los antibióticos. Supongo que sabrá a qué tipo de médicos me refiero: a esos que no se molestan en estudiar a fondo al paciente, que no indagan nunca la causa de la enfermedad. Esos médicos se limitan siempre a recetar unas píldoras y, cuando ven que no van bien, recurren a cualquier otro preparado. Yo creo que el hombre se mostró algo confuso ante aquel caso... Por lo visto, Mrs. Dyson sufrió anteriormente una complicación gástrica. Esto, al menos, dijo su esposo. Y entonces no parecía existir razón alguna para creer que allí existiese algo anormal.

—Pero usted pensó que...

—Pues... yo me esfuerzo por ver el lado bueno de la gente. Sin embargo, uno se pregunta a veces... Y teniendo en cuenta las afirmaciones de algunas personas...

—¡Joan! —El canónigo se había enderezado, adoptando ahora una actitud beligerante—. No me gusta... Decididamente no me gusta oírte hablar así... Y lo que es más importante, ¡no hay que pensar mal! Este debería ser el lema de todos los cristianos, hombres y mujeres.

Las dos mujeres guardaron silencio. Acababan de ser amonestadas y aguantaron y compartieron la reprimenda en señal de respeto al sacerdote. Pero interiormente se hallaban irritadas y nada arrepentidas. Miss Prescott miró a su hermano con animosidad. Miss Marple volvió a su interminable labor de aguja.

Afortunadamente para ellas, el azar estaba de su parte.

—*Mon père* —dijo alguien con una voz débil y chillona.

Había hablado uno de los niños franceses que habían estado jugando junto al agua. Se había acercado al grupo sin que nadie se diese cuenta, y se quedó al lado del canónigo Prescott.

—*Mon père* —repitió la aflautada voz.

—¡Hola! ¿Qué hay, pequeño? *Oui, qu'est-ce qu'il y a, mon petit?*

El chiquillo le explicó lo que ocurría. Se había producido una disputa entre sus compañeros de juegos. No se sabía a ciencia cierta ya a quién le tocaba valerse de las calabazas que utilizaban alternativamente para aprender a nadar. Existían otras cuestiones de etiqueta que convenía aclarar. El canónigo Prescott amaba extraordinariamente a los niños. Le encantaba que estos recurrieran a él para actuar como árbitro de sus discusiones. Abandonó su sillón de buena gana para acompañar al chiquillo hasta donde se hallaban sus amigos. Miss Marple y Miss Prescott suspiraron sin el menor disimulo y se volvieron ávidamente la una hacia la otra.

—Jeremy, siempre tan recto, desde luego, se opone terminantemente a las habladurías —manifestó la hermana del canónigo—. Pero, por mucho que uno quiera, no se puede ignorar lo que afirma la gente. Y, como ya le he dicho, en los días en que ocurrió la muerte de Mrs. Dyson no se cansaron de hacer comentarios.

—¿De veras?

Estas palabras de Miss Marple no tenían otro objeto que el de acelerar las declaraciones de su amiga.

—Esa joven, entonces Miss Greatorex, según creo, no lo sé con seguridad, era prima, o algo por el estilo, de Mrs. Dyson, a quien cuidaba. Se preocupaba de que tomase los medicamentos a sus horas y otras cosas semejantes. —Miss Prescott hizo aquí una breve y significativa pausa—. Tengo entendido que Miss Greatorex y Mr. Dyson paseaban juntos en algunas ocasiones. Eran muchos los que los habían visto en ese plan. En los sitios pequeños es muy difícil que estas cosas escapen a la observación de los demás. Por otro lado, circuló una curiosa historia acerca de un producto que Edward Hillingdon había adquirido en una farmacia...

—¡Oh! ¿Entra Edward Hillingdon en esta historia?

—¡Ya lo creo! Y daba muestras de estar deslumbrado. La gente se dio cuenta de ello. Lucky, Miss Greatorex, jugó con los dos hombres, enfrentándolos: Gregory Dyson y Edward Hillingdon... Siempre había sido una mujer muy atractiva. Hay que reconocerlo: lo es aún.

—Si bien, naturalmente, resulta ahora menos joven que antes. ¿Comprende lo que quiero decir? —inquirió Miss Marple.

—Perfectamente. No obstante, se conserva... Por supuesto, no hay que buscar en ella a la chica deslumbrante de los años en que vivía con la familia como pariente pobre, aunque no se la mirase como tal. Siempre demostró un gran afecto por la inválida.

—En cuanto a esa historia que circuló sobre la adquisición de un producto en una farmacia, compra efectuada por Edward Hillingdon, ¿cómo pudo llegar a divulgarse?

—Creo que eso no ocurrió en Jamestown, sino en Martinica. Los franceses, según tengo entendido, son menos rigurosos en lo tocante a medicinas... El dueño del establecimiento habló un día con un amigo y el relato comenzó a circular... ¿A qué decir más? Ya sabe usted cómo se propagan esos rumores.

Miss Marple lo sabía bien, en efecto. Nadie mejor informada que ella en tal aspecto.

—El hombre contó que el coronel Hillingdon le había pedido una cosa que no conocía... El nombre estaba escrito en un papel que había consultado al formular su petición. Bueno, ya le he dicho que todo eso eran habladurías.

—Pero es que no me explico por qué el coronel Hillingdon...

Miss Marple frunció el ceño, perpleja.

—Imagino que fue utilizado como instrumento. Sea lo que sea, la verdad es que Gregory Dyson se casó muy poco tiempo después de la muerte de su primera mujer. Un mes más tarde, tal vez. Aquello fue una vergüenza.

Las dos mujeres se miraron.

—Pero ¿nadie llegó a concebir realmente sospechas? —preguntó Miss Marple.

—No, no. Todo quedó en eso: en habladurías, en simples chismorreos. ¡Mujer! Siempre existía la posibilidad de que no hubiese absolutamente nada extraño en aquello.

—El comandante Palgrave no pensaba así.

—¡Ah! ¿Se lo dijo a usted?

—La verdad es que lo estuve escuchando sin prestarle mucha atención —confesó Miss Marple—. Yo me preguntaba ahora si... ¡Ejem...! Si llegó a contarle las mismas cosas a usted.

—Fue muy explícito conmigo cierto día...

—¿Sí?

—En realidad, me figuré en un principio que estaba refiriéndose a Mrs. Hillingdon. Siseó un poco, soltó una risita y me dijo: «Fíjate en esa mujer. En mi opinión, es autora de un grave crimen, y ha conseguido burlar a la justicia». Yo me quedé muy impresionada, desde luego. Respondí: «Seguro que está usted bromeando, comandante Palgrave». Él me contestó entonces: «Sí, sí, querida Miss Prescott, dejémoslo en eso, en una broma». Los Dyson y los Hillingdon se habían sentado en una mesa cercana a la nuestra y temí que lo hubiesen oído todo. Palgrave volvió a reír, añadiendo: «No me extrañaría nada que hallándome en cualquier reunión alguien pusiera en mis manos un cóctel debidamente preparado. Eso sería algo así como una cena con los Borgia».

—¡Qué interesante! —exclamó Miss Marple—. ¿No mencionó en ningún momento de su conversación cierta..., cierta fotografía?

—No lo recuerdo... ¿Se refiere usted a algún recorte periodístico?

Miss Marple, a punto de hablar, cerró la boca. Una sombra se interpuso entre sus ojos y el sol... Evelyn Hillingdon acababa de detenerse junto a las dos mujeres.

—Buenos días —dijo la recién llegada.

—Me estaba preguntando adónde habría ido usted —declaró Miss Prescott, levantando la vista.

—Fui a Jamestown, a comprar algunas cosas.

—¡Ah, ya!

Miss Prescott miró a su alrededor, en un involuntario movimiento, y Evelyn Hillingdon se apresuró a decir:

—Edward no me acompañó. A los hombres les disgusta ir de tiendas.

—¿Dio con algo interesante?

—No iba buscando nada en particular. Lo que necesitaba podía encontrarlo en cualquier farmacia.

Evelyn Hillingdon se despidió de Miss Marple y Miss Prescott con una sonrisa, y continuó despacio su camino.

—Los Hillingdon son gente muy agradable —manifestó la hermana del canónigo—. Ella, sin embargo, no sé... Tiene un carácter un poco intrincado. Es una persona simpática, complaciente y todo lo que usted quiera, pero da la impresión de ser una de esas mujeres a las que una no acaba de conocer nunca.

Miss Marple, pensativa, asintió.

—No sabe una jamás qué es lo que piensa realmente —declaró luego Miss Prescott.

—Quizá sea eso lo mejor —comentó Miss Marple.

—¿Cómo?

—¡Oh! En realidad, quería aludir a una impresión puramente personal que he experimentado siempre ante esa mujer. No sé si estaré equivocada, pero estimo que sus pensamientos podrían resultar bastante desconcertantes. En ocasiones, al menos.

—Creo comprenderla perfectamente —murmuró Miss Prescott, un tanto confusa, abordando seguidamente otro tema—. Parece ser que poseen una casa encantadora en Hampshire. Tienen un hijo, ¡no!, son dos, que en la actualidad se encuentran en Winchester... Bueno, uno de ellos, según tengo entendido.

—¿Conoce usted Hampshire bien?

—Ni bien ni mal. Su casa, me han dicho, cae cerca de Alton.

Miss Marple guardó silencio un instante antes de preguntar a Miss Prescott:

—Y ¿dónde viven los Dyson?

—En California. Es decir, allí tienen su casa. Les agrada mucho viajar a los dos.

—Una, realmente, ¡sabe tan pocas cosas sobre las personas que va tratando en el transcurso de sus viajes! —exclamó Miss Marple—. Bueno... Quiero decir que... ¿Cómo explicaría esto? Se conoce siempre, exclusivamente, lo que los demás desean contarnos. Por ejemplo: usted no sabe a ciencia cierta si los Dyson viven en California o no.

Miss Prescott pareció sobresaltarse.

—Estoy segura de que así me lo dijo Mr. Dyson.

—Sí, eso es. A ello me refería. Lo dicho rige también para los Hillingdon, quizá. Me explicaré... Al asegurar usted que viven en Hampshire no hace otra cosa que repetir todo lo que esa pareja le indicó, ¿es verdad o no?

Miss Prescott hizo ahora un gesto que denotaba su alarma.

—¿Quiere darme a entender que no es cierto que vivan allí? —preguntó.

—No, no, en absoluto —se apresuró a contestar Miss Marple—. Los utilizaba únicamente como ejemplo, para demostrarle de un modo práctico que una, hablando en términos generales, solo sabe de la gente lo que esta le cuenta. Sigamos con otro ejemplo. Yo le he dicho a usted que vivo en St. Mary Mead, sitio del que, indudablemente, no habrá oído hablar jamás. Pero este dato no lo ha averiguado usted, digámoslo así, por sus propios medios, directamente, ¿verdad?

Miss Prescott no quiso responder que a ella, realmente, le traía sin cuidado saber si Miss Marple vivía en St. Mary Mead o no. Le constaba que este lugar quedaba hacia el sur de Inglaterra, en plena campiña, y ahí terminaban sus conocimientos sobre el particular.

—Me parece haberla comprendido perfectamente —declaró—. Sé muy bien que cuando se va por el mundo todas las precauciones son pocas.

—No es eso exactamente lo que yo quise decir —contestó Miss Marple.

En aquellos instantes cruzaron por su mente unas ideas muy raras. Bueno, ¿sabía ella misma en realidad si el canónigo Prescott y su hermana eran de verdad lo que aparentaban ser? Eso afirmaban los dos. Carecía de pruebas con que refutar unos argumentos que esgrimían pasivamente. A ningún hombre le hubiera costado mucho trabajo procurarse un cuello blanco como el que llevaba el canónigo, junto con las ropas adecuadas, hablando siempre en el tono conveniente. Si a todo esto se añadía un móvil...

Miss Marple conocía a fondo el carácter y los modales de los sacerdotes que vivían en su región. Ahora bien, los Prescott procedían del norte de su país. Durham, ¿no? Indudablemente, se trataba de los hermanos Prescott... Y, sin embargo, volvió al mismo pensamiento de antes. Se creía siempre lo que la gente deseaba que creyéramos.

Tal vez lo prudente fuera mantenerse en guardia.

Quizá... Miss Marple movió la cabeza pensativamente.

# Capítulo 19

## Los usos de un zapato

El canónigo Prescott regresó de la orilla de la playa bastante fatigado. (Los juegos con los niños resultaban siempre extenuantes.)

Empezaron a decir que allí hacía mucho calor, así que él y su hermana volvieron al hotel.

La señora de Caspearo hizo un desdeñoso comentario cuando se hubieron ido:

—No me lo explico... ¿Cómo puede parecerles una playa calurosa? Eso es una insensatez. A todo esto, ¡hay que ver cómo va vestida ella! ¡Si se tapa hasta el cuello! Quizá sea preferible que lo haga. Tiene una piel horriblemente fea. ¡Piel de gallina, seguramente!

Miss Marple suspiró profundamente. Ahora o nunca... Creía llegado el momento de sostener una conversación con la señora de Caspearo. Desgraciadamente, no se le ocurría nada. Al parecer no existía un terreno común dentro del cual las dos pudieran encontrarse.

—¿Tiene usted hijos, señora? —le preguntó.

—Tengo tres ángeles —respondió la otra, besándose las yemas de los dedos.

Miss Marple no supo, de momento, a qué atenerse. ¿Estaba la descendencia de la señora de Caspearo en el cielo o bien había querido referirse a la dulzura del carácter de sus hijos?

Uno de los caballeros que le hacían la guardia permanentemente formuló una observación en español, y la señora de Caspearo volvió la cabeza hacia él con un gesto de desprecio, echándose a reír, cosa que hizo con fuerza y melódicamente.

—¿Ha entendido usted lo que ha dicho? —preguntó luego a Miss Marple.

—Pues, a decir verdad, no. Ni una palabra —contestó ella.

—Mejor. Es un hombre perverso.

A estas palabras siguió un breve diálogo en español, en tono más bien jocoso.

—Es una infamia, un atropello sin nombre —manifestó la señora de Caspearo, volviendo al inglés con repentina gravedad—, esto de que la policía no nos permita abandonar la isla. He vociferado a placer, he rabiado y pataleado sin conseguir lo más mínimo. Todos me dicen lo mismo: «No, no y no». ¿Quiere que le diga cómo va a terminar esto? Pues nos van a asesinar... Sí. Aquí no quedará ni uno para contarlo.

Su guardián intentó tranquilizarla.

—Sí... Este lugar solo puede traernos mala suerte. Lo supe desde un principio. Ese viejo comandante, tan feo... Ejerció sobre todos un influjo maléfico. Era portador del mal de ojo. ¿No lo recuerda? Era bizco. ¡Eso trae siempre desgracias! Cada vez que me miraba, yo hacía la «señal del cuerno». —La señora de Caspearo, sobre la marcha, llevó a cabo una demostración—. Pero, naturalmente, por el hecho de ser bizco el comandante yo no advertía con exactitud la dirección de sus miradas...

—Llevaba un ojo de cristal —dijo Miss Marple, interesada en dar una explicación—. Perdió el suyo como consecuencia de un accidente, siendo el pobre Palgrave muy joven todavía, según me informaron. De este defecto no era él el culpable.

—Yo le digo que el comandante trajo aquí la desgracia... Sí. Llevaba consigo ese poder pernicioso del mal de ojo.

La señora de Caspearo alargó una mano en la que se encogieron rápidamente los dedos anular y corazón, estirándose el índice y el meñique. Se trataba de la tan conocida señal latina que rechaza, según dicen eficazmente, la mala suerte...

—Bien —añadió la supersticiosa mujer animadamente—. Él ya ha muerto. Ya no podré verlo más. No me agrada mirar aquello que es feo.

Miss Marple pensó que a nadie hubiera podido ocurrírsele un epitafio tan cruel para la tumba del comandante Palgrave.

Lejos de allí se veía a Gregory Dyson, que acababa de salir del agua. Lucky había invertido la posición sobre la arena. Evelyn Hillingdon la contemplaba y la expresión de su rostro, por una razón desconocida, provocó en Miss Marple un estremecimiento.

«Seguro que bajo este sol abrasador es imposible mantenerse fría», pensó.

Se levantó y regresó, con lentos pasos, a su bungaló.

Vio a Mr. Rafiel y a Esther Walters, que descendían por la playa. El viejo le guiñó un ojo. Miss Marple no correspondió a su gesto, obsequiándolo con una mirada que no era de agrado precisamente.

Miss Marple entró en su casita y se tendió inmediatamente en el lecho. Se sentía vieja, cansada y atormentada por una gran preocupación.

Estaba absolutamente segura de que no había tiempo que perder... Se iba haciendo tarde ya. El sol no tardaría en ponerse... El sol... Para mirarlo directamente eran indispensables unas gafas ahumadas... ¿Dónde paraba aquel trozo de cristal oscuro que alguien le había regalado?

A fin de cuentas, ya no tendría necesidad de él. No. En absoluto. Porque una sombra había atenuado el resplandor de los rayos del astro diurno. Una sombra. La de Evelyn Hillingdon... No. No era la de Evelyn... La sombra... ¿Cómo era la frase de su cita? La sombra del valle de la muerte. Ella temía que... ¿Cómo se llamaba la señal? La «señal del cuerno»... Ella tenía que hacer la «señal del cuerno» para anular el influjo maléfico, el mal de ojo que el comandante Palgrave ejercía sobre todas las personas que estaban o habían estado con anterioridad a su alrededor.

Entreabrió los párpados... Había estado durmiendo. Pero había notado una sombra. La de alguien que había permanecido unos momentos asomado a su ventana.

La sombra se había alejado... Y entonces Miss Marple pudo distinguirla perfectamente. Y descubrir de quién se trataba.

Era Jackson.

«¡Qué impertinencia, espiarme con ese descaro!», pensó. A continuación, añadió: «Exactamente igual que Jonas Parry».

Esta comparación no implicaba ningún elogio para Jackson.

Y ¿por qué había estado espiándola Jackson? ¿Habría querido comprobar, quizá, si estaba dormida?

Se levantó, entró en el cuarto de baño y se acercó cautelosamente a la ventana.

Arthur Jackson se hallaba de pie junto a la puerta del bungaló vecino, el de Mr. Rafiel. Miss Marple lo vio mirar receloso a su alrededor antes de entrar rápidamente en la pequeña construcción. «Muy interesante», pensó. ¿Por qué tenía aquel hombre que adoptar una actitud furtiva? Nada en el mundo podía parecer más natural que su entrada en el bungaló del anciano millonario, donde Jackson contaba con una habitación en la parte posterior del edificio. ¡Si se pasaba el día entrando y saliendo de este por un motivo u otro! ¿A qué mirar a su alrededor, temeroso, indudablemente, de que lo viese alguien? «Esto solo tiene una respuesta», se dijo Miss Marple. Él quería asegurarse de que nadie lo estaba viendo en ese momento especial porque se proponía hacer algo de orden completamente particular en el interior del bungaló.

Desde luego, todo el mundo, a aquella hora, se encontraba en la playa, exceptuando los que se habían marchado de excursión. Jackson no tardaría más de veinte minutos en volver a ella, con objeto de ayudar a Mr. Rafiel a darse su baño diario. Si quería hacer algo allí dentro sin que nadie lo observara, había escogido un buen momento. Ya se había cerciorado de que Miss Marple estaba durmiendo en su cama tranquilamente, y había comprobado a continuación que por los alrededores no había nadie que se fijase en sus movimientos. De acuerdo... Miss Marple, tras repasar mentalmente los hechos, llegó a la conclusión de que ella debía imitar hasta cierto punto la actitud de Jackson.

Sentándose en el lecho, Miss Marple se quitó sus sandalias y se calzó unos zapatos de lona con suelas de goma. Luego movió la cabeza, vacilando, volvió a quedarse descalza, se puso a rebuscar en una de sus maletas, y extrajo de esta un par de zapatos de tacón. El de uno de ellos estaba medio roto. Con la ayuda de una navaja casi acabó de soltarlo. Después abandonó el bungaló. Solo el fino tejido de las medias protegía los pies de Miss Marple. Con más precauciones que las que hubiera podido adoptar un cazador en el momento de acercarse a una manada de antílopes, la anciana se deslizó lo más cautelosamente que pudo alrededor de la casita de Mr. Rafiel.

Luego se puso uno de los zapatos que había cogido, dando un último tirón al tacón desprendido, y se apostó de rodillas junto a una de las ventanas del bungaló. Si Jackson oía algún ruido, si se aproximaba a la ventana y terminaba asomándose, solo podría ver a una dama entrada en años que se había caído a consecuencia del accidente del tacón estropeado. Pero, evidentemente, Jackson no había oído nada.

Muy muy muy lentamente, Miss Marple fue levantando la cabeza. Las ventanas del bungaló quedaban muy bajas. Ocultándose tras la cortina se asomó poco a poco al interior de aquel cuarto.

Jackson se había arrodillado ante una maleta. La tapa de esta se hallaba levantada. Miss Marple comprobó que había sido acondicionada para unos fines determinados, pues observó en su parte inferior diversos departamentos que contenían papeles. Jackson iba leyéndolos. Sacaba a veces diferentes cuartillas guardadas en sobres alargados.

Miss Marple no permaneció mucho tiempo en su puesto de observación. Únicamente había querido saber qué hacía Jackson dentro del bungaló. Ya lo había averiguado. El servidor de Mr. Rafiel estaba husmeando en los papeles de su señor. ¿Buscaba entre ellos alguno en especial? ¿Hacía eso dejándose llevar por sus instintos naturales? Miss Marple no podía dilucidar tal cuestión. Pero ahora quedaba confirmada su creencia de que Arthur Jackson y Jonas Parry se hallaban unidos inmaterialmente por una serie de afinidades que iban bastante más allá de la semejanza física.

Su problema inmediato era retirarse de allí. Lentamente, se agachó de nuevo y se arrastró por el césped, hasta situarse a una distancia prudente de la ventana. Entonces se levantó y se encaminó a su bungaló. Guardó los zapatos con el tacón desprendido de uno de ellos. Antes los contempló con afecto. Era un ardid excelente aquel. Tal vez tuviera que recurrir a idéntica treta el día menos pensado. Después de calzarse las sandalias se dirigió a la playa, absorta en sus pensamientos.

Aprovechando unos instantes en que Esther Walters se encontraba en el agua, Miss Marple se acomodó en el sillón que aquella había abandonado.

Gregory y Lucky reían y charlaban con la señora de Caspearo, armando los tres un gran alboroto.

Miss Marple habló en voz baja, casi en un susurro, sin mirar a Mr. Rafiel, junto a quien tan oportunamente se había instalado.

—¿Sabía usted que Jackson acostumbra a curiosear entre sus papeles?

—No me sorprende lo que usted dice. ¿Le ha pillado in fraganti?

—Hice lo posible para observarlo desde una de las ventanas del bungaló. Había abierto una de sus maletas y se puso luego a leer algunos documentos.

—Se habrá procurado por no sé qué medio una llave. Es un individuo que no carece de recursos. Sufrirá una desilusión, sin embargo. Nada de lo que puede conseguir por esos desleales procedimientos le hará una pizca de bien.

—Ya baja... —indicó Miss Marple, que había estado mirando unos segundos en dirección al hotel.

—Ha llegado la hora de esa estúpida zambullida diaria. —Mr. Rafiel agregó en un suave murmullo—: He de darle un consejo... No se muestre usted tan emprendedora. No quiero que el próximo funeral sea el suyo. Acuérdese de los años que tiene y ándese con cuidado. Tenga presente que no muy lejos de nosotros se encuentra una persona no sobrada de escrúpulos, ¿me entiende?

# Capítulo 20

## Alarma nocturna

Llegó la noche... Las luces de la terraza del hotel se encendieron...

La gente, mientras cenaba, reía y charlaba, si bien menos ruidosa y alegremente que uno o dos días atrás... Los músicos no descansaban.

El baile, no obstante, terminó temprano. La gente no paraba de bostezar llegada cierta hora. Uno tras otro, los presentes decidieron acostarse... Se apagaron las luces... Reinaba una gran oscuridad en la terraza, una calma absoluta. El Golden Palm dormía...

—¡Evelyn, Evelyn!

El susurro era apremiante, denotaba una gran urgencia... Evelyn Hillingdon se agitó en su lecho y se volvió hacia la puerta del cuarto.

—Evelyn... Despiértese, por favor.

Evelyn Hillingdon se sentó bruscamente en la cama. Tim Kendal estaba plantado en el umbral del dormitorio. La mujer miró enormemente sorprendida al intempestivo visitante.

—Por favor, Evelyn, ¿podría usted acompañarme? Se trata de Molly... Está enferma. No sé qué es lo que le pasa. Creo que debe de haber tomado algo.

Evelyn actuó rápidamente, con decisión.

—De acuerdo, Tim. Iré con usted... Ahora regrese a su lado, no se separe un instante de ella. Yo no tardaré más que unos segundos.

Tim Kendal desapareció. Evelyn se echó encima una amplia bata y miró hacia el otro lecho. Su marido, al parecer, no se había despertado. Seguía tendido en su cama, con la cara vuelta hacia el otro lado. Se oía el suave rumor de su acompasada respiración. Evelyn vaciló un momento... Luego pensó que lo mejor era no decirle nada. Abandonó la habitación, y se dirigió rápidamente hacia el edificio principal y, más allá, al bungaló de los Kendal. Tim no había hecho más que entrar en él.

Molly estaba acostada. Tenía los ojos cerrados y su respiración, bien se apreciaba a primera vista, no era normal. Evelyn se inclinó sobre ella, levantó uno de sus párpados, le buscó el pulso y fijó la mirada en la mesita de noche. Había encima un gran vaso que daba la impresión de haber sido usado. Al lado descubrió Evelyn un frasquito vacío. Lo cogió, estudiando la etiqueta.

—Es un somnífero —explicó Tim—. Ayer o anteayer el frasco estaba casi lleno de píldoras. He pensado que..., he pensado que Molly debió de tomárselas todas.

—Vaya a por el doctor Graham. Por el camino despierte al cocinero que le coja más a mano. Dígale que prepare un café muy cargado, cuanto más cargado mejor. ¡Eche a correr, Tim! ¡No hay que perder un minuto!

Mr. Kendal obedeció. Nada más llegar a la puerta de la habitación tropezó con Edward Hillingdon.

—Lo siento, Edward.

—¿Qué es lo que sucede aquí? —inquirió el coronel Hillingdon—. ¿Qué pasa?

—Molly... Evelyn se encuentra con ella. He de ir a buscar al doctor. Supongo que debí avisarlo antes que a nadie, pero..., no sé, no estaba seguro de lo que tenía que hacer y pensé que Evelyn podría sacarme del apuro. Además, Molly se habría puesto furiosa si requiero los servicios del médico para una cosa sin importancia.

Tim, sin más, echó a correr. Edward Hillingdon contempló su figura unos segundos, y se adentró después en el dormitorio.

—¿Qué ocurre? —preguntó Edward, preocupado—. ¿Es grave?

—¡Ah, eres tú, Edward! Me pregunté si te habríamos despertado. Esta estúpida chiquilla ha ingerido la mayor parte del contenido de un frasco de somníferos.

—¿Es eso malo?

—Depende de la cantidad que se haya tomado. La cosa tendrá remedio si hemos llegado a tiempo. Ya he sugerido la conveniencia de hacer café. Si podemos lograr que se lo beba...

—Pero ¿por qué razón hizo eso Molly? ¿No pensarás que...?

Edward guardó silencio.

—No pensaré ¿qué? —preguntó Evelyn.

—Supongo que no habrá pasado por tu cabeza que tal decisión sea consecuencia de todas estas indagaciones que la policía efectúa actualmente...

—Siempre existe esa posibilidad, por supuesto. Una persona nerviosa puede sentirse desquiciada ante los acontecimientos que estamos viviendo.

—Molly no ha sido nunca víctima de sus nervios.

—En realidad, una no sabe nunca a qué atenerse en este aspecto —afirmó Evelyn—. A veces, frente a ciertos hechos, pierden los estribos las personas consideradas por todos como más serenas.

—Sí. Me acuerdo, precisamente, de que...

Edward volvió a callar.

—La verdad es que nunca sabemos una palabra de los demás —sostuvo Evelyn, quien añadió a continuación—: Ni siquiera de los seres más allegados...

—A mi juicio, Evelyn, esto nos lleva demasiado lejos... ¿No estaremos exagerando?

—No creo. Se piensa en la gente de acuerdo con la imagen que de ella nos forjamos.

—Yo a ti te conozco bien —dijo Edward Hillingdon calmosamente.

—Eso es lo que tú te imaginas.

—No. Estoy seguro de todo lo que a ti se refiere. Tal es tu situación también con respecto a mí.

Evelyn escrutó el rostro de su marido unos segundos. Después se volvió hacia la cama. Cogiendo a Molly por los hombros la sacudió levemente.

—Deberíamos hacer algo por nuestra cuenta. Pero quizá sea mejor esperar a que llegue el doctor Graham... ¡Oh! Alguien se acerca ya...

—¡Magnífico!

El doctor Graham dio un paso atrás, secó la frente de la chica con un pañuelo y suspiró aliviado.

—¿Cree usted que se salvará, doctor? —preguntó Tim ansiosamente.

—Sí, sí. Hemos llegado a tiempo. De todos modos, lo más probable es que no ingiriera una cantidad excesiva de píldoras. Dos días de reposo y se encontrará completamente recuperada. Naturalmente, antes habrá de pasar algunas horas con molestias. —El doctor Graham examinó el frasquito del somnífero—. ¿Quién le aconsejó que tomara este medicamento? —quiso saber.

—Un médico de Nueva York. A Molly le costaba trabajo conciliar el sueño.

—Bien, bien. Actualmente los médicos recurrimos con excesiva frecuencia a estos remedios. A ningún profesional se le ocurre decir nunca a una joven paciente que cuando no pueda dormir se dedique a contar ovejas imaginarias, o que escriba un par de cartas y vuelva a acostarse. Remedios instantáneos, eso es lo que la gente exige del doctor en la actualidad. En ocasiones me inclino a creer que es una lástima que accedamos a los deseos de nuestros pacientes. Hay que aprender a enfrentarse con las contrariedades que ofrece la vida y a intentar vencerlas. Estoy conforme con que se le administre a un bebé un preparado cuando se pretende que calle... —El doctor Graham dejó oír su risita—. Apuesto lo que ustedes quieran a que, si preguntamos a Miss Marple qué es lo que hace cuando no puede dormirse, nuestra buena amiga nos respondería que «contar ovejas...».

El doctor se acercó nuevamente a la cama. Molly se movía. Había abierto los ojos. Paseó la mirada por los rostros de los presentes sin demostrar la menor viveza. No pareció reconocerlos. El médico le cogió una mano.

—¿Quiere usted explicarnos, estimada Molly, qué es lo que ha hecho?

Molly parpadeó durante unos momentos, sin responder nada.

—¿Por qué hiciste eso, Molly? ¿Por qué? ¡Dímelo!

Tim, un tanto emocionado, se había apoderado de la otra mano.

Los ojos de la joven quedaron inmóviles. Luego todos experimentaron la impresión de que se habían fijado en Evelyn Hillingdon. Quizá su expresión hubiese podido traducirse como una pregunta, pero era difícil asegurar nada. Sin embargo, Evelyn habló igual que si hubiese oído la voz de la chica.

—Tim fue a buscarme y me pidió que viniera —dijo sencillamente.

Molly posó su mirada en Tim y luego en el doctor Graham.

—Se pondrá usted bien enseguida, Molly... —dijo

el último—. Y, por favor, no vuelva a intentar una cosa semejante.

—Yo estoy convencido de que Molly no quiso atentar contra su vida. Deseaba, simplemente, procurarse una noche de absoluto reposo. Tal vez las píldoras no surtieron efecto al principio y ella entonces repitió la dosis. ¿Verdad que fue así, Molly?

Tim observó horrorizado que su esposa negaba con la cabeza, de forma apenas perceptible, ciertamente.

—¿Quieres decir... que las tomaste a sabiendas de lo que hacías, a sabiendas de que te iba la vida en ello?

Molly habló ahora.

—Sí —respondió.

—Pero ¿por qué, Molly? ¿Por qué?

La joven cerró los ojos.

—Tenía miedo...

Sus palabras apenas eran audibles.

—¿Miedo? ¿Que tenías miedo? ¿De qué?

Molly guardó silencio.

—Será mejor que la deje usted descansar —sugirió el doctor Graham a Mr. Kendal.

Pero este prosiguió. Y ahora de una manera impetuosa.

—¿Qué fue lo que te inspiraba miedo? ¿La policía? ¿Por qué razón? ¿Porque sus hombres habían estado haciéndote preguntas y más preguntas? Eso no me extraña... Todo el mundo se siente intimidado en circunstancias como esta. Tienes que ser comprensiva, sin embargo. Los agentes se limitan a cumplir con su deber. No hay una animosidad personal en sus actos. Nadie ha podido pensar ni por un instante que...

Mr. Kendal se interrumpió bruscamente.

El doctor Graham hizo un gesto significativo.

—Quiero dormir —dijo Molly.

—Nada le irá mejor que eso —manifestó el doctor. Se encaminó hacia la puerta y los demás lo siguieron.

—Ya verá como duerme profundamente durante varias horas.

—¿Qué cree usted que podría hacer yo ahora, doctor Graham? —le preguntó Tim, quien hablaba con el tono ligeramente aprensivo que adopta casi siempre el hombre ante la enfermedad.

—Quédese aquí si lo desea —replicó Evelyn amablemente.

—¡Oh, no! No me es posible...

Evelyn se aproximó al lecho.

—¿Desea que me quede un rato a hacerle compañía, Molly?

Molly abrió los ojos de nuevo.

—No —repuso.

Tras una breve pausa añadió:

—Tim... Solo Tim...

Este tomó asiento junto a la cama.

—Aquí me tienes, Molly —dijo su marido tomando una de sus manos—. Vamos, duérmete. No temas, que yo no me iré.

Molly suspiró débilmente.

Fuera ya del bungaló, el doctor se detuvo. Los Hillingdon lo habían seguido hasta la entrada.

—¿Está usted seguro de que esa chica no me necesitará? —le preguntó Evelyn al médico.

—No, no, gracias, señora. La compañía de su marido le hará bien. De momento, eso es lo mejor. Mañana, quizá... A fin de cuentas, el hombre tiene que dirigir el hotel. Desde luego, a Molly no debemos dejarla sola.

—¿Sería posible que llevase a cabo una segunda intentona? —preguntó Evelyn Hillingdon.

Graham se frotó la frente.

—Estos casos nunca se conocen a fondo. No obstante, en el de Molly lo juzgo improbable. Como ustedes han podido ver, el método para lograr el restablecimiento resulta desagradable en extremo. Claro, jamás se puede uno confiar. No hay modo de pisar aquí terreno firme. Y ¿si Molly hubiera ocultado en cualquier rincón de su cuarto otro frasco de somníferos?

—Jamás se me hubiera ocurrido pensar que una muchacha como Molly fuese capaz de tomar tal decisión —declaró Evelyn Hillingdon.

Graham respondió secamente:

—No es la gente que habla constantemente de acabar con su vida la que llega al suicidio. Quienes proceden así hallan normalmente en eso una válvula de escape y no pasan de ahí.

—Molly me pareció siempre una joven muy feliz. Quizá sería preferible... —Evelyn vaciló—. Debería decírselo a usted, doctor.

Evelyn Hillingdon le contó al doctor Graham su entrevista con Molly en la playa la noche en que Victoria Johnson había muerto asesinada. La expresión de Graham era bastante grave al finalizar ella su relato.

—Me alegro de que me haya contado usted todo esto, Mrs. Hillingdon. Hay indicaciones claras en sus palabras de que existe una perturbación íntima, profunda, bien arraigada. Sí. Por la mañana hablaré con el marido de Molly.

—Quiero hablar con usted, Mr. Kendal, y muy en serio. Estoy pensando, naturalmente, en su esposa.

Se hallaban sentados en el despacho de Tim. Evelyn Hillingdon había vuelto a su sitio, junto a la cama de Molly. Lucky le prometió a Evelyn que la relevaría más tarde. Miss Marple, asimismo, ofreció su colaboración. El pobre Tim, entre las preocupaciones del hotel, el desasosiego por la salud de su esposa y el último incidente, estaba destrozado.

—No puedo comprenderlo —dijo—. No entiendo a Molly. Ha cambiado mucho de un tiempo a esta parte. No, no es la misma de antes.

—Tengo oído que sufría frecuentes pesadillas... ¿Es cierto esto?

—Sí. Aludía constantemente a sus sueños.

—¿Cuánto tiempo ha venido durando eso?

—¡Oh! No lo sé... No lo sé con exactitud. Supongo que un mes. Quizá seis o siete semanas... Ni ella ni yo dimos nunca importancia a esas pesadillas. Las juzgábamos una cosa pasajera.

—Claro, ya me hago cargo. Pero hay algo que me

preocupa de esas manifestaciones. Molly parece temer a alguien. ¿Formuló alguna queja en ese sentido ante usted?

—Pues... sí. Me dijo en una o dos ocasiones que..., ¡oh...!, que la gente la seguía.

—Esto es, que la espiaban, ¿no?

—Sí. Tal fue la palabra que empleó. Señaló que los que la seguían eran enemigos suyos.

—¿Tiene enemigos su esposa, Mr. Kendal?

—No. Por supuesto que no.

—¿No fue nunca protagonista de algún incidente especial en Inglaterra? ¿No supo usted de algo en cierto modo particular e interesante relativo a su persona y anterior a su matrimonio?

—¡Oh, no! Molly no se llevaba bien con su familia, eso es todo. Su madre era una mujer excéntrica más bien, con la que le costaba trabajo convivir, pero...

—¿Ha padecido alguno de esos familiares trastornos mentales?

Tim abrió la boca impulsivamente y la volvió a cerrar sin decir nada. De forma mecánica, jugueteó con una pluma estilográfica que tenía delante, sobre la mesa.

El doctor Graham apuntó:

—Me veo en la precisión de insistir, Tim. Sería mejor que respondiese a mi pregunta.

—De acuerdo, doctor Graham. He de darle una contestación afirmativa. Una tía de mi mujer estuvo algo trastornada de la cabeza. Nada grave, eso sí. La cosa, a mi juicio, carece de importancia. Quiero decir que es rara la familia en la que no se encuentra un caso semejante.

—Tiene usted razón. No me proponía alarmarle, ni mucho menos. Ahora bien, determinados antecedentes en ese aspecto hubieran podido mostrarnos una tendencia a los desórdenes mentales conducentes a decisiones trágicas o, por lo menos, a la invención de peligrosas fantasías.

—En realidad, sé muy poco de todo eso —declaró Tim—. La gente suele mostrarse reservada con cuanto se refiere a las vidas de sus familiares, sobre todo si estos no son del todo normales.

—Conforme, Mr. Kendal. Y Molly... Supongo, esto es muy natural, que tendría amigos... ¿No estuvo prometida con ninguno? ¿No se relacionó con ningún muchacho capaz de amenazarla, impulsado por los celos? ¿No hubo nada en su vida por el estilo de lo que pretendo indicar con tales ejemplos?

—Lo ignoro. Me inclino a creer que no... Respecto a su primera pregunta, debo decirle que Molly estuvo prometida con otro hombre antes de conocerme a mí. Sus padres se oponían a la relación, según tengo entendido, y yo pienso que ella prolongó su aventura con él por efecto de la oposición hallada entre los suyos, por el afán de desafiar a estos y satisfacer un amor propio mal entendido. —Tim Kendal sonrió—. Ya sabe usted lo que suele suceder con estas cosas cuando somos jóvenes. Un simple flirteo y basta que nuestros padres nos digan que no tajantemente, porque ellos advierten el peligro, para que nos interese más que nunca el juego.

El doctor Graham también esbozó una sonrisa.

—Es verdad —comentó—. Los padres deben actuar con mucho tacto al hacer uso de sus derechos. Habitualmente, los chicos se obstinan en llevarles la contraria, sobre todo en el terreno sentimental. Ese hombre del que me ha hablado, ¿no amenazó nunca a Molly?

—Estoy seguro de que no hizo nada de eso. Molly me lo habría dicho. Ella alegó que le había tomado cierto apego por su aureola de conquistador y sus desenvueltos ademanes, que le habían granjeado una reputación nada favorable. Ahora bien, esas cosas, en la época juvenil, producen un efecto totalmente contrario al normal, como usted sabe.

—Sí, sí, claro. Bueno, el caso es que ese incidente carece de importancia. Toquemos otro tema... Al parecer, su esposa ha sufrido recientemente periodos de amnesia. Durante ellos, Molly se olvidaba por completo de ciertas acciones pasadas. ¿Estaba usted informado de eso, Mr. Kendal?

—No, no. Molly no mencionó jamás eso ante mí. Verdad es que en determinadas ocasiones se expresaba con alguna vaguedad... Lo he recordado ahora mismo, por haber tocado usted ese tema. —Tim guardó silencio unos segundos. Reflexionaba. A continuación, añadió—: Sí. Eso aclara algunas cosas extrañas. Yo no me explicaba a veces cómo olvidaba hasta los encargos más sencillos. En ocasiones no recordaba siquiera en qué momento del día vivía. Supuse que se estaba volviendo extraordinariamente distraída.

—Resumiendo, Tim: yo le aconsejo que lleve usted a su esposa a un buen especialista.

Tim encontró extraño el consejo del doctor y pareció irritarse. Su rostro enrojeció...

—A un especialista en enfermedades mentales, quiere usted decir, ¿no?

—Vamos, vamos, Mr. Kendal. No nos obstinemos en recurrir a las etiquetas más alarmantes o molestas. Vea a un neurólogo o un psicólogo, a alguien, en fin, especializado en lo que el vulgo denomina, generalizando, «trastornos nerviosos». En Kingston trabaja un profesional de gran renombre. O trasládese a Nueva York, donde encontrará los médicos que guste dedicados a esa rama de la medicina. Los terrores que atormentan a su esposa han de tener forzosamente una causa. Busque consejo para ella, Tim. ¡Ah! Y hágalo lo antes posible.

El doctor Graham oprimió significativa y afectuosamente un hombro del joven, y se puso a continuación en pie, disponiéndose a salir.

—De momento, no tiene usted por qué preocuparse. Su esposa está rodeada de buenos amigos aquí y todos haremos lo que podamos para cuidarla.

—Molly no... ¿Cree usted que intentará de nuevo... lo de antes?

—Lo considero muy poco probable —manifestó el doctor Graham.

—No está usted seguro...

—No se puede estar nunca seguro de nada dentro del campo de la medicina. He aquí una de las primeras cosas que se aprenden en nuestra profesión. —Con la mano todavía sobre uno de los hombros de Tim, Graham añadió—: Todo se arreglará. No se preocupe, Mr. Kendal.

Este esperó a que el médico hubiese abandonado la habitación para exclamar:

—¡Qué fácil es decir eso! ¡Que no me preocupe! Pero, bueno, ¿de qué cree ese hombre que estoy hecho?

# Capítulo 21
## Jackson entiende de cosméticos

—¿Seguro que no le importa, Miss Marple? —preguntó Evelyn Hillingdon.

—No, no, de veras, querida —contestó Miss Marple—. Me encanta ser útil a los demás de una forma u otra. A mi edad, ¿sabe usted, Evelyn?, se tiene a veces la impresión de que una no sirve para nada. Tal impresión es más fuerte en sitios como este, donde todo el mundo se dedica, simplemente, a pasarlo lo mejor posible. Es natural. Se carece de deberes apremiantes que atender... Por supuesto que me encantará hacer compañía a Molly. Usted no se preocupe: disfrute todo lo que pueda en esa excursión. Van a visitar Pelican Point, ¿verdad?

—Sí. A Edward y a mí nos encanta ese lugar. No nos cansamos de observar a las aves abatiéndose a intervalos regulares para remontar el vuelo unos minutos después con su pez de turno en el pico. Tim está con Molly ahora. Pero tiene obligaciones urgentes, cosas que reclaman su inmediata atención... Por otro lado, no quiere que su mujer se quede sola.

—Y yo lo apruebo —dijo Miss Marple—. En su lugar, creo que pensaría igual. Cuando una persona ha realizado una intentona como la de Molly, todas las precauciones son pocas. Nunca se sabe... Bien, Evelyn... Váyase, váyase, querida.

Evelyn, efectivamente, se marchó para reunirse con el pequeño grupo que la estaba esperando. Figuraban en este los Dyson, su esposo y tres o cuatro personas más. Miss Marple comprobó el contenido de su bolso, cerciorándose así de que llevaba consigo su equipo de costumbre, y se encaminó luego al bungaló de los Kendal.

Al llegar oyó la voz de Tim. Una de las ventanas de la pequeña construcción estaba entreabierta...

—¡Si al menos accedieras a decirme por qué lo hiciste, Molly! ¿Qué es lo que te impulsó a dar ese paso? ¿Te he ofendido en algo? Tiene que existir alguna causa que explique tu decisión. ¡Sé sincera conmigo, Molly!

Miss Marple se detuvo. Hubo una breve pausa antes de que Molly hablara. Pronunciaba las palabras con un tono que revelaba su cansancio.

—No puedo explicarte nada, Tim. ¿Qué quieres que te diga? Supongo que..., que fue una idea que se me ocurrió de pronto.

Miss Marple llamó con los nudillos a la puerta un par de veces y pasó al interior a continuación.

—¡Ah, es usted, Miss Marple! No sabe cuánto agradezco su atención.

—No tiene que agradecerme nada. Esto carece de

importancia. Me encanta ayudar al prójimo. ¿Puedo sentarme en esta silla? Su aspecto ha mejorado mucho, Molly. Me alegro, ¿eh?

—Sí. Me encuentro bien, muy bien —repuso Molly—. Un poco amodorrada, quizá.

—No debemos hablar, Molly. Usted calle ahora. Limítese a descansar. Yo me entretendré haciendo labor, como siempre.

Tim Kendal salió de la habitación no sin antes dirigir a Miss Marple una mirada que denotaba su agradecimiento.

Molly reposaba. Se había tendido sobre el lado izquierdo. Sus ojos carecían de brillo, revelando la gran fatiga que la poseía. Con una voz que era casi un susurro dijo:

—Es usted muy amable, Miss Marple. Creo..., creo que voy a dormir un poco.

Se acurrucó, cerrando los ojos. Su respiración era más regular ahora, aunque distaba mucho de ser normal. Una prolongada experiencia en aquellos menesteres llevó a Miss Marple, en un movimiento casi involuntario, a estirar las ropas del lecho, ordenándolas. Al hacer esto sus dedos tropezaron con un objeto duro, de forma rectangular, embutido bajo el borde del colchón. Sorprendida, tiró de él. Se trataba de un libro...

Los ojos de Miss Marple se fijaron en una rápida mirada en el rostro de la joven. No se movía. Se había quedado dormida, evidentemente. Miss Marple abrió el libro. Era, según apreció enseguida, una obra sobre las enfermedades nerviosas. El libro vino a abrirse por un capítulo consagrado a la descripción de las manías persecutorias y otras manifestaciones esquizofrénicas y síntomas afines.

No era aquella una obra de carácter técnico, sino de divulgación, que, por tanto, podía ser en sus detalles comprendida por el público profano. La grave expresión que se dibujó en el rostro de Miss Marple se acentuó a medida que leía... Unos minutos después cerró el libro y se quedó pensativa. Luego se inclinó hacia delante y lo volvió a colocar donde lo había encontrado, bajo el colchón.

Movió la cabeza, perpleja. Procurando no hacer el menor ruido, abandonó su silla. Se acercó a la ventana más próxima y entonces, repentinamente, se giró. Por una fracción de segundo vio los ojos de Molly abiertos... Miss Marple vaciló. No sabía a qué atenerse. La furtiva y rapidísima mirada de Molly, ¿había sido fruto de su imaginación? ¿Estaba Molly fingiendo que dormía? Aquello podía ser, sin embargo, algo natural. Tal vez hubiese pensado que Miss Marple empezaría a hablarle si comprobaba que estaba despierta. Sí. Eso era lo que había ocurrido.

¿Había sorprendido en aquella mirada brevísima de Molly un destello de astucia? De ser así, le resultaba sumamente desagradable, aparte de intrigante. «Nunca sabemos nada de nada», se dijo Miss Marple, más cavilosa que de costumbre.

Decidió que en cuanto se le presentara la ocasión charlaría con el doctor Graham. Volvió a su silla, junto al lecho. Cinco minutos después se dijo que Molly dormía realmente. Despierta no hubiera podido permanecer tan inmóvil como la veía ni su respiración habría sido tan acompasada. Miss Marple volvió a ponerse en pie. Hoy llevaba sus zapatos de lona con suelas de goma. Quizá no fuese aquel un calzado muy elegante, pero lo cierto era que se acomodaba perfectamente al clima del lugar y resultaba confortable y holgado para sus pies.

Recorrió silenciosamente todo el dormitorio y se detuvo junto a las dos ventanas, desde las cuales se observaba el terreno circundante en dos direcciones.

Reinaba allí la más absoluta tranquilidad. No se veía a nadie por las inmediaciones. Miss Marple se retiró... En el momento en que iba a sentarse de nuevo se quedó quieta. Le pareció haber oído un débil ruido fuera. Algo así como el roce de la suela de unos zapatos sobre el pavimento. Parpadeó, intrigada... Luego se encaminó a la ventana que acababa de abandonar y la dejó entreabierta.

Seguidamente se dirigió hacia la puerta de la habitación y al abrirla volvió la cabeza para decir:

—Estaré ausente tan solo unos minutos, querida. Quiero acercarme a mi bungaló. No sé dónde demonios he puesto ciertas instrucciones que me dieron para poder hacer la labor que tengo entre manos. Estaba segura de habérmelas traído. Supongo que no pasará nada porque salga un momento, ¿verdad?
—Las últimas palabras de Miss Marple fueron, simplemente, un pensamiento expresado en voz alta—:

Se ha dormido. Lo mejor que podía sucederle, indudablemente.

Una vez que hubo descendido por la escalera de la entrada torció a la derecha y comenzó a deslizarse por el camino que pasaba por allí. Un observador casual se hubiera sorprendido al ver a Miss Marple cruzar un macizo de flores para llegar rápidamente a la parte posterior del bungaló para volver a entrar en él por la segunda puerta de la casita. Esta conducía a un pequeño cuarto que Tim utilizaba en ocasiones como despacho «no oficial». Desde este se pasaba al saloncito de estar.

Aquí había unas grandes cortinas, medio corridas para que el lugar se mantuviera fresco. Miss Marple se apostó tras ellas. Esperó pacientemente... Desde la ventana de esta parte de la casa podría divisar fácilmente a cualquier persona que se dirigiese al dormitorio de Molly. Transcurrieron unos minutos, cuatro o cinco, antes de que viera algo...

Jackson, embutido en su uniforme blanco, subía por la escalera de acceso de la entrada. Se detuvo un minuto en la galería y a continuación pareció llamar discretamente, rozando apenas la puerta. Miss Marple no oyó ninguna respuesta. Jackson miró a su alrededor, furtivamente, decidiéndose por fin a penetrar en la casa. Miss Marple se trasladó a la puerta que llevaba directamente al dormitorio. No la franqueó. Se limitó a mirar por la cerradura.

Jackson acababa de entrar allí. Se acercó a la cama, contemplando unos momentos el rostro de la chica, que dormía. A continuación, se encaminó no al cuarto de estar, sino a la puerta que comunicaba con el baño. Miss Marple enarcó las cejas, sorprendida. Reflexionó... Unos segundos después se deslizaba por el pasillo, y entró en el cuarto de baño por la otra puerta.

Jackson, que se encontraba en aquellos instantes examinando el estante de cristal del lavabo, giró en redondo... para poner acto seguido una cara de asombro indescriptible, cosa que, desde luego, no era de extrañar.

—¡Oh! —exclamó—. No..., no...

—Mr. Jackson... —acertó a decir Miss Marple, no menos sorprendida que él.

—... creí que la encontraría aquí, en esta casa...

—¿Deseaba usted algo? —preguntó, intrigada, Miss Marple.

—En realidad —contestó Jackson—, solo me proponía averiguar la marca de la crema facial que usa Mrs. Kendal.

Miss Marple advirtió entonces que Jackson tenía en las manos, efectivamente, un tarro. Hábilmente, se había referido a este enseguida.

—Esto huele muy bien —dijo el servidor de Mr. Rafiel, aproximando la nariz al tarro—. Todos los cosméticos de esta casa suelen estar magníficamente preparados. Las marcas más baratas no se acomodan a todas las pieles. No dan tampoco el mismo resultado. Pasa igual con los polvos faciales...

—Al parecer, usted domina el tema, ¿eh? —manifestó Miss Marple, con cierta ironía.

—Trabajé por algún tiempo en el ramo farmacéutico —declaró Jackson—. Acaba uno aprendiendo muchas cosas en relación con los cosméticos. Son muchos los fabricantes que no hacen otra cosa que lanzar al mercado tarros de fantasía cuyo contenido deja mucho que desear... Atraídas por el lujoso envase, las mujeres los adquieren y los comerciantes resultan ser los únicos beneficiados.

—¿Es eso lo que...? —inquirió Miss Marple, sin terminar deliberadamente su frase, convencida de que Jackson la entendería solo con oír aquellas cuatro palabras.

—No, no he venido aquí para hablar de cosméticos —respondió Jackson, dócilmente.

«Tú, amiguito, no has dispuesto del tiempo necesario para forjar una mentira —pensó Miss Marple—. Veamos, veamos qué se te ocurre.»

—La verdad es que ha pasado lo siguiente: el otro día, Mrs. Walters le prestó a Mrs. Kendal su lápiz de labios. Vine aquí a por él. Llamé a la puerta y, tras comprobar que Mrs. Kendal se hallaba profundamente dormida, pensé que nada tenía de particular que entrara yo en este cuarto de baño y buscara la barra de carmín de la secretaria de Mr. Rafiel.

—Ya, ya... Y ¿qué? ¿Dio con ella?

Jackson negó con un movimiento de cabeza.

—Mrs. Kendal ha debido de guardarla en uno de sus bolsos —dijo despreocupadamente—. Bueno..., es igual. Mrs. Walters no va a disgustarse por eso, ni mucho menos. Mencionó el incidente de paso, por casualidad. —Jackson examinó los frascos restantes, que ocupaban casi todo el espacio del estante del lavabo—. Pocas cosas tiene aquí Mrs. Kendal, ¿no le parece? ¡Ah, claro! A su edad no se precisa mucho de estos preparados. La piel, como es natural, resulta fresca, suave, fina...

—Usted no debe mirar a las mujeres con los ojos de los demás hombres —subrayó Miss Marple, sonriendo agradablemente.

—Tiene usted razón. Los diversos oficios que he tenido que ejercer han alterado en mí el punto de vista común.

—Usted sabe bastante sobre fármacos, ¿verdad?

—¡Oh, sí! Ha sido trabajando como me he familiarizado con ellos. ¿Quiere que le sea sincero? Yo creo que actualmente se abusa de ellos. Existen en el mercado demasiados tranquilizantes, excesivas píldoras vigorizadoras, infinitos medicamentos milagrosos. Nada hay que decir de aquellos que se adquieren por prescripción facultativa. Ahora bien, son muchísimos los que se venden libremente. Algunos de estos constituyen un auténtico peligro.

—Estoy de acuerdo con usted, sí, estoy de acuerdo —murmuró Miss Marple.

—Las drogas influyen poderosamente en la conducta humana. Usted habrá oído hablar de los arranques histéricos de la juventud actual... ¿Sabe a qué se deben? Sencillamente: los chicos han tomado esto o aquello. ¡Oh! Lo que le digo no constituye ninguna novedad. En Oriente, bueno, hablo así, pero no porque haya estado allí, ¿eh?, ocurren todos los días cosas muy extrañas. Se sorprendería usted si supiera la de pócimas raras que las mujeres indias administran a sus esposos. Examinemos el caso de una joven casada con un hombre decrépito. Desde luego, no es que piense ella en desembarazarse del marido... Eso la llevaría a que la quemasen en la pira funeraria, quizá, o a verse repudiada por la familia. Una viuda lo puede pasar muy mal en la India. Por tal motivo, aquella recurre a la treta de administrar secretamente a su esposo ciertas drogas que mantienen al hombre sumido en un sopor continuo, produciéndole alucinaciones, que lo convierten en un enfermo mental. —Jackson, reflexivo, movió la cabeza—. Sí, ya sé qué es lo que va a decirme: que es un sucio trabajo el que llevan a cabo esas mujeres...

Tras una breve pausa, el servidor de Mr. Rafiel prosiguió:

—Hablemos ahora de las brujas. Se conocen numerosos detalles de ellas. ¿Por qué acababan confesando siempre? ¿Por qué admitían con tanta facilidad su naturaleza, aceptando haber sido vistas volando sobre escobas, rumbo a los lugares en que celebraban sus reuniones sabatinas?

—Supongo que eso se lograba mediante la tortura —respondió Miss Marple.

—No en todos los casos —dijo Jackson—. ¡Oh, sí! Por supuesto que eso influyó mucho en dicho sentido. Pero es que las confesiones a las que he aludido datan de una época anterior a la primera mención de la tortura. Las brujas incluso alardeaban de sus poderes. La verdad se reducía a eso: las personas calificadas de «brujas» acostumbraban a untar sus cuerpos con determinadas sustancias. Algunos de los preparados, a base de belladona, atropina y otras cosas semejantes, en contacto con la piel, les proporcionaban una sensación de aligeramiento, de ingravidez. ¡Llegaban a pensar que flotaban en el aire! ¡Pobres criaturas!

»Y ahora le hablaré de los asesinos, unos pueblos del Medievo enclavados en Siria, en el Líbano... Tomando cannabis, sus habitantes lograban sumergirse en un paraíso artificial, lleno de huríes, donde se disfrutaba sin limitación de tiempo... Se enseñaba a los jóvenes que eso era lo que les esperaba después de la muerte, si bien para alcanzar tal meta era preciso también cometer un crimen ritual. ¡Oh! Estoy empleando un lenguaje muy simple para contárselo, pero es que en realidad todo estaba reducido a lo que le he referido.

—Podríamos extraer una conclusión de cuanto lleva dicho, Jackson. Esta: la gente es muy crédula.

—Pues... sí, me parece que tiene mucha razón, Miss Marple.

—La mayor parte de las personas se muestran propensas a creer todo lo que se les dice. Se trata de una inclinación casi natural. —A continuación, Miss Marple añadió, insinuante—: ¿Quién le contó a usted esas historias de la India sobre jóvenes esposas? —Antes de que Jackson pudiera contestar, inquirió—: ¿Fue el comandante Palgrave?

Jackson se quedó ligeramente sorprendido.

—Sí, sí... En realidad, fue él. Oí de sus labios muchos relatos semejantes. Por supuesto, estos databan de una época muy anterior a su juventud. No obstante, daba la impresión de hallarse bien informado.

—El comandante Palgrave estaba convencido de que dominaba materias muy diversas —informó Miss Marple—. Con frecuencia incurría en inexactitudes ante sus auditorios. Pero creía tener respuesta para todo.

Se oyó un leve ruido en el dormitorio. Miss Marple volvió la cabeza rápidamente. Se apresuró a salir del cuarto de baño. Entonces vio a Lucky Dyson plantada delante de la puerta.

—Yo... ¡Oh! No esperaba encontrarla a usted aquí, Miss Marple.

—Acababa de entrar en el cuarto de baño —explicó Miss Marple, con cierta reserva.

Jackson, aún en el interior de este, sonrió. Hallaba divertida la actitud de aquella dama.

—Me pregunté si habría algún inconveniente en que hiciese compañía durante un rato a Molly —manifestó Lucky, mirando en dirección al lecho—. Está dormida, ¿no?

—Creo que sí —repuso Miss Marple—. Pero lo importante es que se encuentra perfectamente. Vaya, vaya a divertirse un poco, querida. Estaba segura, casi, de que se había marchado también de excursión.

—Ese fue mi propósito al principio —explicó Lucky—. Pero luego sufrí un terrible dolor de cabeza y

desistí de acompañar a los demás en el último momento. Después me dije que quizá podría ser de alguna utilidad a la enferma.

—Una atención muy de agradecer —subrayó Miss
Marple. Volvió, luego, a ocupar su silla junto a la cama
de Molly, para iniciar su labor de costumbre, añadiendo—: No se preocupe por mí. Me encuentro muy a
gusto en esta habitación.

Lucky pareció vacilar un momento... Luego dio la
vuelta y salió del dormitorio. Miss Marple aguardó
unos instantes y se acercó a continuación de puntillas
al cuarto de baño. Pero Jackson se había marchado ya,
utilizando, indudablemente, la otra puerta. Miss Marple cogió el tarro de crema facial que él había tenido
en las manos y se lo guardó en uno de los amplios bolsillos de su vestido.

# Capítulo 22

¿Un hombre en su vida?

Aquello de iniciar de forma natural una charla con el doctor Graham no se presentaba tan fácil como Miss Marple había esperado. No quería abordarlo sin más porque deseaba evitar que él diese importancia a las preguntas que pensaba formularle.

Tim había vuelto junto a Molly. Miss Marple se puso de acuerdo con él para relevarlo durante la hora de la cena. En esos momentos era necesaria la presencia del joven en el comedor del hotel. Mr. Kendal le notificó que Mrs. Dyson se encargaría de buena gana de atender a su mujer si no lo hacía Mrs. Hillingdon, pero Miss Marple se mostró intransigente en ese punto, alegando que las dos se hallaban en edad de divertirse o de pasarlo lo mejor posible y que ella, en cambio, prefería la tranquilidad del dormitorio después de tomar, a primera hora, una cena ligera. De esta manera, añadió, las tres quedarían satisfechas. Una vez más, Tim le dio las gracias calurosamente.

Mientras avanzaba por el camino que unía varios

bungalós, entre los cuales se hallaba el del doctor Graham, Miss Marple se dedicó a planear sus próximos pasos.

Tenía en la cabeza un montón de ideas contradictorias. Esto era precisamente lo que más disgustaba a Miss Marple, más que ninguna otra cosa en el mundo. Aquel asunto, en sus comienzos, había estado bien claro. Miss Marple evocó la figura del comandante Palgrave, su lamentable capacidad como narrador de historias, su indiscreción, que a alguien había sorprendido, y la consecuencia de esta: su muerte veinticuatro horas después. Aquellos prolegómenos no habían ofrecido muchas dificultades, se dijo ella.

Pero luego, tuvo que reconocer a su pesar, habían surgido varios obstáculos, uno tras otro, y ya no sabía por qué camino tirar... ¿De qué le había servido, en primer lugar, aceptar la conveniencia de no creer nada de lo que le hubieran dicho, de no confiar en nadie? ¿Qué fruto había podido sacar basándose en el parecido de las personas que había conocido allí con ciertos seres que habitaban en St. Mary Mead?

Pensaba constantemente en la víctima... Alguien iba a ser asesinado en breve y ella no cesaba de decirse que era forzoso que supiese quién era aquel alguien. Allí había algo raro... ¿Algo que oyera, que observara indirectamente, que viera con sus propios ojos?

Una de aquellas personas que la rodeaban durante el día le había dicho una palabra o una frase que daban sentido al caso. ¿Habría sido Joan Prescott? Joan

Prescott había hablado de una infinidad de cosas, relativas a un sinfín de gentes. ¿Se trataba de habladurías? ¿Había incurrido en pecado? ¿Qué era exactamente lo que Joan Prescott le había dicho?

Gregory Dyson, Lucky... La mente de Miss Marple quedó saturada momentáneamente por la mujer. Lucky se había visto profundamente afectada por la muerte de la primera esposa de Gregory. Todo tendía a poner de relieve este hecho. ¿Sería posible que la víctima predestinada que la preocupaba hora tras hora fuese Gregory Dyson? ¿Sería posible que Lucky intentara probar suerte con otro esposo, ansiando además de la libertad la gran herencia que percibiría por el hecho de convertirse en la viuda de Greg?

«En realidad —pensó Miss Marple—, todo esto es pura conjetura. Soy una estúpida. Lo sé perfectamente. La verdad debe de ser muy simple en el presente caso. Creo que la veríamos si lográsemos apartar la "paja", todos esos detalles accesorios que siempre lo complican todo.»

—¿Habla usted a solas? —inquirió Mr. Rafiel.

Miss Marple se sobresaltó. No se había dado cuenta de que este se le estuviera acercando. Apoyado en Esther Walters, el viejo se encaminaba lentamente a la terraza del hotel.

—No le había visto, Mr. Rafiel.

—Observé que sus labios se movían... ¿En qué ha quedado aquella prisa de la que hacía gala?

—La urgencia subsiste. Lo que pasa es que no sé cómo...

—Supongo que su desorientación será pasajera. Bueno, ya sabe que si precisa de alguna ayuda puede contar conmigo.

Mr. Rafiel volvió la cabeza. Jackson se aproximaba al grupo.

—Por fin aparece usted, Jackson. ¿Dónde diablos se mete, que jamás logramos encontrarle a usted cuando nos es más necesario?

—Lamento lo ocurrido, Mr. Rafiel.

Moviéndose con destreza, el joven sustituyó a Esther Walters. Mr. Rafiel se sintió, a partir de aquel momento, más seguro.

—¿Desea ir a la terraza, señor?

—Lléveme al bar. Ya puede usted irse, Esther. ¿No quería cambiarse de ropa? Búsqueme en la terraza dentro de media hora.

Jackson y Mr. Rafiel se marcharon. Mrs. Walters se dejó caer en la silla que había junto a Miss Marple, frotándose varias veces el brazo en que había estado apoyado el anciano.

—Mr. Rafiel parece pesar poco, pero la verdad es que tengo este brazo entumecido. No la he visto en toda la tarde, Miss Marple.

—He estado haciendo compañía a Molly Kendal —explicó Miss Marple—. Parece que se encuentra muchísimo mejor.

—Si quiere usted saber mi opinión, le diré que no creo que le pasara nada grave —dijo Esther Walters.

Miss Marple enarcó las cejas. Esther había hablado en un tono decididamente seco.

—Pero entonces... Usted piensa que su intento de suicidio...

—Yo no creo que hubiese ningún intento de suicidio, sencillamente —repuso Esther Walters—. No he creído ni por un momento que ingiriese una dosis excesiva de somníferos, y estimo que el doctor Graham piensa igual que yo.

—Esa afirmación suya despierta mi interés. ¿En qué basa sus manifestaciones?

—Estoy convencida de que no me equivoco. ¡Oh! Se trata de algo que sucede muy a menudo. Es un procedimiento tan eficaz como cualquier otro de llamar la atención.

—«¿Estarás pesaroso cuando yo haya muerto?» —citó Miss Marple.

—Una cosa por el estilo —replicó Esther Walters inmediatamente—. Sin embargo, me inclino a pensar que en este caso particular se trataba de algo distinto. Lo que ha insinuado usted es lo que sucede en un matrimonio cuando el marido es ligero de cascos y la esposa está muy enamorada de él.

—¿Es que no cree usted que Molly esté enamorada de Tim?

—¿Usted sí? —inquirió Esther Walters.

Miss Marple consideró detenidamente aquellas dos palabras y el tono con que había sido formulada la pregunta.

—Yo me había figurado que sí, quizá erróneamente —contestó.

Esther esbozó una sonrisita irónica.

—Sepa que me he enterado de algunas cosas respecto a Molly... —dijo.

—¿Gracias a Miss Prescott?

—¡Oh!, llegaron a mi conocimiento por muy diversas fuentes. Hay un hombre de por medio... Alguien a quien Molly quiso mucho, pero que se vio rechazado por sus familiares.

—Sí. Estoy enterada de eso.

—Más tarde, Molly contrajo matrimonio con Tim. Tal vez sintiese por él un gran afecto en cierto modo. Pero el «otro» no renunció. En más de una ocasión me he preguntado: ¿habrá sido capaz de seguirla hasta aquí?

—Es posible. Y... ¿quién es ese hombre?

—No tengo la menor idea sobre su identidad —manifestó Esther—. Me imagino que esa pareja debe de haber adoptado algunas precauciones...

—¿Cree usted que Molly aún quiere a ese hombre?

Esther se encogió de hombros.

—Yo aseguraría que el individuo en cuestión es una «mala pieza» —declaró—. Ahora bien, así suelen ser muchísimas veces los sujetos que saben lo que hay que hacer para conquistar la voluntad de una mujer.

—¿Nunca le facilitaron detalles sobre ese misterioso personaje?

Esther negó con la cabeza.

—No. Nunca. Hay quien ha aventurado algunas suposiciones, pero no se puede sacar nada en limpio de ellas... Es posible que nuestro hombre estuviese casado. Puede que la familia lo rechazase por tal circunstancia, o por llevar una vida irregular, o por haberse entregado a la bebida, o por ser un delincuente... ¡Vaya usted a saber! Una cosa debo advertirle, sin embargo: Molly se siente interesada todavía por él. He aquí un detalle del que estoy segura.

—¿Qué ha visto usted? ¿Qué ha oído? —se aventuró a preguntar Miss Marple.

—Sé muy bien lo que me digo —repuso Esther.

Se había expresado con sequedad, dando a sus palabras una entonación nada cordial.

—Esos crímenes... —empezó a decir Miss Marple.

—¿No puede usted olvidarse de ellos un momento? —preguntó Esther Walters—. Ha conseguido que el propio Mr. Rafiel se interese por ellos. Vamos, olvídelos... De todas maneras, no logrará averiguar nada más. ¡Oh! También de esto último estoy segura.

—Usted cree estar al tanto de todo, ¿eh? —inquirió hablando muy despacio.

—Ciertamente.

—Y ¿no piensa que sería conveniente que dijese cuanto sabe? Habría que hacer algo...

—¿Por qué he de hablar? ¿Qué lograría con ello? No me sería posible probar nada. ¿Qué podría suceder, de todas maneras? Además, actualmente, las personas que cometen algún delito recuperan la libertad sin muchas dificultades. No sé... Se habla de «responsabilidad limitada» y de otras lindezas por el estilo. Unos cuantos años en prisión, muy pocos, y después a la calle, como si nada.

—Suponga usted que por guardar silencio alguien más muere asesinado...

Esther hizo un gesto negando, un gesto que delataba una confianza absoluta en sí misma.

—Eso no sucederá, Miss Marple.

—He aquí algo acerca de lo cual no puede usted abrigar la menor seguridad.

—Se equivoca. Y, sea como sea, no puedo comprender quién... —Mrs. Walters frunció el ceño—. Tal vez eso —añadió, inconsecuentemente, al parecer— sea considerado también un caso de «responsabilidad limitada». Quizá no se puede evitar... Sí, claro, por el hecho de tratarse de una criatura mentalmente desequilibrada. ¡Oh! No sé a qué atenerme... Lo mejor sería que ella se marchase con quien fuera... Los demás nos esforzaríamos luego por olvidar ciertas cosas.

Esther consultó su reloj de pulsera y reprimió una exclamación de asombro. Se puso en pie.

—Todavía tengo que ir a cambiarme de ropa.

Y se dirigió hacia la casa.

Miss Marple fijó pensativa la mirada en su figura mientras se alejaba. Sus palabras se le habían antojado bastante enigmáticas... ¿Atribuía Esther acaso la responsabilidad de la muerte del comandante Palgrave y de Victoria Johnson a una mujer? De sus palabras parecía deducirse eso. Miss Marple continuó reflexionando...

—¡Hombre! Aquí tenemos a Miss Marple, sentada tranquilamente, sola... y sin hacer su habitual labor de aguja.

El doctor Graham, a quien había estado buscando infructuosamente largo rato, acababa de expresarse en aquellos términos. Espontáneamente, se disponía a sentarse frente a ella, seguro que con el propósito de hacerle compañía unos minutos. Miss Marple se dijo que su charla sería breve, ya que él tendría que ir a su bungaló para cambiarse de traje, con vistas a la cena, y solía ser de los huéspedes que se presentaban a primera hora en el comedor. Comenzó explicándole que se había pasado la tarde junto al lecho de Molly Kendal.

—Me extraña muchísimo que haya podido recuperarse tan rápidamente —declaró luego.

—Bueno... No hay por qué sorprenderse. En realidad, ¿sabe usted?, no ingirió una dosis exagerada de somníferos.

—¿Cómo es eso? Yo tenía entendido que se había tomado medio frasco de píldoras.

En el rostro del doctor Graham apareció una sonrisa de indulgencia.

—Yo no pienso que tomara tantas. Me atrevería a decir que en un principio, probablemente, eso fue lo que se propuso. Después, sin duda, desistió de ello y se deshizo de la mayor parte. Los presuntos suicidas no son tan decididos como pudiera suponerse. Se resisten interiormente a afrontar el fin. En ocasiones como esta, la dosis calculada queda por debajo de la prevista. No es que se engañen deliberadamente, no. Es que el subconsciente vela por su integridad física...

—¡Oh! ¿No podría ser una cosa planeada con un

objetivo determinado? Quizá ella quisiera haber dado la impresión de que...

Miss Marple guardó silencio de pronto.

—Es posible —confirmó el doctor Graham.

—Tal vez ella y Tim hubiesen reñido y...

—Tim y Molly no discuten nunca. Parecen quererse mucho. Naturalmente, en alguna ocasión aislada puede ser que surjan puntos de vista distintos entre ellos. No hay una sola pareja que no pase por eso. ¡Ah! Me resisto a creer ahora que Molly se encuentre tan mal que no pueda levantarse e ir de un lado para otro, como de costumbre. Esto, ya lo sé, no es conveniente, sin embargo. Sí. Vale más que permanezca acostada un día o dos, descansando...

El doctor Graham se puso en pie, saludó a Miss Marple con una leve reverencia y echó a andar hacia el hotel. Ella continuó sentada durante unos minutos más en el mismo sitio.

Cruzaron varias ideas por su cabeza... Pensó en el libro que había hallado bajo el colchón del lecho de Molly... En el momento en que esta había fingido estar durmiendo... Recordó las cosas que le había dicho Joan Prescott y, más adelante, Esther Walters... Se trasladó luego mentalmente al principio de todo, evocando la figura del comandante Palgrave.

Algo impreciso forcejeaba en su cerebro, pugnando por abrirse paso. Y se trataba de algo relativo al comandante Palgrave...

Si lograra al menos llegar a recordarlo...

# Capítulo 23

## El último día

«Y la mañana y la noche fueron las del último día», se dijo Miss Marple. Luego, ligeramente confusa, se irguió en su silla. Había estado dormitando, algo increíble, pues la orquesta del hotel no había dejado de tocar un momento y no había nadie capaz de tal hazaña... Bien. Esto demostraba que Miss Marple se iba acostumbrando a aquel lugar. ¿Qué era lo que había estado diciéndose? Probablemente se trataba de una cita que no recordaba al pie de la letra. ¿El último día? El primer día. No..., no era aquel el primer día... Y posiblemente tampoco el último.

Se irguió un poco más. La verdad era que se sentía extraordinariamente fatigada. Se dedicó a analizar aquella ansiedad que sentía, la impresión que había experimentado de notarse desplazada en algún sentido... Recordó, molesta, una vez más, aquella mirada que había sorprendido en los ojos de Molly, entreabiertos. ¿Qué era lo que había pasado por la cabeza de aquella chica? Miss Marple pensó: «¡Qué distinto le había parecido todo al principio!». Tim Kendal y Molly se le habían antojado dos felices jóvenes que formaban una pareja perfecta. Y en los Hillingdon había visto a unas personas sumamente agradables, bien educadas... Y ¿qué decir del alegre Greg Dyson y de la risueña Lucky, que hablaban por los codos, que se mostraban encantados de ser como eran, que parecían hallarse a gusto dentro del mundo en que les había tocado vivir...? El cuarteto se llevaba a las mil maravillas. Sí. Esto había pensado nada más conocerlos. El canónigo Prescott... ¡Qué hombre tan cortés! Su hermana, Joan, resultaba algo agria en ocasiones, pero a fin de cuentas le pareció una buena mujer, y son muchas las buenas mujeres que cifran todas sus distracciones en los chismorreos. Han de saber qué es lo que sucede a su alrededor y cuándo dos y dos son cuatro, y si es posible estirar este resultado hasta cinco. Tales personas no suelen hacer daño a nadie nunca: sus lenguas no descansan normalmente, pero son piadosas para el que cae en desgracia. De Mr. Rafiel cabía asegurar que era un hombre de carácter, un hombre al que se podía olvidar difícilmente una vez que se lo conocía. Sin embargo, a Miss Marple se le ocurrió pensar ahora que en realidad sabía muy pocas cosas con respecto a él.

Tiempo atrás, los médicos habían abrigado escasas esperanzas acerca de su restablecimiento. Ahora eran ya más exactos en sus predicciones. Mr. Rafiel sabía que sus días estaban contados.

En virtud de tal certeza, ¿habría decidido el anciano emprender ciertas acciones cuyo alcance escapaba a Miss Marple?

Esta consideró detenidamente la pregunta que acababa de formularse.

Quizá la respuesta correspondiente revistiese una gran importancia.

¿Qué era concretamente lo que él le había dicho? Recordaba haberle oído levantar la voz. Había hablado muy seguro de sí mismo. En lo tocante a las entonaciones, Miss Marple era una criatura auténticamente experta. Se había pasado muchísimas horas a lo largo de su vida escuchando...

Mr. Rafiel le había dicho algo que no era verdad.

Miss Marple miró a su alrededor. La suave brisa nocturna inundó sus pulmones, refrescándolos. Percibió el perfume entremezclado de las flores. Contempló las mesitas, con las luces. Estudió las figuras de las mujeres, cubiertas con sus lindos vestidos de noche. El de Evelyn, muy ajustado a su cuerpo, era oscuro. Lucky vestía de blanco; sus dorados cabellos brillaban. Todo el mundo parecía contento y lleno de vida. Hasta Tim Kendal sonreía cuando se acercó a su mesa para decirle:

—No sé cómo agradecerle todo cuanto ha hecho por nosotros. Molly vuelve a ser prácticamente la de antes. El doctor ha dicho que mañana podrá levantarse ya.

Miss Marple correspondió a sus palabras con una sonrisa, añadiendo que la alegraban mucho aquellas noticias. No obstante, le costó trabajo hacer aquel gesto. Decididamente, estaba muy fatigada...

Se levantó y se encaminó lentamente a su bungaló. Le habría gustado continuar reflexionando, hacer cábalas, insistir en sus esfuerzos por recordar, probar a conjuntar determinados hechos, palabras y miradas. Pero no se sentía capaz de tal hazaña. Su cansada mente se le rebelaba. Esta le ordenaba escuetamente: «¡A dormir! ¡Tienes que dormir!».

Miss Marple se desnudó y se tendió en su lecho. Luego tomó el libro de Tomás de Kempis, que se encontraba sobre su mesita de noche, y leyó unos cuantos versos. Seguidamente apagó la luz. Sumida en la oscuridad de la habitación musitó una plegaria. Ella sola no podía hacerlo todo. Andaba precisada de ayuda.

—Esta noche no ocurrirá nada —murmuró esperanzada.

Miss Marple se despertó de pronto y se sentó inmediatamente en el lecho. Los latidos de su corazón se habían acelerado bruscamente. Encendió la luz y consultó el pequeño reloj que tenía junto a la cama. Las dos de la madrugada. Las dos. Y a todo esto fuera se notaba cierta actividad. Miss Marple abandonó la cama y, tras haber introducido los pies en las zapatillas, se embutió en su bata. Rodeó su cabeza con una bufanda de lana y salió del dormitorio. Distinguió a varias personas que se movían por los alrededores provistas de linternas. Entre ellas descubrió al canónigo Prescott, a quien se acercó para preguntarle:

—¿Qué pasa?

—¡Oh! ¿Es usted, Miss Marple? Buscamos a Mrs. Kendal. Su esposo se despertó, advirtiendo entonces que había abandonado el lecho y había desaparecido... Lo estamos registrando todo.

El canónigo Prescott se alejó de ella a buen paso. Miss Marple echó a andar maquinalmente tras él. ¿Adónde habría ido Molly? ¿Cuál había sido el motivo por el que había huido de su dormitorio? Existía la posibilidad de que lo hubiese planeado todo de antemano... ¿Se había propuesto escapar de allí tan pronto se viera menos vigilada, aprovechando el sueño de su esposo? ¿Con qué fin? ¿Es que había de por medio, como Esther Walters sugiriera insistentemente, otro hombre? En caso afirmativo, ¿quién podría ser él? ¿O es que había otra causa más misteriosa?

Miss Marple continuó andando, escudriñando entre los arbustos que hallaban a su paso. Inesperadamente, oyó una débil llamada:

—Aquí... Por aquí...

La voz, pensó Miss Marple, procedía de un punto situado en las inmediaciones de la pequeña cascada que quedaba tras el hotel. La corriente de agua se encaminaba desde allí al mar, directamente. Miss Marple empezó a moverse con toda la celeridad que le permitían sus torpes piernas.

A Molly no la buscaban tantas personas como parecía en un principio. La mayor parte de los huéspedes del hotel debían de estar durmiendo. Miss Marple divisó unas figuras. Alguien pasó corriendo a un lado, en dirección a ellas. Era Tim Kendal. Un minuto después oyó su voz.

—¡Molly! ¡Dios mío, Molly!

Finalmente, Miss Marple logró incorporarse al pequeño grupo. Formaban parte de este uno de los camareros cubanos, Evelyn Hillingdon y dos de las doncellas indígenas. Se habían apartado un poco para permitir el paso a Tim. Miss Marple llegó allí en el instante en que Mr. Kendal se agachaba para mirar...

—Molly...

Lentamente, el joven se hincó de rodillas en el suelo. Miss Marple vio entonces con toda claridad el cuerpo de la muchacha, tendida en el cauce, con el rostro bocabajo debajo del agua. Sus rubios cabellos habían quedado extendidos sobre el chal gris pálido con que se había cubierto los hombros... En conjunto, aquella parecía una escena de *Hamlet* en la que Molly fuese Ofelia, ya muerta...

Cuando Tim alargó una mano para tocar su cuerpo, Miss Marple reaccionó, autoritaria. Se imponía obrar con sentido común.

—No la toque usted, Mr. Kendal —dijo—. No debe cambiar su cuerpo de postura.

Tim levantó la vista, confuso.

—Pero... es que... se trata de Molly... Tengo que...

Evelyn Hillingdon le puso una mano en el hombro.

—Está muerta, Tim. Yo no la moví, pero tenté su muñeca, en busca del pulso.

—¿Muerta? —preguntó Tim, incrédulo—. ¿Muerta? ¿Quiere usted decir que... se ahogó?

—Creo que sí. A juzgar por lo que aquí vemos...

—Pero ¿por qué? —El joven formuló esta pregunta con un tono de voz que evidenciaba su desesperación—. ¿Por qué? Molly estaba contenta... Hablamos de nuestros proyectos inmediatos. ¿Por qué había de apoderarse de ella su terrible obsesión? ¿Por qué huyó de mi lado, abandonando nuestro bungaló, para morir ahogada aquí? ¿Qué era lo que le inquietaba? ¿Por qué no se confió a mí?

—Lo siento, Tim. No soy capaz de responder sus preguntas, desgraciadamente.

Intervino Miss Marple.

—Habrá que avisar al doctor Graham. Sí. Cuanto antes. Y otra persona tendrá que encargarse de telefonear a la policía.

—¿Habla usted de telefonear a la policía? —inquirió Tim con una amarga sonrisa—. ¿Qué ventajas nos reportará esto?

—Es preciso poner este hecho en conocimiento de los agentes de la autoridad. Siempre se procede así en los casos de suicidio —subrayó Miss Marple.

Tim se puso lentamente en pie.

—Iré a buscar a Graham —dijo con voz ronca—. Quizá... aún ahora... pueda hacer algo.

Echó a andar, vacilante, hacia el hotel.

Evelyn Hillingdon y Miss Marple, una al lado de la otra en aquellos instantes, fijaron los ojos en el cadáver de la chica.

Evelyn movió la cabeza, entristecida.

—Es tarde ya para eso. Su cuerpo está frío. Debe de

haber muerto hace una hora, por lo menos. Es posible, incluso, que haya transcurrido más tiempo. ¡Qué tragedia! ¡Tan feliz como parecía esa pareja! Supongo que ella fue siempre una muchacha desequilibrada.

—No. Yo no opino igual —repuso Miss Marple.

Evelyn, curiosa, estudió su rostro.

—¿Qué quiere usted decir con eso?

La luna había desaparecido hacía unos segundos tras una nube. Por fin brilló de nuevo en el firmamento. Los cabellos de Molly quedaron bañados en un plateado resplandor.

Miss Marple lanzó de pronto una exclamación. Inclinándose, tocó la cabeza de la muchacha. Al hablar con Evelyn, su voz tenía un tono diferente.

—Creo que sería mejor que nos asegurásemos en lo tocante a nuestra suposición inicial...

Evelyn replicó, perpleja:

—Pero... usted le dijo a Tim que no debía tocar nada...

—Ya lo sé. Ahora bien, en aquellos instantes la luna no brillaba tanto. No pude ver...

Suavemente, las manos de Miss Marple tocaron la espesa mata de cabellos rubios de aquella cabeza y los apartó para descubrir la nuca, el comienzo de la espalda...

Evelyn, asombrada, exclamó:

—¡Lucky!

Unos segundos después musitó como si quisiera convencerse a sí misma:

—No es Molly..., sino... Lucky.

Miss Marple asintió.

—Las dos tienen los cabellos rubios, de un matiz dorado casi idéntico; pero, naturalmente, en las raíces de los de Lucky se observa una zona oscura, consecuencia inevitable del... tinte.

—Y ¿cómo es que llevaba el chal de Molly?

—Le gustó desde la primera vez que lo vio. La oí decir que pensaba comprarse uno igual. Eso es lo que hizo, probablemente.

—Así es, pues, como nos hemos engañado...

Evelyn calló al mirar a Miss Marple a los ojos.

—Alguien —sugirió la última— tendrá que decírselo a su marido.

Se produjo otra breve pausa en la conversación, tras la cual Evelyn respondió:

—Conforme. Yo me encargaré de eso.

Dando media vuelta, echó a andar por entre las palmeras.

Miss Marple permaneció inmóvil unos momentos. Luego volvió la cabeza a un lado repentinamente, inquiriendo:

—¿Qué hay, coronel Hillingdon?

Edward Hillingdon abandonó el refugio de unos árboles próximos para colocarse junto a ella.

—¿Sabía usted que estaba ahí?

—Vi su sombra proyectada en el suelo —explicó Miss Marple con sencillez.

Los dos guardaron silencio.

Luego él, como si hablara consigo mismo, murmuró:

—Así pues, Lucky ha ido demasiado lejos tentando su suerte.

—Usted, por lo que veo, se alegra de su muerte, ¿eh?

—Y ¿le sorprende eso? Pues bien, no puedo negarlo. Sí, me alegro de que Lucky haya muerto.

—La muerte es, a menudo, una solución para muchos problemas.

Edward Hillingdon volvió la cabeza lentamente. Miss Marple buscó sus ojos.

—Si cree usted que...

La frase, incompleta, fue pronunciada con el tono de una amenaza. Al mismo tiempo, el coronel Hillingdon dio un paso hacia su interlocutora.

Esta respondió serenamente:

—Dentro de unos segundos su esposa estará de vuelta, en compañía de Mr. Dyson. Mr. Kendal regresará con el doctor Graham, probablemente.

Edward Hillingdon pareció tranquilizarse, fijando la mirada en el cadáver.

Miss Marple se separó de él sin hacer el menor ruido. Después aceleró el paso.

Poco antes de llegar a su bungaló se detuvo. Se encontraba en el mismo sitio en que días atrás había estado hablando con el comandante Palgrave, al principio de todo aquel asunto. Miss Marple evocó la figura del militar rebuscando en su cartera, deseoso de enseñarle la fotografía de un auténtico asesino...

Recordó que al levantar la vista había observado que la faz de Palgrave se tornaba roja... «¡Qué feo es! —había llegado a decir la señora de Caspearo—. Trae consigo el mal de ojo.»

El mal de ojo...

# Capítulo 24

Némesis

La noche había sido pródiga en sobresaltos y toda clase de ruidos, pero Mr. Rafiel no se enteró de nada...

Se hallaba acostado, durmiendo profundamente.

Roncaba, de una manera suave incluso, cuando sintió que alguien lo cogía por los hombros, sacudiéndolo con violencia.

—¿Qué? ¡Ejem! ¿Qué diablos significa esto?

—Soy yo —dijo Miss Marple—. Claro que ahora podría ser algo más elocuente... Creo que los griegos poseían una palabra reveladora en estas o parecidas circunstancias. Era esta: «Némesis», si no ando equivocada.

Mr. Rafiel se incorporó, apoyándose trabajosamente en su almohada. Escrutó el rostro de Miss Marple. Esta se había plantado frente a él, quedando su figura bañada en la luz de la luna. Con la cabeza cubierta con un ligero pañuelo de lana, había que hacer un gran esfuerzo imaginativo para pensar en la diosa de la mitología griega.

—Así pues, usted es Némesis, ¿no? —inquirió Mr. Rafiel tras un corto silencio.

—Espero serlo... con su ayuda...

—¿Quiere usted explicarme de una vez por qué se expresa en esos términos a una hora tan avanzada de la noche?

—Pienso que es posible que tengamos que actuar rápidamente. He sido una estúpida. Hubiera debido saber a qué atenerme desde el comienzo de todo. ¡Resulta tan sencillo!

—¿Qué es lo que se le antoja tan sencillo? Concretamente, ¿de qué me está usted hablando?

—Ha estado usted durmiendo a gusto —respondió Miss Marple—. Bien. Le pondré al corriente de los últimos acontecimientos... Ha aparecido un cadáver. Primero creí que era el de Molly Kendal. Me equivoqué... Se trataba del de Lucky Dyson. Se ahogó en ese pequeño río que desemboca en el mar no muy lejos de aquí.

—Lucky, ¿eh? ¿Que se ahogó, dice usted? ¿No la ahogarían?

—La ahogaron, sí.

—Ya comprendo. Bueno, eso creo yo. Por tal motivo habló usted antes de una problemática sencillez, ¿verdad? Greg Dyson fue siempre la primera posibilidad y ahora se ve que constituye la auténtica, ¿no es eso? ¿Es eso lo que está pensando? Y lo que usted teme ahora es que escape al castigo, ¿eh?

Miss Marple suspiró.

—Habrá de confiar en mí, Mr. Rafiel. Tenemos que impedir que se cometa un crimen.

—Me parece haberle oído decir que el crimen se había cometido ya.

—Ese crimen fue cometido por error. De un momento a otro, ahora, puede ser que se repita el hecho. No hay tiempo que perder. Debemos impedirlo. Tenemos que actuar inmediatamente.

—Es muy fácil hablar así —respondió Mr. Rafiel—. «Tenemos que actuar inmediatamente», acaba de decir usted. ¿Me cree acaso capaz de hacer algo? ¡Si ni siquiera podría andar por mí mismo! ¿Qué piensa usted que podríamos intentar los dos? Usted tiene ya muchos años y yo estoy casi impedido.

—Pensaba en Jackson —explicó Miss Marple—. Jackson hará lo que usted le ordene, ¿no?

—En efecto. Especialmente si le sugiero que no va a perder su tiempo. ¿Es eso lo que usted desea?

—Sí. Dígale que me acompañe. Indíquele que habrá de obedecerme ciegamente.

Mr. Rafiel reflexionó unos instantes. Luego contestó:

—Concedido. Me parece que me expongo a correr ciertos riesgos. Bueno. No será la primera vez... —Mr. Rafiel levantó la voz—: ¡Jackson! —Al mismo tiempo apretó el botón del timbre que tenía junto a sus manos.

A los pocos segundos, Jackson abrió la puerta que comunicaba con la habitación contigua.

—¿Ha llamado usted, señor? ¿Ocurre algo?

El joven fijó la vista en Miss Marple, con un gesto inquisitivo.

—Tengo que decirle algo, Jackson. Habrá de acompañar a Miss Marple, esta dama aquí presente. Vaya a donde ella le indique y actúe de acuerdo con sus instrucciones. Habrá de obedecerla en todo, ¿comprendido?

—Yo...

—¿Comprendido?

—Sí, señor.

—Si se comporta como es debido, no perderá nada. Valoraré sus servicios generosamente.

—Agradecido, señor.

—Vámonos, Mr. Jackson —dijo Miss Marple, y se volvió hacia Mr. Rafiel—. Avisaremos a Mrs. Walters por el camino. Pídale que le saque de la cama y que le lleve.

—Que me lleve... ¿adónde?

—Al bungaló de los Kendal —respondió Miss Marple—. Creo no estar equivocada al afirmar que Molly no tardará en regresar a él.


Molly subía por el camino, procedente de la playa. Avanzaba con los ojos fijos en una imprecisa lejanía. De vez en cuando se escapaba de su boca un débil quejido...

Se acercó al bungaló y se detuvo unos instantes. Luego abrió una ventana y entró en el dormitorio de la casita. Se hallaban encendidas las luces del cuarto, pero allí dentro no vio a nadie. Molly se aproximó a la cama y se sentó en su borde. Así permaneció varios minutos. A veces se pasaba una mano por la frente, frunciendo el ceño.

Después de mirar cautelosamente a su alrededor, rebuscó bajo el colchón y extrajo de debajo de este un libro. Lo abrió y pasó unas páginas, hasta dar con lo que ella quería.

Llegó entonces a sus oídos un rumor de pasos procedentes del exterior. Con un rápido movimiento ocultó el libro tras ella.

Tim Kendal, jadeante, entró, dando un profundo suspiro de alivio al verla.

—¡Gracias a Dios, Molly! ¿Dónde estabas? Te he buscado por todas partes.

—Fui al río.

—Fuiste a...

—Sí. Fui al río. Pero yo no podía esperar allí... Me era imposible. Vi un cuerpo en el agua... Se trataba de un cadáver.

—Quieres decir que... ¿Sabes? En un primer momento pensé que eras tú. Acabo de enterarme de que aquel era el cadáver de Lucky.

—Yo no la maté. De veras, Tim. Estoy segura de no haberla matado. Deseaba explicarte que... De haber hecho eso yo me acordaría, ¿verdad?

Tim se sentó lentamente en la parte inferior del lecho.

—Tú no... ¿Estás segura de que...? No, no, ¡por supuesto que no la mataste! —Tim Kendal había levantado la voz levemente—. No empieces a decirte esas cosas, Molly. Lucky se ahogó. Nadie es culpable de eso. El coronel Hillingdon había reñido con ella. Lucky se tiró al río y...

—Lucky no hubiera hecho eso nunca, ¡jamás! Pero... es cierto que yo no la maté. Juro que no la maté.

—Pero, querida, ¡naturalmente que no la mataste!

Tim intentó abrazar a Molly, pero esta se apartó de él.

—Odio este lugar. Debería estar bañado en su totalidad por la luz del sol. Sin embargo... No. Nada hay de eso. Veo una sombra, una sombra negra, de gran tamaño... Y yo me encuentro en el centro... No puedo salir...

Molly comenzó a hablar a gritos.

—Cállate, Molly. Silencio, ¡por el amor de Dios!

Tim entró en el cuarto de baño, del que salió con un vaso en la mano.

—Toma. Bébete esto. Te tranquilizará.

—No... No puedo beber nada. Me castañetean demasiado los dientes.

—Sí que puedes, querida. —Tim pasó un brazo alrededor de los hombros de Molly, acercándole el vaso a los labios—. Ahora... Bébetelo.

Alguien habló junto a la ventana.

—Entre ya, Jackson —dijo Miss Marple—. Quítele el vaso. Proceda con cuidado. Es un hombre muy fuerte y es posible que se sienta desesperado.

En Jackson concurrían determinadas circunstancias. Se trataba de un individuo acostumbrado a obedecer. Y luego... le gustaba mucho el dinero, y su señor le había prometido una espléndida recompensa. Mr. Rafiel era un hombre de gran posición, que podía permitirse ciertos lujos. Por otro lado, Jackson era un tipo musculoso, que se mantenía en forma gracias al ejercicio que practicaba frecuentemente.

Rápido como el rayo, cruzó la habitación. Sujetó con mano férrea el vaso que Tim había aproximado a los labios de Molly. Con el brazo libre contuvo al esposo de esta. Un repentino retorcimiento de la muñeca de su adversario, y el vaso quedó definitivamente en su poder. Tim se volvió hacia el intruso con un gesto amenazador, pero Jackson no se arredró por ello.

—¿Qué diablos...? ¡Váyase de aquí! ¿Se ha vuelto loco? ¿Qué hace usted?

Tim, retenido ahora por Jackson, se debatió violentamente entre los brazos de este.

—No le suelte, Jackson —dijo Miss Marple.

—¿Qué pasa? ¿Qué ocurre aquí?

Mr. Rafiel entró en el dormitorio, apoyándose en Esther Walters.

—¿Qué pasa, pregunta usted? —gritó Tim—. ¿Es que no lo ve? Pasa que su sirviente se ha vuelto loco. Dígale que me suelte.

—No, no, nada de eso —medió Miss Marple.

Mr. Rafiel se volvió hacia ella.

—Hable usted, Némesis —le dijo—. Vamos, por el amor de Dios, explíquese.

—He sido una estúpida, una tonta —manifestó Miss Marple—. Pero eso quedó ya atrás. Quiero que analicen el contenido de ese vaso, que analicen el líquido que Mr. Kendal intentaba administrar a su mujer... Estoy segura, absolutamente segura, de que en él hay una dosis mortal de narcótico. Se trata de la misma pauta, aquella que quedó señalada en la historia del comandante Palgrave. Una esposa, profundamente deprimida, intenta suicidarse, y su marido la salva a tiempo. En el segundo intento, ella se sale con la suya. Sí, no falla... El comandante Palgrave me refirió su historia y a continuación sacó de su cartera una fotografía. Entonces levantó la vista, descubriendo...

—Al mirar por encima de su hombro derecho... —apuntó Mr. Rafiel.

—No —repuso Miss Marple, moviendo la cabeza—. Al mirar por encima de mi hombro derecho no vio nada.

—¿Qué está usted diciendo? ¿No me contó que...?

—Me equivoqué totalmente. Fui una estúpida. En efecto, yo experimenté la impresión de que el comandante Palgrave miraba fijamente algo por encima de mi hombro derecho... Ahora bien, no pudo ver nada porque miraba en tal dirección con su ojo izquierdo, y su ojo izquierdo era de cristal.

—Ya recuerdo... Sí. El comandante Palgrave tenía un ojo de cristal —declaró Mr. Rafiel—. Me había olvidado de ese detalle... Y dice usted que no pudo ver nada...

—Con su ojo de cristal no, naturalmente. Con el otro, con el derecho, sí, desde luego que podía ver. Y fíjese en esto: él debió de descubrir a alguien situado no a mi derecha, sino a mi izquierda.

—¿Tenía usted a alguien a su izquierda?

—Sí —respondió Miss Marple—. Tim Kendal y su esposa se hallaban sentados no muy lejos de nosotros, frente a una mesita que quedaba junto a un gran hibisco. Se habían concentrado en su labor, repasando según creo unas cuentas. En el momento en que el comandante Palgrave levantó la vista, su ojo izquierdo, el de cristal, miraba por encima de mi hombro, inútilmente, claro está. En cambio, con el otro ojo Palgrave vio la figura de un hombre sentado junto a un hibisco. Su faz era la misma, con los cambios lógicos, impuestos por los años, que la de su fotografía, en la vecindad de un hibisco, también, por cierto. Tim Kendal había oído la historia referida por el comandante Palgrave y se dio cuenta de que este lo había reconocido. Por supuesto, tenía que matarlo. Más tarde se vio obligado a asesinar a Victoria Johnson porque esta lo había visto colocar un frasco de pastillas en la habitación de Palgrave. La muchacha, en un primer momento, no hizo caso de aquello. En determinadas circunstancias, nada de particular había en que Tim Kendal accediera a los bungalós cedidos a sus huéspedes. Podía haber entrado para dejar cualquier cosa que el ocupante de turno de la casita hubiese olvidado en el comedor. No obstante, Victoria Johnson pensó más adelante en aquello. Se decidió a hacerle unas preguntas a Mr. Kendal. Este comprendió entonces que no tenía más remedio que deshacerse de ella. Pero el crimen principal, el que había estado planeando, no era este... Nos hallamos ante un parricida, ante un asesino de sus sucesivas cónyuges...

—¿Qué insensateces, qué disparates...? —barbotó Tim Kendal, sin llegar a terminar la frase.

De pronto se oyó un grito. Esther Walters se apartó inesperadamente de Mr. Rafiel, cruzando el cuarto. Faltó poco para que el anciano fuese derribado por ella. Esther se aferró vanamente a Jackson.

—Suéltalo... ¡Suéltalo! Eso no es verdad. Nada de lo que se ha dicho aquí es verdad. Tim... Tim, querido, dime, diles que no es cierto. Tú no eres capaz de matar a nadie. Lo sé muy bien. Esa horrible criatura con quien te casaste tiene la culpa de todo. Ha estado contando mentiras sobre ti. Ha mentido, sí... Nada de lo que ha dicho es verdad. Yo creo en ti. Yo te amo y confío en ti. Jamás podré creer a los demás, digan lo que digan. Yo...

Tim Kendal acabó perdiendo los estribos.

—¡Maldita perra! ¿Quieres callar de una vez? ¿Es que no puedes cerrar el pico? ¿Quieres acaso que me cuelguen? Cierra el pico, te he dicho. Cierra tu fea boca, perra.

—¡Desgraciada! —exclamó Mr. Rafiel, en voz baja—. De manera que esto era lo que andaba ocultando, ¿eh?

# Capítulo 25
### Miss Marple utiliza su imaginación

—Así pues, eso era lo que había detrás de todo, ¿no? —inquirió Mr. Rafiel.

Miss Marple y él habían comenzado a charlar en tono confidencial.

—Esther Walters, por tanto, mantenía relaciones amorosas con Tim Kendal...

Miss Marple se apresuró a atajar a su interlocutor:

—Supongo que no había llegado a eso. Yo creo que tal relación era de tipo romántico, con la perspectiva de una futura boda.

—¡Cómo! Tras la muerte de la esposa, ¿verdad?

—Me inclino a pensar que la pobre Esther Walters no sabía que Molly estuviese condenada —dijo Miss Marple—. Me figuro que creyó la historia que Tim Kendal le refirió acerca de los amores de Molly con otro hombre y de cómo este la acosó, hasta el extremo de haberla seguido hasta aquí. Pensó que Tim Kendal acabaría divorciándose, indudablemente. Todo era respetable, en apariencia. Eso sí: se hallaba profundamente enamorada de él.

—Cosa que resulta bien fácil de comprender. No en balde se trataba de un hombre atractivo. Pero ¿qué pretendía obtener él de Esther? ¿Sabe usted eso también?

—Igual que usted, quizá —manifestó Miss Marple.

—Yo me atrevería a afirmar que tengo una ligera idea con respecto a ese punto. No me explico, sin embargo, determinados detalles.

—En realidad, me parece que podría explicárselo todo utilizando mi imaginación. Pero siempre sería más sencillo que usted me lo dijese, sin más rodeos.

—No pienso hacerlo —replicó Mr. Rafiel—. Hable, hable, Miss Marple, ya que ha demostrado ser tan inteligente.

—Me figuro, como ya le he sugerido en una ocasión, que Jackson ha tenido siempre la costumbre de echar algún vistazo a sus papeles.

—No anda usted descaminada. Debo aclarar, no obstante, que semejante hábito tiene que haberle servido de bien poco a mi ayuda de cámara, como consecuencia de las precauciones que tomé en su día.

—Me imagino que ese hombre llegó a leer su testamento.

—Pues... sí. Llevo conmigo siempre una copia de aquel.

—Usted me dijo que a Esther Walters no le dejaba nada en su testamento. Recalcó el hecho al aludir a ella y a Jackson. Supongo que la cosa era cierta en el caso de Jackson. Esther Walters, en cambio, percibiría una cantidad de dinero, aunque usted no quería que ella lo supiera todavía. ¿Me equivoco?

—No, no se equivoca. Lo que no me explico es cómo ha llegado a formular algunas de sus conclusiones.

—Pues todo radica en que usted insistió mucho en ese punto —repuso Miss Marple—. He tratado con todo género de personas y sé cuándo mienten.

—Me rindo —dijo Mr. Rafiel—. Ha dado usted en el clavo. Decidí dejar a Esther cincuenta mil libras esterlinas. Esperaba que esto constituyese para ella una agradable sorpresa cuando yo muriese. Supongo que, sabedor de tal detalle, Tim Kendal decidió eliminar a su esposa con una fuerte dosis de cualquier sustancia perjudicial para casarse luego con Esther Walters y con su dinero. Probablemente, abrigaba la idea de deshacerse de ella también a su debido tiempo. Bueno, pero ¿cómo se enteró él de que Esther iba a recibir la mencionada cantidad?

—Se lo dijo Jackson, por supuesto —contestó Miss Marple—. Se habían hecho amigos. Tim Kendal solía ser amable con Jackson, y me parece que sin ningún propósito definido. Es posible que en el transcurso de cualquiera de las charlas que sostenían frecuentemente su ayuda de cámara le dijese que Esther Walters iba a heredar una fuerte suma de dinero, confiándole sus esperanzas de que su secretaria acabase fijándose en él. Sí. Yo creo que todo debió de ocurrir de esa manera.

—Estimo sus suposiciones verdaderamente plausibles —declaró Mr. Rafiel.

—Sin embargo, me comporté como una estúpida —objetó Miss Marple—. Todas las piezas encajaban perfectamente en nuestro rompecabezas. Tim Kendal era un hombre tan inteligente como perverso. Sabía arreglárselas muy bien a la hora de poner en circulación los rumores que a él le convenían. La mitad de las cosas que yo he oído afirmar aquí procedían de ese hombre. Piense en ese cuento relativo al propósito de Molly de contraer matrimonio con un joven indeseable, que no era otro que el propio Tim Kendal, con otro nombre, naturalmente. Los familiares de ella lo habían investigado. Tal vez supieran que el pretendiente dejaba bastante que desear. Entonces él se negó a «exhibirse» ante la gente de Molly y, de acuerdo con la muchacha, concibió un ingenioso plan que iba a resultarle extraordinariamente divertido. Molly fingió olvidar a aquel hombre... A continuación, surgió un tal señor Tim Kendal, relacionado, al parecer, con personas amigas de los familiares de Molly. Estos acogieron al nuevo pretendiente con los brazos abiertos, confiando en que este haría desaparecer definitivamente de la cabeza de la muchacha al anterior. Molly y Tim deben de haberse reído lo suyo, me figuro. La pareja contrajo matrimonio. Con el dinero de ella, Tim Kendal adquirió este hotel. Pero el dinero duró poco en sus manos. Al tropezar con Esther Walters, Tim Kendal pensó que se le presentaba una nueva oportunidad de proveerse de fondos.

—Y ¿por qué no se apresuró a quitarme de en medio? —inquirió Mr. Rafiel.

Miss Marple tosió levemente.

—Sin duda quería, en primer lugar, estar seguro de cuanto atañía a Mrs. Walters. Además... Bueno, quiero decir que...

Miss Marple, azorada, guardó silencio.

—Además..., comprendió que no tendría que esperar mucho tiempo, ¿no es eso? —inquirió Mr. Rafiel—. Y, claro, siempre sería mejor que yo muriera de muerte natural. Mi fortuna era un grave inconveniente. Muy a menudo, cuando fallece un millonario, se llevan a cabo investigaciones especiales...

—Es verdad —convino Miss Marple—. Y ahora piense en las mentiras que ese hombre puso en circulación, algunas de las cuales hizo creer a Molly; incluso colocó a su alcance un libro que trata de trastornos mentales. Le administró, por otro lado, drogas que produjeron en la joven alucinaciones y pesadillas. Ha de saber usted que Jackson entendía de eso. Creo que, habiendo estudiado los síntomas de Molly, llegó a la conclusión de que eran provocados por el uso de determinadas drogas. Por este motivo entró en el bungaló, para escudriñar en los tarros que había en el cuarto de baño. Examinó la crema facial. Pensó en ciertos cuentos, en los que se aludía a las brujas que acostumbraban a untarse con sustancias como la belladona, la cual, suministrada como crema para el rostro, pudo haber producido algunos de los raros efectos sufridos por Molly, pues esta olvidaba fácilmente las cosas. En ocasiones soñaba que flotaba en el aire. No es de extrañar que la pobre muchacha llegase a albergar terribles temores. Presentaba todas las señales exteriores de una enferma mental. Jackson seguía una pista segura. Tal vez él le debía la idea al comandante Palgrave, quien en sus relatos había aludido al uso de la datura por las mujeres indias para gobernar a sus maridos.

—¿El comandante Palgrave, ha dicho usted? —preguntó Mr. Rafiel—. La verdad es que...

—Él fue quien provocó su propia muerte, así como la de la pobre Victoria Johnson... Y faltó bien poco para que Molly desapareciera también, envenenada. Todo porque había descubierto, sin lugar a dudas, a un asesino.

—¿Por qué se acordó usted inesperadamente de su ojo de cristal? —quiso saber Mr. Rafiel, curioso.

—Hizo que me acordara de ello algo que dijo la señora de Caspearo. Esta habló de la fealdad del comandante y del mal de ojo... Yo alegué que Palgrave no tenía la culpa de llevar un ojo de cristal, y ella manifestó entonces que sus ojos miraban en distintas direcciones. Añadió que eso atraía la mala suerte. Yo estaba..., yo estaba convencida de haber oído algo de gran importancia aquel día. Anoche, poco después de descubrir el cadáver de Lucky, averigüé qué era. Entonces comprendí que no había tiempo que perder.

—¿Por qué Tim Kendal se equivocó y mató a Lucky?

—Eso fue obra de la casualidad. Me imagino que, después de convencer a todo el mundo, Molly inclusive, de que su mujer era una desequilibrada, y de administrarle una fuerte dosis de la droga que había estado utilizando, le dijo que abrigaba el propósito de descubrir el misterio de los dos asesinatos que se habían cometido en el hotel, y que para ello precisaba de su ayuda. Con este objeto, una vez que estuvieron todos durmiendo, se unirían siguiendo caminos distintos en un punto convenido, situado junto al río.

»Tim Kendal comunicó a Molly que creía saber quién era el asesino. Pretendía tenderle una trampa. Molly, obediente, salió del bungaló. Pero la droga la había dejado aturdida y perdió algún tiempo. Tim fue el primero en llegar al punto acordado, en el que descubrió a una mujer que tomó por Molly. Sus cabellos eran también rubios y llevaba, asimismo, un chal gris pálido echado sobre los hombros... Se acercó a ella cautelosamente por la espalda, le tapó la boca con una mano y la forzó a introducir la cabeza en el agua durante un buen rato...

—Es terrible, ¿eh? Pero ¿no habría sido más rápido y seguro para él administrar a su esposa otra dosis elevada de narcótico?

—Sí, ese procedimiento le hubiera resultado más fácil. Sin embargo, tal método habría levantado sospechas. Recuerde que se había procurado que Molly no tuviese a su alcance más narcóticos ni sedantes. De haber conseguido otros, todos habrían pensado que se los había administrado su marido. En cambio, si en un arrebato de desesperación ella abandonaba el bungaló mientras su inocente esposo dormía para arrojarse al río, todo habría quedado en una romántica tragedia. Nadie hubiera tenido por qué sugerir que su muerte había sido obra de Tim Kendal. Aparte —añadió Miss Marple— de que los criminales rechazan los procedimientos sencillos. Frecuentemente, estos se complacen en seguir complicados derroteros, los cuales son, a menudo también, su perdición.

—Usted, Miss Marple, por lo que veo, sabe cuanto hay que saber acerca de la especial psicología de los criminales. Entonces usted cree que Tim Kendal no se dio cuenta de su error al matar a Lucky, ¿verdad?

Miss Marple movió la cabeza.

—Ni siquiera se molestó en echar un vistazo a su rostro. Se separó de ella inmediatamente... Dejó transcurrir una hora. Luego procedió a organizar la búsqueda de su esposa, representando el papel de un hombre atormentado por el dolor.

—Pero ¿qué diablos hacía Lucky en el río a altas horas de la noche?

Miss Marple dejó oír una discreta tosecilla.

—Es posible, a mi entender, que..., ¡ejem...!, que estuviese esperando a alguien...

—¿A Edward Hillingdon?

—¡Oh, no! Su relación con él era ya una cosa del pasado. Yo estimo... Yo admito la posibilidad de que estuviese aguardando a Jackson.

—¿A Jackson?

—En más de una ocasión vi a Lucky observándolo atentamente... —murmuró Miss Marple mirando a otro lado.

De los labios de Mr. Rafiel se escapó un silbido.

—¡Vaya con Jackson! Bueno, Miss Marple. Tim debió de experimentar un tremendo sobresalto al descubrir su error.

—En efecto. Debió de sentirse desesperado, más bien. Molly vivía... Y a todo esto la historia que había puesto en circulación cuidadosamente, relativa a sus trastornos mentales, se vendría abajo en cuanto la joven cayese en manos de especialistas competentes. Y cuando ella refiriese que su marido le había pedido que se uniese a él por la noche, a una hora tan avanzada, a orillas del río, ¿en qué situación quedaría Tim Kendal? Solo cabía una solución: terminar con Molly lo más rápidamente posible. Había muchas probabilidades de que la gente creyera que ella, en un arrebato de locura, había matado a Lucky, y se había suicidado posteriormente, horrorizada por su acción.

—Y fue entonces cuando usted decidió representar el papel de Némesis, ¿eh? —preguntó Mr. Rafiel. De pronto, este se echó hacia atrás y comenzó a reír a carcajadas—. Si usted hubiera podido verse, Miss Marple, aquella noche, de pie, muy erguida, con la cabeza cubierta con su ligero pañuelo de lana rosado, asegurando formalmente que era usted la propia Némesis... ¡Eso lo recordaré yo siempre!

Epílogo

Había llegado el momento de partir. En el aeropuerto, Miss Marple aguardaba el instante de tomar su avión. Los Hillingdon se habían marchado ya. Gregory Dyson se encontraba en otra de aquellas islas. Circulaba ya el rumor de que dedicaba casi todo su tiempo a cortejar a una viuda argentina. La señora de Caspearo había regresado ya a Sudamérica.

Molly había ido al aeropuerto a despedir a Miss Marple. El rostro de la joven parecía más delgado y pálido. Había sabido, sin embargo, sobreponerse a las brutales emociones de aquellos días. Mr. Rafiel había telegrafiado a Inglaterra, ordenando el desplazamiento de uno de sus colaboradores a la isla, quien trabajaría con Molly hasta encauzar con éxito la marcha del hotel.

—Procure mantenerse en todo momento ocupada —había aconsejado Mr. Rafiel a la joven—. No piense en nada. Aquí hay un buen negocio en perspectiva.

—¿No cree usted que esos crímenes...?

—Lo de los crímenes no preocupará en absoluto a la gente, a su futura clientela, ya que oportunamente fueron aclarados. Usted siga adelante, sin desanimarse —insistió Mr. Rafiel—. Y no desconfíe de todos los hombres por el hecho de haber tenido la desgracia de tropezar con un indeseable.

—Habla usted como Miss Marple, quien asegura que el día menos pensado conoceré a aquel que me conviene de veras.

Mr. Rafiel sonrió.

Se encontraba allí presente, aparte de Miss Prescott, su hermano, el canónigo. Y también Esther, una Esther Walters que parecía más entrada en años, más triste, a quien Mr. Rafiel trataba con una sorprendente amabilidad. Jackson simulaba andar atareado cuidando del equipaje de Miss Marple. Se deshacía en sonrisas. Su satisfacción era más que evidente. Acababa de conseguir una bonita suma de dinero.

Se oyó un ronroneo en el firmamento. Llegaba el avión de Miss Marple. Aquel no era el aeropuerto de Londres. En el momento de separarse de sus amigos, la anciana no tendría más que abandonar el pabellón cubierto de pequeñas flores en que se encontraba para dirigirse a la pista...

—Adiós, querida Miss Marple —dijo Molly, besándola.

—Adiós. Esperaremos su visita —murmuró emocionada Miss Prescott, estrechando cariñosamente las manos de Miss Marple.

—Ha sido un placer para nosotros conocerla —manifestó el canónigo—. Repito la invitación de mi hermana, de todo corazón.

—Que tenga usted buen viaje —le deseó Jackson—. Y recuérdelo: cuando quiera algunas sesiones de masaje no tiene más que escribirme y concertaremos una entrevista. ¡Ah! Mi ofrecimiento es completamente desinteresado.

A la hora de las despedidas Esther Walters se apartó ligeramente del grupo. Miss Marple no quiso violentarla. Se acercó por fin a la viajera Mr. Rafiel, quien tomó una de sus manos.

—*Ave, Caesar, morituri te salulunt* —le dijo.

—Mis conocimientos de latín son muy superficiales —respondió Miss Marple.

—Pero eso lo ha entendido, ¿verdad?

—Sí.

Miss Marple guardó silencio un momento. Sabía perfectamente lo que él había querido decir con aquellas palabras.

—Ha sido para mí un gran placer conocerle —murmuró después.

A continuación, cruzó la pista y subió al avión.